消失的匿名小說家

Who Is Maud Dixon?

Alexandra Andrews
亞莉珊卓・安德魯斯 著
張茂芸 譯

各界推薦

不要買這本書，除非你超有自制力。

有不少本驚悚小說裡面提到了驚悚小說作者，但這本有點不太一樣，他讓人有點感到，嗯，不想工作，不想睡覺，只想看完。這本書在開頭提到年度暢銷作家詹姆斯·派特森，然後詹姆斯·派特森還來寫推薦。對，那個詹姆斯·派特森，那個收入比J. K. 羅琳還高的世界最高收入作家。既然他都來了，我跟著他後面推薦，感覺只是錦上添花。但連我的偶像哈蘭·科本都來了，我，就乖乖地獻花吧。

這時節，看書最好，看這書更好。再告訴我你因爲這本書，錯過了這世界多少垃圾訊息吧。

——導演　盧建彰

《消失的匿名小說家》充滿了絕讚的劇情轉折，將讓你燒腦一整個星期！（是開心的那種燒）。闔上書，你將懷疑作者本人會不會就是個殺人凶手？

——驚悚小說之王　詹姆斯·派特森

如果喜歡《天才雷普利》這類心理驚悚小說，你肯定會愛上《消失的匿名小說家》。高潮迭起的驚奇，保證讓你上癮。

——暢銷懸疑大師　哈蘭·科本

這是一本聰明、狡猾又邪惡得迷人的小說。如果你想來一本老派的刺激驚悚故事，就是它了。

——美國筆會福克納文學獎、英國柑橘文學獎得主　安・派契特

流暢明快的文筆、靈巧縝密的劇情，又兼具讓人無法抗拒的緊湊與可看性，各位讀者，請用力爲這本書鼓掌！

——《後窗的女人》暢銷作者　A. J. 芬恩

請爲這本書預留多一點時間，因爲你一旦翻開，沒讀到最後一個懸念都解開是絕對放不下的！

——Book Reporter 書評

《消失的匿名小說家》問的不只是作者的身分，更是一個攸關生死的叩問。這本小說銳利而無法預測，又極具娛樂性……好了，再透漏更多就要破壞閱讀樂趣，還會嚇到各位讀者啦。

——《華盛頓郵報》書評

黑色喜劇遇上高潮迭起的驚悚故事。還有比這更好看的嗎？

——《時人》雜誌

獻給克里斯

我們以幻想餵養內心，
內心因而日益殘暴。

——〈窗邊的椋鳥巢〉，葉慈

序章
摩洛哥，西曼

「衛爾—寇克女士？」

她吃力睜開左眼，溫暖的黃光頓時湧入那道縫隙。眼前掠過一個模糊的白色身影。她又閉上眼。

「衛爾—寇克女士？」

不知哪裡傳來尖銳的嗶嗶聲。她這回使勁睜開雙眼。這床躺起來不怎麼舒服，床兩側垂著隔間用的簾子，很髒。

「衛爾—寇克女士？」

她渾身僵硬，費力轉過頭。不遠處坐著一個男的，身穿類似軍服的服裝，見她回應，把椅子朝床邊拉近了些，上半身湊過去，定定望著她。男人有張圓鼓鼓的娃娃臉，只是臉上沒有笑容。

「衛爾—寇克女士。」他又講了一遍，這是第四遍了。

「海倫？」她緩緩吐出這兩個字，但聲音時斷時續。

「海倫。」男人點點頭。「妳知道這是哪裡嗎？」

她打量四周。「醫院？」

「對。妳這一晚眞是夠嗆喔。」

「嗆？」

「嗯，很嗆。」

她不由自主輕笑一聲。男人皺起眉，顯然有點惱了。此時她左手邊的簾子倏地拉開，兩人轉頭去看，進來的是個白頭巾白外套的女子。是護士？女子走到床邊彎下腰，對她親切微笑，說了些她聽不懂的外語，又幫她順了順蓋在身上的薄毯。

女子接著對床邊的男人說話，這回語氣尖銳得多。男人起身半舉雙手，一副想息事寧人的姿態，緊繃的臉勉強擠出笑容，拉開簾子，走了。

芙羅倫斯轉向那護士，只是對方同樣往外走。

「等等。」芙羅倫斯扯著沙啞的嗓子喊道，但那護士若不是沒聽見，就是不理會。只剩她一個人了。

她把視線移向天花板，上面有褐色的斑斑水漬。她勉力想撐著身子坐起，才發現左腕上了石膏，沒法使力。這時她才察覺到痛，遍布全身的痛。

她望向那男人剛剛坐過的椅子，那人稱呼她「衛爾－寇克女士」。這幾個字好像有重要的意義，只是她想不出到底和什麼有關聯，便再次閉上雙眼。

過了一會兒（也可能是幾小時），簾子又拉開了。這次護士身邊換了一個男人。

「威爾考克斯女士。」男人說：「妳醒了，太好了。」這人的英語和許多母語人士相比，不僅發音精準得多，而且每個音節的音都清清楚楚。「我是塔基醫師，妳昨天晚上到醫院的時候我正好當班。妳斷了兩根肋骨，手腕骨折，臉上和身上都有血腫。我聽說妳是出車禍。這種安全氣囊造成的傷我們看多啦。妳很幸運，傷得不算很嚴重。」

一旁的護士彷彿知道醫師講完這句就輪她上場，隨即拿出裝了水的塑膠杯，和一顆臼齒大小的白色藥丸。

「這是氫可酮*，給妳止痛。」醫師說：「我下午再來看看妳的狀況，不過我想妳應該最晚後天就可以出院。這段時間呢，妳就盡量多休息，威爾考克斯女士。」他說完便走，那名白衣天使則緊隨在後，彷彿那醫師披了婚紗。

威爾考克斯女士。她用嘴形一字字默念。海倫。

之後，光亮淡去，睡意襲來。

譯註

* hydrocodone，這種止痛藥在某些國家須由醫生開立處方，但常遭非法濫用。服用過量可能導致呼吸減緩甚或停止、四肢無力、不省人事，嚴重時可致死。臺灣衛福部並未核准含此成分的藥品。

Part 1
第一部

1

兩名年輕女子沿著一道狹長的階梯往上爬，一步步走向階梯頂端傳出的歡笑與樂聲。走在前面的芙羅倫斯．達洛一邊上樓，一邊輕拂階梯旁的血紅色牆壁。

「在這裡辦出版社派對，還眞的滿怪的。」她說。

兩人都是「佛瑞斯特」出版社的編輯助理。今晚是她們公司的假日派對，照往年慣例辦在一間叫「圖書館」的酒吧二樓。那酒吧裡不但很暗，裝潢風格更是俗不可耐。

「簡直是在迪士尼樂園開聯合國大會嘛。」芙羅倫斯又說。

「眞的。」露西．岡德表示同感，只是說得很小聲。她一身洋裝配厚絲襪，因爲抬腿上樓，洋裝下襬越掀越高，在大腿周圍皺成一團。

兩人爬上最後一階，走進會場先觀察情況。派對不過半小時前開始，但屋裡已經擠滿了人，鬧哄哄的一片，好似有團聲音形成的烏雲飄在人群上空。現場大約聚集了上百人，有些是同事，還有很多根本不是她們公司的人，各自聚成不同的小圈子。芙羅倫斯原本就不想太早到，但也希望進場的時間剛剛好，能占到一個專屬於她們的角落。兩人繼續打量屋內，看看有沒有熟悉可親的臉孔，只是完全落空。

「先喝一杯吧？」芙羅倫斯提議，露西點點頭。

她們差不多兩年前同時進「佛瑞斯特」上班。露西很快就把芙羅倫斯當成好友，忠心耿耿跟在她身邊。

照理說，露西正是芙羅倫斯一直想在紐約結交的那種朋友。露西老家是麻州的一流大學城安默斯特，父母都在安默斯特學院英文系教書，父親還寫了一本公認最權威的霍桑傳記。芙羅倫斯搬到紐約後的第一個感恩節，就是跟露西回她老家過的。露西家那棟老屋不僅堆滿了書，而且就在艾蜜莉・狄金生的故居附近，正投芙羅倫斯所好。那裡洋溢的閒適文人氣息，正是芙羅倫斯一心嚮往的成長環境，和她母親在佛州橙港小得要命的公寓一比，簡直是天壤之別。

但實際上，露西和芙羅倫斯想像的恰恰相反。芙羅倫斯原本以爲露西在這種環境耳濡目染之下，應對進退必定是大方又得體，露西卻極度缺乏自信又怕生。芙羅倫斯有時不免會想，露西的母親是不是叮囑過她，只要在紐約能交到一個朋友，就沒什麼好怕的。露西到了「佛瑞斯特」，第一個認識的就是芙羅倫斯。

她們倆始終沒能眞正融入公司的社交圈，主要是露西並沒在這方面下工夫，芙羅倫斯則是下了工夫卻沒成果。芙羅倫斯當年離家後，就和佛州的朋友斷了聯絡。她把自己的過去當成手腳上長的爛疽，爲了大局著想，只有截肢一途。所以到了紐約後，老實說，她也就露西這麼一個朋友。

兩人這會兒好不容易鑽出人群，經過堆滿各式葡萄和起司的長桌，走向後方的吧檯。吧檯是桃花心木製，很有種坐鎮全場的氣勢。身穿黑緞背心的酒保站在比她們略高的位置，偶爾才露出笑容。她們倆顯然還不夠資格讓他全神貫注。露西是早就習慣了他人冷落（而且其實好像還比較喜歡這樣），但芙羅倫斯對異性算是有經驗的，要是對方沒注意到她的丰采，失望在所難免。

其實也不能說芙羅倫斯不漂亮，只是她最先引人注意的就是異常蒼白的皮膚。她完全不是佛州豔陽下長大的模樣，反倒像在地窖待了一輩子。她常得意地想，可見自己就是生錯了地方。她皮膚白歸白，卻動不動就變紅，至於是出於害羞或激動則不可考，彷彿創造她的人在純眞與敗德之間難以抉擇。有些異性覺得她這點很迷人，卻也有不少人覺得倒胃。加上她眼睛的顏色近乎全黑，一頭金色鬈髮又不聽話，像極了蛇髮魔女梅杜莎。她媽多年來爲了各種定型髮膠髮乳噴霧不知花了多少錢，但她還是學不會怎麼馴服這頭亂髮。

「兩位小姐想喝什麼？」酒保用訓練有素的語調招呼，抹了造型產品的頭髮豎得尖尖的，油亮到連燈光都能反射。芙羅倫斯的腦中浮現的畫面卻是：她很想像捏死小蟲那樣，把那堆頭髮狠狠壓扁。

露西指著一旁寫著某種特調雞尾酒的廣告牌。「我點『帝王十進分類法』好了。」

芙羅倫斯點了杯紅酒。

「我們有卡本內和黑皮諾。」

「都可以。」芙羅倫斯暗暗希望自己這句講得很有耍帥的隨興，她其實對葡萄酒一點概念都沒有。

兩人拿到酒，各自啜了一小口後就四處走走，看有沒有哪個小圈子比較容易切進去，結果發現有些助理聚在放著食物的桌邊，就湊了過去。其中有個還不算資深的編輯，叫亞曼達．林肯，正在用很誇張的語氣和一個高高瘦瘦的男生鬥嘴。那男生大概二十來歲，穿著全套黃褐色燈芯絨西裝。

「根本不可能。你就是媽的看不起女人啦。」亞曼達說。

在辦公室坐芙羅倫斯對面的葛雷琴，轉過頭來幫她們前情提要：「弗利茲說他敢打包票，莫德．迪克森絕對是男的。」

「不會吧。」露西低呼一聲，不自覺掩住嘴。

莫德．迪克森是某個作家的筆名。這人幾年前頭一次出書，一本叫《密西西比狐步舞》的小說，結果一炮而紅。故事的女主角是兩名少女，莫德和露比。兩人老家都在密西西比州的柯利爾泉，也都想早日逃離這個鳥不生蛋的小地方，可是因爲還沒成年，又是女生，家裡不但窮，家人對她們也漠不關心，兩人的出走計畫屢屢受阻。結果轉機居然是因爲莫德殺了一個打零工的男人，他正要去曼斐斯上工，路過她們那小鎮。千不該萬不該，他不該盯上十六歲的露比，又纏著她不放。

這樁謀殺案終於讓兩個女生脫離老家的魔掌。一人最後進了監獄；一人拿到獎學金，進了密西西比州立大學。

書評家一致公認作者文筆犀利而不流於濫情，又有不同於以往的角度，文壇也因此注意到這位新人，只是這本書一開始並沒大賣，但在好萊塢某知名女星相中它做讀書俱樂部選書後，頓時洛陽紙貴。而且不知該說是未卜先知還是走運，這本小說問世的時間，恰巧是「#MeToo運動」的最高峰，而且書中生動刻畫出義憤填膺下鋌而走險，一觸即發的那種高張力。儘管女主角莫德・迪克森那一晚在「漂流木酒館」後面捅死了色魔法蘭克・狄拉得，讀者不管前因後果怎麼回事，總之就是狠不下心怪罪她。

這小說光是在美國就賣了三百多萬本，也在籌備開拍迷你電視影集。但令人費解的是作者莫德・迪克森卻是個謎，不接受採訪、不去各地打書、不參與宣傳活動，而且書中連謝詞頁都沒有。

該書的出版社（也是「佛瑞斯特」的競爭對手）坦承「莫德・迪克森」是筆名，作者本人希望維持匿名。想當然耳，眾人隨即議論紛紛，大肆猜測此人的眞實身分。「究竟誰是莫德・迪克森？」成了無數雜誌、網路論壇、紐約出版圈午餐的共同話題。

全美國有兩個已知的莫德・迪克森，自然早就有人查了出來，也早已排除兩人是作家的可能。其中一個住在芝加哥某安養院，連自己小孩的名字都記不得。另一人則是口腔衛生師，老家在長島某個中產階級小鎮，根據各種資料顯示都不像文筆很好的人，對寫作也沒興趣。

由於作者和書中的敘事者同名，很多人以爲這本小說是自傳。也有好些業餘偵探發現，有幾樁眞實刑案和書中案件有某些類似之處，只是都不到可以斷定就是以此爲根據的程度。此外密西西比州少年犯的法院紀錄，到當事人滿二十歲就會封存。再說現實生活中根本沒有叫「柯利爾泉」的鎮。調查作者身分的過程，就在這裡卡關了。

有些小說會刻意把情節設計得很戲劇化，也因此大爲暢銷。芙羅倫斯對這種書向來嗤之以鼻，覺得殺人元素早就浮濫到不值錢。但她對《密西西比狐步舞》卻是大爲驚豔。這本小說中安排殺人元素，不是爲了增加劇情張力的刻意設計，而是整本書存在的理由。讀者完全能感受作者的急切，體會凶手非下手不可的緊迫，甚至嘗得到刀子捅進去的快感。

芙羅倫斯到現在都會背那一段：

那刀不費吹灰之力便滑了進去，鋒利的刀刃長驅直入，陷進法蘭克體內溫暖柔細的皺摺。她再次舉起刀，這次戳到肋骨，刀子劇烈抖動。她手一滑，沒握住刀柄，反在那柔軟蒼白的肌膚上打了一記。他腹部染滿了血，浸在血中的粗黑體毛晶亮而滑順，好似新生兒的頭髮。

芙羅倫斯從未看過這樣的筆法——犀利、野性，說暴力也不爲過。總之，她根本懶得管這個莫德．迪克森是男是女。她只知道無論此人是誰，都是個主流圈外的邊緣人，就和她一樣。

「妳幹麼這麼激動？」弗利茲問亞曼達：「拜託，我又沒說女的不能當作家，我只想說，『寫這本小說的人』不是女的。」

亞曼達捏捏鼻梁，深吸了一口氣。「我幹麼這麼激動？因爲『寫這本小說的人』是那年最暢銷的小說家，『而且』還入圍了國家書獎。不過，當然啦，只有男人寫的書才『重要』啦。女人寫的就是讀書俱樂部才看的垃圾書。你嘛幫幫忙，媽的不要把自己碗裡的肉吃完了，還來喝我們的湯。」

「眞要嚴格說的話——」芙羅倫斯這時插話了：「《密西西比狐步舞》是那一年賣得最好的『書』沒錯，可是詹姆斯．派特森才是那年最暢銷的作家。」此時這一圈所有的人都同時轉頭看她。「我覺得啦。」她又補了一句，儘管很肯定自己沒說錯，但一講完就氣自己幹麼要加那一句。

「哎喲，眞謝謝妳喔，芙羅倫斯，妳這不是火上加油嗎。」

「亞曼達，妳可能很在乎男人女人誰比較占上風，不過現在重點不是這個。」弗利茲說：「我有個朋友在『弗洛斯特／波倫』，喔對了，她正好是女的。她跟我打包票，說莫德．迪克森是男的。當然啦，這個人『有可能』是女的，只是就碰巧不是。」他講完自覺有點不好意思，聳聳肩。

「弗洛斯特／波倫」是莫德．迪克森的經紀公司。

「那這人到底是什麼來頭？」亞曼達繼續追問：「這男的叫什麼名字？」

弗利茲這時結巴起來。「不曉得耶。我朋友只是剛好聽到有人說他是男的。」

亞曼達兩手一攤。「眞是夠了，胡說八道。這書絕對不可能是男人寫的。全世界哪個男的能把女人寫得這麼活？不管『他自己』覺得寫得多讚。」

芙羅倫斯像是要懲罰自己先前弱弱的發言，隨即接話：「那亨利．詹姆斯呢？還有

E・M・佛斯特？威廉・薩克萊？」她一直覺得自己和《浮華世界》的女主角貝姬・夏普特別投緣。

亞曼達轉過頭來看她。「真的假的？芙羅倫斯？妳覺得《密西西比狐步舞》真有可能是男人寫的？」

芙羅倫斯把肩一聳。「也許吧。是男的寫還是女的寫，我不覺得有差。」

亞曼達眼望天花板，一副不可置信的語氣：「這人居然不覺得有差。」再轉向芙羅倫斯問：「妳自己平常也寫東西嗎？芙羅倫斯？」

「沒有。」芙羅倫斯低聲回道。但說實話，她一心想當的就是作家。他們這一圈誰不是這樣？搞不好每個人都有本寫到一半的小說，塞在不知哪個抽屜裡。只是在書稿終於見光的那天之前，沒有人會四處嚷嚷自己是作家。

「喔，那妳大概很難真的了解，對女作家來說，有可以仿效的前輩有多重要。這些女性在古早那個時代，就拒絕讓男人詮釋自己的內心世界，所以我現在當然更用不著『男人』來告訴我女人是怎麼回事，好嗎？這妳懂吧？」

芙羅倫斯只能以半聳肩半點頭的動作回應。

「需要英雄的國家真不幸。*」亞曼達又說。

譯註

* 語出德國劇作家布萊希特（Bertolt Brecht）所著《伽利略傳》（*The Life of Galileo*）。

芙羅倫斯一語不發。

「布萊希特的名句呀？」亞曼達雙眉一挑，再補一槍。

芙羅倫斯只覺一股熱流湧上雙頰，本能使然，立即轉身走出這個小圈圈，免得大家發現。她把杯中剩下的酒一口喝光，走回吧檯，勉強擠出笑意，朝酒保舉起空杯。她倚著木製吧檯，穿高跟鞋站了一陣子腳正痠，索性輪流換邊脫鞋，抬抬腳，讓腳暫時喘口氣。她向來不喜歡亞曼達這種女生，總是自信得理直氣壯。芙羅倫斯當年念的高中就有好些這種女生，把她收編進自己的小圈圈，去哪兒都帶著她，彷彿她是她們救回來的流浪狗，如此一週下來，玩膩了就把她放生。芙羅倫斯很清楚，在這些女生眼中，她不過就是她們出去招搖時營造氣勢的道具。要是她不乖乖合作，扮演時時感恩的小隨從，對她們就毫無用處。再說這種戲碼實在是千篇一律蠢到爆——芙羅倫斯最受不了的就是這個。而對紐約上西區出身的亞曼達來說，「女性主義」四個字或許就像當年穿的貴族私校制服，同樣是每天若無其事穿上的外衣，並未特別思考其中的含義，卻對它生出百分之百的忠誠度。

芙羅倫斯在群情激憤的場合，始終無法像大家那樣熱血，也生不出與眾人同仇敵愾的心情，因此無論在哪種圈子，往往都是邊緣人。但這個社會——從伴侶之間、朋友圈，到主流媒體的目標族群，好像都需要這種憤怒來凝聚向心力。就連在街頭四處拉人參與連署的年輕人，也彷彿早就察覺芙羅倫斯獨善其身的個性，完全把她當空氣。

當然她不是沒脾氣，只是把憤怒留給和自己切身相關的事，至於是什麼事，她也沒法講得很清楚。她要是真的發起火來，恐怕會嚇到很多人也嚇到自己。過去這種經驗固然不常有，但火氣一來就會害她暈頭轉向，不僅渾身無力，腦袋也亂成一團，就像經歷嚴重的時差，彷彿她的身體不等腦袋跟上就自己暴衝，她得想辦法追上去。

她大學時代有個教授，在創意寫作研討會上當著大家的面痛批她的作品，說她寫得很悶又沒原創性，只是模仿別人。芙羅倫斯下了課隨即去找教授，當面反駁他的說法，越講越激動，最後居然失控大罵教授，說他不過就是個二流作家，這輩子只出過一本沒人聽過的短篇小說集。等她終於發洩完了，那教授望著她的神情，大概只能用「驚駭」兩字形容。芙羅倫斯則根本不記得自己說了什麼。

等了半天，酒保終於注意到芙羅倫斯舉著空杯。此時她背後忽地冒出一個聲音，嚇了她一跳：「我覺得妳說得很對。」

她轉過頭，原來是公司的編輯總監賽門．瑞得——身材高䠷，髮絲飄逸，五官細緻，臉龐綴著點點雀斑。他這樣的外貌在出版界稱得上俊秀，但在芙羅倫斯的老家橙港，「五官細緻」可不是男人的長處。

她回過身來正對著他。「你是指哪件事？」

「就是媽的誰管莫德．迪克森是什麼人啊。」他這幾個字講得七零八落，好似一口湯沒嚥下去，一滴滴淌落嘴角，她這才明白他喝醉了。「這對書的內容根本沒影響啊。或者這麼說吧，有些人覺得有影響，可是沒道理啊。妳看艾茲拉．龐德，儘管支持法西斯主義，寫的詩還不是媽的美到爆。」

「在他那龍的世界裡，螞蟻成了人頭馬。」芙羅倫斯隨即背出龐德的詩句。

「放下你的虛榮，我說放下。＊」賽門也跟著背，邊講邊點頭。

兩人互換會心一笑。芙羅倫斯瞥見亞曼達盯著他們看，但一發現芙羅倫斯察覺了，立即轉開視線。這時酒保送上芙羅倫斯點的第二杯酒，她才拿起杯子，賽門就把自己的酒杯湊過來相碰，人也挨到她身邊。

「敬『匿名』一杯。」他低聲道。

譯註

＊此二句均出自美國詩人艾茲拉・龐德（Ezra Pound）所著《詩章》第八十一章（Canto LXXXI）。

2

兩人碰杯之後，接下來的時間，芙羅倫斯不管身在派對的哪個角落，都感覺得到賽門在注意她。當然以前也有年長一點的男性誇讚她，只是她總覺得老家那些男人色迷迷的眼神很噁心，彷彿總有別的暗示，至於那暗示的事情，她一點興趣都沒有。但今晚她很喜歡賽門專注的眼神。賽門和她老家那些男人完全是不同等級。她成長過程中碰到的男人，家裡擺的是十字弓，最常穿的是運動背心（所以身上除了背心部分沒曬到，其他都曬黑了）。但賽門會收藏珍貴首版書，話裡總有高明的反諷，而且無人不知他太太就是女演員英格麗．索恩——能受這種男人肯定，讓芙羅倫斯自覺好似在這世間掙到一席更高的位置。彷彿他的關注帶著強大的磁力，引出她渾然不覺自己擁有的特質。

又過了兩個小時，派對的賓客逐漸散去。露西問芙羅倫斯要不要走。她們都住在皇后區的阿斯托利亞，常一起搭火車回家。

「妳先回去吧。」芙羅倫斯說：「我想再喝一杯。」

「沒關係，我等妳一起走。」

「不用，眞的，妳先回去吧。」

「那好吧。」露西的語氣有點遲疑。「如果妳確定的話。」

「我確定。」芙羅倫斯回得十分乾脆。

她有時會覺得露西的友情令她窒息，但假如眞要說實話，她也得承認露西如此程度的關愛讓她感到很安心，相形之下壓迫感也就不那麼難受。或許因爲芙羅倫斯自小在母親訓練之下，只會對最強烈的情感表現形式有回應。要是表達得比較溫和，反而會讓她覺得冷漠又虛假。

露西朝她輕輕揮揮手便走了。芙羅倫斯又點了杯紅酒，一邊慢慢喝，一邊留意屋內的動靜。現場的人大約只剩二十來個，只是她都沒熟到可以攀談的程度。賽門在某個角落和媒體公關部門的主管談得正起勁，完全沒有告一段落的跡象。

芙羅倫斯覺得自己好傻。她以爲接下來會有什麼發展？

她把酒杯往吧檯一放，力道比自己想得還大，接著到大門口旁堆得亂七八糟的衣物中翻找自己的外套，使勁拉了出來，走出酒吧。

屋外的冷風無情劃過她光溜溜的腿。她轉往上城的方向，快步朝地鐵站走去，正要轉過第八街的街角，卻聽見有人喊她名字。她回過身，賽門在後方緩步跑向她，海軍藍大衣整齊掛在臂彎。

「想不想再喝一杯？」他問得若無其事，完全不像剛剛在街上追著女人跑的男人。

3

他們去了伊莉莎白街上的「湯姆和傑瑞」酒吧。賽門堅持兩人都要點健力士黑啤。「我念牛津那段時間喝的健力士，應該可以裝好幾個游泳池吧。」他說：「所以現在喝健力士，就覺得自己很年輕。」他講話頗有英國男人風，即使不完全算是英國口音，至少語氣的抑揚頓挫很有那種味道。她現在明白原因了。

兩人在酒吧比較裡面的那一區找到空桌，面對面坐下。桌面黏黏的。芙羅倫斯喝了口健力士，隨即皺起臉來。

賽門哈哈大笑。「這口味慢慢習慣了就會喜歡。」

「可是原本就不應該勉強自己喜歡什麼呀。」芙羅倫斯很不服氣。「很多人看書看到一半覺得不喜歡，還是勉強自己全部看完。何必嘛，就不要看啦，換一本不就好了！」

「那我講句不中聽的，妳大概是入錯行了。妳知道我每個禮拜有多少書明明不喜歡，又不得不看？從一堆爛書裡面挖寶，就是我們的工作。」

「噢，我可沒興趣當編輯。」芙羅倫斯邊說邊搖手。

「我沒聽錯吧。」賽門露出有點不解的微笑。「妳知道我是妳老闆的老闆吧？我們付薪水請妳來上班，妳是不是至少裝一下樂在工作的樣子比較好？」

芙羅倫斯回以一笑。「我有預感，你不會把我們今天晚上續攤的事說出去，尤其不會跟阿嘉莎講。」

「老天爺，我怎麼忘了，妳老闆是阿嘉莎．黑爾。沒錯，她要是知道我們又續了這一攤，可有得瞧了。這女的道德標準太死板了，不幫她上點潤滑油不行啦。」

芙羅倫斯忍俊不住，迸出一絲帶點罪惡感的笑。阿嘉莎無論於公於私都比芙羅倫斯占盡權力的優勢。此刻聽另一個人在談笑間不忘損阿嘉莎兩句，芙羅倫斯不禁樂得有點飄飄然。

「好啦，那就說定了。」賽門輕按了一下桌面。「既然妳都這麼說了，今天晚上就只有妳知我知。」

「那，敬『匿名』一杯。」這次換芙羅倫斯舉杯。

賽門的回應是伸手往桌下探，放在她大腿上。芙羅倫斯一時沒有動作，他的手指便緩緩朝上挪移，拇指輕撫她的肌膚，檯面上兩人則彼此凝視，不發一語。沒有人注意到他的動作，酒吧裡大部分的人都聚在壁掛電視前看美足賽。

「我們換個地方吧。」賽門講這句的時候啞了嗓，芙羅倫斯點點頭。桌上兩人的啤酒杯還是滿的。他牽著她的手往酒吧外走，一出大門，一陣冷風掃過，她不禁叫了出來。賽門隨即取下自己的圍巾，幫她在頸間圍了兩圈，又緊緊打了個結。

「好多了嗎？」

她點頭。

兩人半走半跑，把頭壓低了避風，往北連走幾條街，到了包瑞飯店。飯店樓下的門房正拿著大塑膠桶，朝人行道撒鹽。有個遊民倚著飯店外牆，不斷晃動手中的杯子，杯中硬幣碰撞，發出很像小孩咳嗽的聲音。芙羅倫斯花了點力氣想聽懂他在嘟囔什麼。「人家都說男人不哭。男人會哭，男人會哭。」

進了飯店，櫃檯的服務人員若無其事幫賽門刷卡，彷彿這會兒是下午兩點。芙羅倫斯心想，原來事情這樣就辦成了啊。她一直以爲到飯店開幾個小時房間得戴墨鏡、用假名；房間的床只要投幣就會晃動。不過看來一晚四百美金的房價，足以保證他們不會碰上那樣不入流的事。

他們和某個站不太穩的中年男人同搭電梯。賽門像是想到什麼點子，笑著朝芙羅倫斯伸出手。她回以一笑，但搖了搖頭。

房間很暗，只有床邊兩盞黃銅壁燈亮著。芙羅倫斯逕直走向整整占了兩面牆的大窗。「這是平推窗耶。」她說著伸手，指尖劃過冰冷的玻璃，細小的水珠在她劃過處凝結成四道水痕。

「過來。」賽門說，她照做了。

4

芙羅倫斯隔天早晨醒來，滿心期盼，神采奕奕，彷彿昨晚非但不曾遠去，還在眼前向她招手。房裡只剩她一個，賽門清晨四點就走了。她在床上望著他走來走去，收拾放在各處的隨身物品。他的深灰色西裝掛在衣櫥內；皮夾、手機、鑰匙則整整齊齊放在床頭櫃上。

賽門正一一扣上襯衫鈕扣，忽地摸了下脖子，低呼：「糟糕，有個領撐不見了。」她問什麼是領撐，他頭一歪，露出帶點不解又被逗樂的表情，簡直是爸爸看女兒的眼神。「妳眞可愛。」他只說了這一句，但沒回答她的問題。

芙羅倫斯以爲兩人之間會有點尷尬，卻毫無尷尬之感。他一邊穿衣服一邊和她親切閒聊，之後親了親她額頭，就回家當好丈夫了。芙羅倫斯從不覺得自己是會和有婦之夫上床的人，捫心自問是否感到愧疚，但奇怪的是，愧疚一如她原本以爲會有的尷尬，同樣沒有出現。

她在那張大床上舒舒服服伸了個大懶腰。今天是週六，退房時間是中午，她也沒有要辦的事。整個房間浴著燦爛的晨曦——那黃澄澄的光不該在這季節出現，也不像這城市的產物。或許應該在羅馬吧。

她起身到浴室。眼上的妝已經糊了，一頭鬈髮好似通了電東翹西翹。她沖過澡，把洗髮精和潤絲精的小瓶子擦乾好帶回家。

賽門跟她說可以點早餐來吃，她便打電話到前檯，對方卻說房間費用已經付清，她要點早餐的話得另外刷卡。「那就不用了。」她重重放下話筒，把衣服一一穿好，又坐回床上。她沒別的事好做，手邊連本書都沒有，心想那就走吧。只是等到了門口，手都放在門把上了，忽地又轉身走進浴室，搜刮了小針線包。

．．．

等回到阿斯托利亞，進了家門，她先在門口站了一會兒聽室友的動靜，暗暗希望她們都不在家。幾個月前，她在分類廣告網站上發現布莉安娜和莎拉在找室友，只是三人同住了這一陣子，她對這兩人的了解也沒比剛搬進來的時候多多少。

她打開冰箱，拿出一盒脫脂優格（儘管包裝上用奇異筆寫了「布莉安娜的!!」），回到自己房間坐上床、打開筆電、上網搜尋「領撐」。

領撐為平滑的硬質片狀物，材質包括金屬、動物角、鯨鬚、珠母、塑膠等，使用時插入襯衫領內側的特製暗袋，以保持領尖硬挺。

芙羅倫斯想著襯衫領子內側的小暗袋，想著會擔心領尖是否硬挺的男人，就像賽門。她上床的對象多半是從外地來紐約討生活的人，也似乎都和她一樣無所適從。這些男人大多是酒保和基層上班族之類，都是她透過約會應用程式認識的。她搬到紐約後只跟一個男的約會超過兩次，那人在第三次（也是最後一次）約會開口向她借五十美金。她猜這男的八成也不知道什麼是領撐吧。

芙羅倫斯很清楚自己的小小天地之外有另一個世界，一個完全陌生的世界。偶爾會有那麼個人，把那個世界包在掌心裡搖晃一陣，掉出一小塊碎片，叮一聲落在她腳邊。她細心收集這片片段段，好似昆蟲學家採集稀有蟲類，一一釘上標本板。這些碎片都是線索，總有一天會凝聚成更大的事物，只是她還不知那是什麼。或許是某種僞裝，某種答案，某種人生。

她接著搜尋賽門的妻子。英格麗．索恩主要是演獨立電影，偶爾跨足百老匯舞台劇。她不是《時人》或《InTouch》雜誌會報導的女星（這種雜誌的讀者也不會知道她是誰），但芙羅倫斯發現她上過紐約獨立雜誌《紙》的封面。那篇專訪還稱她爲前衛電影女王。

但英格麗的背景和「前衛」八竿子打不著關係。她老家是康乃狄克州某個富豪小鎮，父親是很有成就的律師，母親持家井井有條。她在《紙》那篇專訪中表示：「康州人最重視兩件事，就是琴酒和印花棉布。」如今她和賽門住在紐約上東區，孩子讀的是私立貴族學校，只是她居然有辦法把這種生活講得像是非主流異端。

英格麗青春不再，也不是典型美女，五官卻有種讓人想探究的魅力，那張臉更是令人一見就不願移開視線，連芙羅倫斯也看得入了迷。她身邊的手機忽地發出振動聲，她瞄了一眼螢幕，看著放在拼布被上的手機陣陣顫動，過了一會兒才接起來。

「嗨，媽。」

她媽一開口便神祕兮兮：「欸，奇斯昨天晚上跟我說，現在做『避險基金』這行最有發展。」她媽在連鎖中餐廳「P．F．張」上班，奇斯是那邊的酒保。那間餐廳的服務生一致公認奇斯絕頂聰明，乃萬中選一的奇才，至於箇中原因，芙羅倫斯也想不透。

「我沒有那方面的資歷啦。」芙羅倫斯說。

「妳大學不是那個拉丁文寫的什麼『summa cum laude』（最高榮譽）畢業嗎！我知道妳嫌我老土又沒腦袋，不過我曉得那個『summa』就是最棒的意思。妳還要哪門子資歷？」

「媽，我沒嫌妳老土，只是——」

「喔我懂了，我只是沒腦袋。」

「不是，我沒這麼說。可是妳也知道嘛，我對數字眞的不行。」

「這我可不知道，芙羅倫斯，我沒這種印象。講到這個，老實說，我倒是記得妳數字方面很厲害啊，眞——的很強喔。」她媽的語調有些誇張，不知是跟牧師講道還是新聞主播學的，大概是因爲每週都會花好幾個小時看這兩種人講話，自己也跟著裝腔作勢起來。

芙羅倫斯一時沒作聲。「我只是眞的沒那個興趣進金融業。我喜歡現在的工作。」這句未必是實話，但她早學到教訓，跟母親溝通最好用二分法，不是黑就是白。只要有那麼點灰色地帶，就會讓母親有機可乘。

「難道妳喜歡成天聽人使喚？我這二十六年讓人家呼來喝去，還不就爲了一件事？我就這麼一個孩子，要是有人想使喚她，我要她可以自己開口叫人家滾蛋。」

芙羅倫斯嘆了口氣。「對不起，媽。」

「不用跟我說對不起，小乖。妳的天賦是上帝賜給妳的。祂和我一樣，可不想看妳這樣糟蹋自己的才華。」

「喔好，不好意思喔，上帝。」

「噢，不可以，芙羅倫斯，別跟上帝耍嘴皮子。不可以對祂不敬。」

芙羅倫斯就閉嘴了。

母親過了一會兒才問：「誰最愛妳呀？」

「當然是妳。」

「誰是全世界最厲害的女生？」

芙羅倫斯朝自己房門掃了一眼，像是要確定沒人聽見。「當然是我。」她這幾個字說得飛快。

「沒錯。」芙羅倫斯完全可以看見母親在話筒另一端用力點頭的模樣。「寶貝兒，妳絕對不是小咖，別把自己做小了，那不但對我不敬，也是對妳的造物主不敬。」

「好。」

「愛妳喔，寶貝。」

「我也愛妳。」

芙羅倫斯掛了電話，閉上眼。母親對她如此過分誇大吹捧的讚美，卻在無意間反而讓她覺得自己好卑微。她讀高中那些年，母親始終認定芙羅倫斯是全班最美、人緣最好的女生。但現實世界的她根本是迷途的小白兔，緊抓著一小圈朋友不放，而且這個小圈圈的人之所以湊在一起，不是基於志趣相投，只是因為大家都太寂寞。當時和她走得最近的朋友是惠特妮，但兩人唯一的共通點只是課業成績一樣優秀。芙羅倫斯曾經很想對母親大吼：「妳到底了不了解我？」

有時她眞希望母親刻薄無情，這樣她至少可以毫無內疚斬斷一切關係。怎奈現實中母女倆只能在這虛僞的戲碼中無盡輪迴──母親不斷爲她加油打氣（對她失望的時候則沒那麼和藹）；芙羅倫斯回報的則是自己其實感覺不到的親情與悔意。

她媽薇拉．達洛懷她那年二十二歲──儘管已經不是走在街上會讓人多看一眼的年紀，但涉世絕對不夠深，不清楚自己以後會吃多少苦頭（她後來常這麼對芙羅倫斯說）。薇拉當年在飯店上班，那個該負責的男人是飯店常客，知道她懷孕後，隨即撇得一乾二淨。薇拉不爲所動，還是決定把孩子生下來。她後來常對人說（只要有人願意聽），生下芙羅倫斯是她這輩子最好的決定，因爲芙羅倫斯呱呱墜地的那一刻，也是她自己生命的起點。不過她懷孕期間認識了上帝，所以或許也有部分是上帝的功勞。

薇拉那時有個同事說自己的親戚也是單親媽媽，在某間教堂得到很多協助。薇拉因此迷迷糊糊的也跟著去了，想說應該可以拿到一包免費尿布吧，想不到她得到了團體的歸屬。

薇拉小時候，大人總是叫她安安靜靜，舉止要沉穩，凡事要低調。但到了教堂，套句道格牧師的話，她的滿腔熱血找到了目標。道格牧師還要她寬心，她懷的寶寶不是罪過，是上帝賜給她的珍貴禮物。

芙羅倫斯自己也明白，教堂有些人覺得她媽表現得很虔誠，骨子裡則不然。薇拉非但從不諱言自己對《聖經》的某些敘述存疑（好比〈馬太福音〉說溫柔的人將承受地土之類），而且她不管加入什麼小組會議，總有辦法搞得大家內鬨。要是這些說薇拉壞話的人知道她的信仰有多堅定，應該會大吃一驚吧，只是薇拉懶得跟這些人多解釋。最最重要的是，薇拉對一件事深信不移——上帝為她的孩子做了特別的安排。

芙羅倫斯的成長過程中，這「上帝為她安排的神聖計畫」常是睡前故事的素材，她也默默接受了，反正母親給予的一切，她都二話不說照單全收。對單親家庭的小孩來說，「懷疑」要擔負的風險太高了。

到了高中時期，芙羅倫斯再也不信上帝，只是心底仍認為自己注定會成就一番大事，畢竟這想法已經烙印在腦中太久。要她在這時候放下這個念頭，就像要她再也不長金髮，再也不討厭芥末。

問題是，芙羅倫斯和薇拉對所謂「大事」的定義天差地別。薇拉心目中的「大事」就是印象中的理想生活，所以坦白說，薇拉的期望只局限於自己想像的範圍。上帝會賜給芙羅倫斯好工作、好姻緣，而芙羅倫斯呢，為了知恩圖報，應該會幫她媽買間好公寓。

但做女兒的，對「大事」另有一番天馬行空的新想法，完全超出母親的控制範圍。事實證明，芙羅倫斯的眼界可以放得更廣更遠，那是她母親辦不到的。

透過閱讀，芙羅倫斯頭一次體會母親的世界和自己起了摩擦。她向來愛看書也求知若渴，因此領悟到在佛州大城市坐辦公桌不是人生的一切，還有比那更重要的事。

那時她常跑圖書館，渴望看到和自己不同的生活，哪怕只是零星的片段。她特別愛看外表光鮮亮麗，命運卻極其悲慘的女性故事，好比《安娜．卡列妮娜》和《一位女子的畫像》。不過沒多久，她的興趣就轉移到寫出這些故事的女性身上，開始狂看席薇亞．普拉絲和維吉尼亞．吳爾芙的日記。這兩人比起自己筆下的角色，更加光鮮亮麗，命運也更爲悲慘。

但若要問哪本書讓芙羅倫斯奉爲聖經，絕對是瓊．蒂蒂安寫的《頹然走向伯利恆》。眞要老實說的話，她大多是在看瓊．蒂蒂安戴墨鏡、開雪佛蘭 Corvette Stingray 跑車的照片，讀內文的時候倒是沒那麼多，但她從書中得到的啓示就此長駐心中。她只需要成爲作家，到那一天，「孤僻」兩字會神奇地變成她才情過人的證據，她再也不必爲此自慚形穢。

她在想像的未來畫面中，看見自己坐在窗邊精美的書桌前，聚精會神打字，寫著下一本傑作。她始終看不太清楚電腦螢幕上的字，卻知道字字都是珠璣，句句都在證明她果眞是不凡之才。無人不知芙羅倫斯．達洛的大名。

誰會爲了間公寓捨棄這一切？

5

「佛瑞斯特」出版社位於曼哈頓精華區，在哈德遜街的某棟辦公大樓裡占了兩層樓。儘管不是紐約最大的出版社，但在分眾市場也稱得上頗具名望，是塊讓員工很有面子的招牌。芙羅倫斯當初面試的時候，有個資深編輯對她說：「我們不做『通俗』小說。」那語氣，彷彿「通俗」兩字不過是把「兒童色情」講得好聽一點而已。（有一說是那個編輯當年退了《密西西比狐步舞》的稿，只是此一說法始終未經證實。）

公司假日派對後的那個星期一，芙羅倫斯走進公司樓下大廳時格外警覺，不僅眼觀四面耳聽八方，就連平日慣常的程序（刷員工識別證、向保全人員點頭招呼），都帶了點刻意表現的成分。她在等電梯的人群中找尋賽門的身影，只是沒看見他。

她辦公的地方在十三樓，是開放的空間，塞滿了印表機、檔案櫃和其他的編輯助理。幾個編輯的辦公室把這片開放空間圍了起來，也擋住了自然光。芙羅倫斯等著電腦開機的當兒，終於領悟到一點：根本沒人注意她。她的日子還是照過，上週五晚上的事彷彿從未發生。

上午十一點，阿嘉莎一邊急急走進辦公室，一邊奮力掙脫很難脫的大衣。四十出頭的她已然冒出白髮，個子雖小卻有用不完的精力，始終火力全開，連六個月的身孕也攔不住她。芙羅倫斯見她進來，連忙起身幫她脫大衣。

「眞要命！我那個醫生眞的氣死人了。」阿嘉莎埋怨道：「要不是現在已經來不及，我早就換醫生了。」她把肩上的托特包朝自己辦公室門邊的地上一扔，包包上有個別針寫著「和氣待人」。

「噢，她這次又怎麼啦？」

芙羅倫斯進公司沒多久就懂了——阿嘉莎最希望助理發揮的作用，就是在她糾結的時候深表同情，還要附和她的觀點。假如要芙羅倫斯老實說，她覺得阿嘉莎還滿有意思的。芙羅倫斯老家的人對紐約自由派人士有某種特定的想像，而阿嘉莎似乎正是完全照著那個模子做出來的人——家在布魯克林公園坡，先生是專精移民事務的律師。她會上街頭遊行，會抵制某些事。一般人口中的「電影」，她偏要說是「影片」。

「那個死醫生，她就是搞不懂我爲什麼不想打無痛！」阿嘉莎怒氣沖沖走進自己的小辦公室，芙羅倫斯緊跟在後，把自己的辦公椅拉到門口。

「妳不想打無痛？爲什麼？」

阿嘉莎在辦公桌前坐定，正色望著芙羅倫斯。她常自稱是芙羅倫斯的職場導師，但舉止像個導師的時候倒是沒那麼多。「芙羅倫斯，幾千年來，要當媽一定得先過『痛』這一關，這是進入人生某個階段的重要儀式。妳知道吧，非洲部落小男生的成年禮，是在身上刺花紋留一堆疤，過了這關才算是男人。」

「什麼部落啊？」

「應該所有的部落都有這種傳統。」

「是喔。」芙羅倫斯回得沒那麼肯定。

「這種痛有它神聖的意義，那個鬼醫療產業卻叫大家打什麼無痛！這不是破壞母子關係是什麼？這種痛才是母子連心的關鍵嘛。當媽媽是特權，是無上的光榮，受點苦也是應該的，天下哪有不勞而獲的事？」

「我想妳說得也有道理。」芙羅倫斯附和道：「我記得在網上看過，海蝨出生是先咬破子宮，把媽媽身體裡五臟六腑都咬穿，然後從媽媽的嘴跑出來。媽媽等於被小孩活活咬爛咬死耶。」

阿嘉莎深表同感點點頭。「沒錯，芙羅倫斯。我就是這個意思。」

芙羅倫斯迅速轉身回到自己桌前，決心把剛剛這段話當成自己贏了這一回合。

・・・

下午四點出頭，芙羅倫斯走出辦公室，想去街角的「鄧肯甜甜圈」買杯咖啡。就在踏出電梯的那瞬間，她終於看到了賽門。他正邊講手機邊走進大樓，一見是她，隨即豎起手指示意她稍等一下。

「嗯嗯。這當然。我也這麼覺得。」他對著手機說，同時朝芙羅倫斯翻了個白眼。

「那好，提姆，那就先這樣，我們再聊。」他把手機收進西裝外套內袋，對她微笑，臉上卻略有憂色。「眞不好意思。」他打量一下四周。「這樣吧，我們出去聊聊。」他帶芙羅倫斯走出大樓，轉進旁邊一條巷子。

「嗯，那天晚上眞的很開心。」賽門先開口，勉強擠出一聲輕笑。「我只是想看看妳怎麼樣，確定我們之間沒問題，妳對這件事也沒問題。我顯然並不常做這種事，可是我也不曉得怎麼搞的——」他長長吐了口氣，搖搖頭：「妳就是有些很特別的地方，說不上來。芙羅倫斯，我所有的原則都打破了。」

芙羅倫斯開口想說什麼，但賽門仍滔滔不絕。「可是話說回來——」他突然打住，換了一種語氣：「話雖然這麼說，這樣做還是不對。我是說我，這件事百分之百是我不對，我要負完全的責任。但也沒有下次了。我很尊重妳，不會再讓妳面對這種處境。」

「賽門。」芙羅倫斯說：「我不會對你搬出『MeToo』那套啦。」

賽門迸出大笑，笑得有點太大聲。「哈，哈。呃，謝了，眞是謝謝妳喔。呵。沒啦，我不覺得我們是『MeToo』的狀況。」

他瞄到芙羅倫斯後方有人在往這邊看，便朝那人點頭微笑。「那好。」他把視線移回她身上。「很好，太好了。謝謝妳。」

芙羅倫斯一語不發。

「那，我們之間沒事嘍？」

「完全沒問題，賽門。」

他輕拍一下芙羅倫斯肩頭。「那好，那好。妳工作都好嗎？和阿嘉莎處得還好？」

她說都很好。

「那好，那好。」同樣的回應。

兩人在街角分手。他回公司，她去買咖啡。她一邊排隊等咖啡，一邊在腦中重溫剛才的對話。她對賽門說的是實情，她眞的完全沒問題。她和他上床時早知道他有家室，早知道這應該只是一夜情，而且過程甚至沒那麼讚。他的撫觸十分溫柔、十分配合，卻讓她有點反感。（她心想，多可悲呀，他連偷吃的時候都像已婚男人。）不過她也得老實說自己多少有點後悔。眞要說的話，她並不是想和他在一起，可是她喜歡進入他的世界的感覺，哪怕不過幾小時。她喜歡包瑞飯店，喜歡他的領撐。她喜歡吸引英格麗．索恩的丈夫的視線。

6

芙羅倫斯沒回家過聖誕節。她對母親用的藉口是機票太貴，儘管「捷藍航空」有七十九美元起跳的票。

她在聖誕節那天搭地鐵到包瑞飯店。大廳擴大了一倍充當酒吧，變得十分寬敞，一路延伸到最裡面，盡頭是玻璃窗包覆的露臺區，但桌子大多都空著。她坐進一張扶手沙發椅，輕撫早已磨舊的黃色絲絨布面。女侍過來幫她點餐，她要了杯開價十四美元的「格蘭利威」威士忌。

芙羅倫斯把帶來的書（雷娜塔．阿德勒的小說《快艇》）和筆記本放在桌上，倒也不急著打開，先把四周觀察一遍。這飯店有種老派氣氛，像是英國在遙遠殖民國設的駐外基地，只是早已廢棄——牆上掛著黑黝黝的炭筆畫，地上鋪的是赤陶土地板和骨董地毯。飯店另爲聖誕節和新年布置了花環和吊飾。

她的視線落在一個有點年紀的男人身上。他身穿灰色三件式西裝，前胸口袋露出一角紫色手帕。他也在打量她。兩人視線一對上，他隨即吃力起身，蹣跚朝她走來。

男人挨到她旁邊，身上一股酒味和古龍水味。「妳是猶太人？還是本來就討厭人？」他用沙啞的嗓音沉聲問道。

她回以嫌惡的眼神，但沒作聲，雙方繼續一語不發對視，最後還是男人先開口。「哎呀，別這樣嘛，美女。我沒什麼惡意。我自己講啦，我兩個都是。和我聊聊，樂趣加倍喔。」講完迸出一陣刺耳的笑聲，又隨即轉為猛咳。他抽出胸前的手帕掩住嘴，把一團濕濕的東西咳在裡面。

先前幫芙羅倫斯點餐的女侍走來，一隻手輕放在男人後腰，說：「好啦，我們讓這位女士安安靜靜喝一杯，好不好？」再溫和地帶他回到原先在壁爐旁的座位，男人則一路嘟囔著：「她是哪門子女士啊，一點都不像。」

芙羅倫斯把杯中的酒喝完，起身去洗手間，望著鏡中的自己。洗手臺有兩個水龍頭，一熱一冷。她把手放在熱水龍頭下沖，一直沖到自己受不了為止。這是她大學時代發現的最佳療法，碰上讓她憤怒絕望的事，必然沖上一回。之後她回到剛剛的桌邊，放下一張二十元鈔，出了飯店，朝地鐵站走去。

．．．

和薇拉共度聖誕的，則是死黨葛蘿莉亞和她兩個孩子。薇拉這麼對芙羅倫斯形容那個聖誕夜：

「我當然知道我一個老人家在她們家待一整天，總是不太方便，只是葛蘿莉亞怎麼可能放我一個人過節呢。欸，我不是在怪妳沒回家喔。不過妳也知道嘛，葛蘿莉亞心腸好，就是見不得有人難過。喔對了，她那個大女兒葛麗絲，簡直不得了，『黃金海岸不動產』整個坦帕分公司都歸她管，那可是全國大企業耶！而且她還有四個小孩！」

「我敢說『黃金海岸不動產』絕對不是全國大企業啦。」芙羅倫斯回道：「它都叫『黃金海岸』了。」

薇拉大聲嘆了口氣。「好吧，我想妳大概覺得這沒什麼了不起。四個孩子，六位數年薪，而且她還有空幫我買聖誕禮物呢。」

「我幫妳買了聖誕禮物啊。」芙羅倫斯不甘示弱打斷她。她寄給母親的是一本莉迪亞．戴維斯的短篇小說集。儘管明知母親應該永遠不會翻開那本書，她心中某個角落還是渴望母親能有所改變——她可不想因為她媽抬不起頭。

「哎呀小乖，我們是一家人，一家人不親誰親呢。對了，妳絕對猜不到她幫我買了什麼。」

「什麼？」

「櫛瓜麵機！」

「我不知道那是什麼耶。」芙羅倫斯淡然回道。

「不會吧，妳知道嘛，就是做櫛瓜麵的。」

「我說眞的，我眞的不知道那是什麼玩意兒。」

薇拉又嘆了口氣。「好吧小乖，我不耽誤妳了，紐約一定比這裡高級得多，妳好好享受吧。」

芙羅倫斯使勁揉了揉臉。用這種態度對母親不是她的本意，只是她實在很難控制自己。「對不起啦，媽。我相信她送的禮物一定很棒。」

她沒花什麼力氣就讓母親的情緒緩和下來。「欸，眞的很棒喔。等妳下次回來，我做櫛瓜麵給妳吃。吃起來就跟眞的義大利麵一樣耶，好厲害。」

「那很好啊。」

「喔對了！妳知道我前兩天碰到誰嗎？崔佛！他人眞好，我當時在購物中心，他主動過來跟我打招呼耶。」

芙羅倫斯方才浮現的內疚頓時煙消雲散。「媽，妳明明就很討厭他好不好。」崔佛是芙羅倫斯高中時的男友，薇拉老是叫她趕快分了，她卻還是和他交往了兩年多，有一半原因是不想讓母親稱心如意。她和崔佛之間唯一的共同點，就是兩人雖不明說，但都深信自己腦袋比別人好。結果想當然耳，這點基礎完全不足以在他們各自離家後繼續維繫彼此的感情。

「哎喲怎麼這樣講，我哪裡討厭他了。」薇拉回道：「總之呢，他現在是 Verizon 電信的工程師，滿高階的喔。他一直問妳好不好，完全不敢相信妳搬到紐約啦。」

「可我就眞的在紐約啊。」芙羅倫斯回得毫無表情。

「妳打個電話給他吧。」

「幹麼？」

「就聯絡一下，不挺好的嗎？」

芙羅倫斯心知這絕對不是「聯絡一下」而已，但決定算了。她媽丟餌過來，她不上鉤，就是她送給母親的正牌聖誕禮物。「好啦，媽，我看情況再說吧。愛妳喔。聖誕快樂。」

「我更愛妳喔，寶貝。」

・・・

公司從聖誕節到新年那幾天都放假，芙羅倫斯原本打算利用這個空檔來寫自己的小說，可是整整一週都在同一個地方卡關，也是將近兩年前她搬到紐約時的老問題——她寫不出來。一個字都寫不出來。

這是她頭一次碰上寫作瓶頸。她大學畢業後還是留在甘斯維爾，在書店找到差事，好全心投入寫作。不去書店上班的時候，就在電腦前拚命寫，而且往往一寫就是通宵，餓了就用微波爐加熱杯麵，吃了不知多少杯。她在大學時代讀到羅伯・庫佛、唐納・巴塞爾姆、胡立歐・柯塔薩等人的作品，感覺像是踏進另一個世界。在那個世界裡，尋常生活的種種桎梏得以解開，因果的牽繫可以切斷，眼前開展的只有自由。這想法令她興奮不已——她可以創造一個現實，這裡只有她說了算。

她在那段期間寫了幾個短篇，選的題材希奇古怪，會令人發毛的那種。她自己最喜歡的一篇是講一個家庭主婦，花了很多年把先生一點一點吃掉，最後全部吃光光。薇拉看了那篇故事，覺得有個地方完全不合邏輯，問她：「那個先生怎麼可能不知道老婆正在吃自己？他不會報警嗎？」

也就是那段期間，薇拉幾乎每天都勸她去找個正經工作。芙羅倫斯試了快兩年，在收到無數文學雜誌的拒絕信後終於投降，只要看到出版業徵人啓事就丟履歷過去。第一個發錄取通知給她的就是「佛瑞斯特」出版社，她就這樣成了編輯助理。

正式上班沒多久，她寫作的產能驟然枯竭。至於原因，她認爲應該說回搬到紐約頭一週的某一晚。「佛瑞斯特」有滿多年輕員工喜歡在週五下班後，去荷蘭隧道口附近的「紅雲雀」酒吧聚會。這間酒吧其實髒得要命，桌面總是黏黏的，但總有些住翠貝卡區的有錢金融家會來這兒，因爲這種人儘管一身高級西裝、飲食有專人打點、住高樓豪宅、有私人遊樂間，會出入這種地方，代表他們還是很酷。至於「佛瑞斯特」這群年輕人來這兒，則是看上晚間五點到八點啤酒一壺特價五元。

芙羅倫斯上班後的第一個週五，大夥兒約好六點在電梯前碰面，再一起去「紅雲雀」，她和露西只默默跟在這群人後面。芙羅倫斯實在不願承認自己和露西一樣手足無措。這些同事一副自信十足、飽讀詩書的模樣，可以在藝文界派對和赫赫有名的作家談笑風生。穿的是合身洋裝，戴的是骨董首飾。她在這些人身邊，只覺得自己像個冒牌貨。

亞曼達．林肯則自居爲這群人的頭頭。她在紐約長大，爸媽一個是《紐約時報》專欄作家，一個是成功的作家經紀人，還身兼紐約公共圖書館董事。亞曼達中學讀的是私立名校「道爾頓學校」，之後進了耶魯大學，畢業後又在《巴黎評論》實習。這樣的家世經歷簡直無懈可擊。她這輩子恐怕根本沒去過橙港這種地方。

一夥人在酒吧比較裡面的區域找到一張大桌，坐定後亞曼達隨即舉杯，高喊：「親親！」芙羅倫斯和露西搞不清楚狀況，面面相覷，不過還是喃喃跟著大家一起說了「親親」＊。

賽門的助理艾蜜麗來自中西部，親切向她們這兩隻菜鳥招呼，好讓她們融入這個小團體。「妳們是哪裡人呀？」

「安默斯特。」露西的聲音輕到幾乎聽不見。

亞曼達隨即插話：「妳大學也在那邊念的嗎？我弟就是，他叫史都華·林肯，妳認識嗎？」

露西點點頭，但看不出那是指「我大學也在那邊念」還是「我認識妳弟」，而且她也沒再說話了。

艾蜜麗改轉向芙羅倫斯問：「那妳呢？」

「我是念佛羅里達州立大學，甘斯維爾分校。」

「噢，酷啊。」艾蜜麗回道，這桌的大夥兒跟著附和點頭，反應既熱烈又得體，彷彿

譯註

＊ Chin-chin，發音同 cin cin，義大利語「乾杯」之意。

艾蜜麗方才講的是「芙羅倫斯得了癌症」。他們這桌幾乎全是常春藤盟校或同等級的名校出身。

「那妳去過海明威在基威斯特的家嗎？」弗利茲問。

芙羅倫斯搖搖頭。

「那裡很棒耶，有很多六隻腳趾的貓，是海明威那隻六趾貓的後代。」

「拜託喔，這年頭誰還管海明威呀。」亞曼達又發話了：「你是怎樣，教國中英文啊？」

弗利茲白眼一翻。「哎喲，亞曼達，我只是說海明威有養六趾貓好嗎。」

過了一陣子，眾人喝到第二輪，有個穿橘色印度長衫的中年男人進店來兜售玫瑰。亞曼達看到這一幕又發作了：「單枝玫瑰花，眞是要多俗氣就有多俗氣。誰來跟這個大叔講講，叫他改賣牡丹花，要不然跑多少家都賣不動啊。」

大夥兒哄笑起來，只有芙羅倫斯沒笑。她默默注視亞曼達，既有點驚訝又覺得不可思議。誰不喜歡紅玫瑰？再說，誰不喜歡海明威？這個女生，明明比自己大不了幾歲，怎麼把損人的話講得這麼順口？

這還不算。那晚亞曼達還順口講了好多文化界用語，芙羅倫斯當時只聽到一串凌亂的字詞，後來上網搜尋才明白——原來是社會學家阿多諾、舞蹈家碧娜鮑許、紀錄片《機械生活》。

過去在佛州，芙羅倫斯從小到大都是交遊圈中最有頭腦和見識的人，然而到了這間髒兮兮的酒吧，卻生平頭一次覺得自慚形穢（老實說是覺得自己很笨）。曾因自認比別人見多識廣而洋洋得意的她，突然間發現自己一無所知。倘若有人那天早上問她世上什麼最優雅，她的答案很可能是紅玫瑰。她甚至不知連嫌棄海明威都可以是聊天的話題。

隔天，她盯著空白的頁面，一股陌生的情緒竄了出來——她好怕。假如紅玫瑰俗不可耐，那她原本以爲理所當然的事，還有哪些會讓別人不以爲然？無論她寫的是什麼，會不會因爲無知踏到什麼地雷讓人訕笑？再說，她既然沒有先讀過阿多諾，還敢寫小說嗎？

她把過去寫的幾個短篇又拿出來看，發現自己寫得幼稚又拙劣。這還眞要感謝那個目中無人的臭婆娘亞曼達．林肯，讓她這時就明白自己的貧乏，免得出去丟人現眼。

她曾發願要出人頭地，如今這念頭再也不是什麼天命，只不過是許多選項的其中一個。如果她在出版圈一路做下去，當編輯不當作家，也未嘗不可。再不然就回佛州老家當房屋仲介、幫銀行賣貸款也成。世上沒有永久保證，沒什麼是天經地義。

就這樣，她的自我意識不知何時遺落何處，像不經意間滑落椅背的外套。她已不再是當年的佛州小女孩，只是該怎麼打造全新的自己？她把心態和個性當成外衣，嘗試不同的搭配組合。某一天裝成鐵石心腸，隔天再變成人見人愛的焦點。買新靴子、用眼線液，有次甚至豁出去戴了貝雷帽。她深信改變造型的效力能從外在一點一滴滲透到內裡，尼古丁貼片不就是這個原理嗎？

那一晚在公司派對遇到賽門的她，在紐約已經待了兩年，那個眞正的自我卻尚未成形。她是沒有壓艙石的船，在波濤中左搖右晃。那飄忽不定的氣質，或許正是當時吸引賽門的地方。很多男人都無法抗拒如此變幻莫測的青春生命，賽門也不例外；很多二十六歲的女子都在黑暗中摸索尋找自我，她不是其中的唯一。

他想必明白和自己公司的年輕助理上床，很可能會毀了事業和家庭，那何必這麼做？芙羅倫斯也沒昏頭，她知道絕不是因為自己太有魅力，讓賽門難以抗拒。她猜想，或許因為他有某種難以克制的癮頭，那未必與性有關，而是在一個缺乏自信的年輕女子眼中看到自己，那個有權有勢、自信十足而搶手的自己，令他難以自拔。再說，根本沒人注意到的小角色，不太可能鬧出什麼事。

他想得沒錯。那時她沒有。

7

佛瑞斯特出版社一月二日放完新年假，恢復正常辦公。過了幾天，阿嘉莎整理了幾本自己最近編的書，好送給她想爭取的一位作家，叫芙羅倫斯當跑腿。作家住在八十七街，而且在最東邊。那天以一月來說反常的暖和，芙羅倫斯樂得有藉口離開辦公室透透氣。

把書送過去之後，她也不急著回去上班。東河岸邊有座美麗的公園，她索性沿著公園外圍慢慢往南走。

到了八十四街，對街某棟大樓外聚集了一群人，大多是深膚色女性。其中一人的兜帽大衣下是灰色女傭制服，像舞臺劇人物的打扮。少數的幾個白人女性不是閒聊就是看手機。

大樓的對開門敞開，流鼻血般湧出大批身穿紅格紋裙的女生。芙羅倫斯看到大門上方釘了塊金色牌子，寫著「哈維克學校」。賽門的女兒讀的就是這間——芙羅倫斯記得他太太在《浮華世界》的專訪中提過。她掉頭望向那群等著女兒下課的媽媽，這回多了點興致，只是英格麗並不在場。芙羅倫斯在附近找了張長椅坐下，繼續觀察對街。

這些學生大多都鑽進等在門口的校車，但不是芙羅倫斯在佛州坐的黃色校車，是有絨布座位、車尾還附設洗手間的豪華巴士。有個胸前掛著哨子的大塊頭女老師，甚至不叫它「巴士」，而是「遊覽車」。「一號遊覽車再五分鐘就要開嘍！同學！」那個老師大吼：「動作快！動作快！」

一直到遊覽車都開走，校門口的保母和媽媽都帶著孩子離去，幾個老師也走回學校，芙羅倫斯才起身走向地鐵站。

・・・

芙羅倫斯回到辦公室，打開自己那份沙拉，菜葉淋了太多醬汁，濕漉漉的。還沒吃幾口，便聽到阿嘉莎高喊：「芙羅倫斯！」

她連人帶滾輪椅滑到阿嘉莎門口：「怎麼了？」

「妳真的有多要一份鷹嘴豆嗎？」阿嘉莎滿臉狐疑，用叉子向沙拉碗指了指。那是芙羅倫斯回程到街角沙拉店幫她買的外帶。

「嗯，對啊。」芙羅倫斯還真的忘了多要一份鷹嘴豆。

「這樣會惹克萊拉不開心喔。」阿嘉莎說：「克萊拉就是想吃鷹嘴豆。現在吃不到，媽咪回家只好插管子用灌的啦。」

芙羅倫斯點頭微笑，隨即發現阿嘉莎一副還有下文的樣子，連忙識相地問：「不好意思，誰是克萊拉？」

「我忘了跟妳說嗎？喬許和我終於選好名字了。」

「要叫克萊拉嗎？好美的名字。」

阿嘉莎笑得心花怒放。

「希特勒的媽媽好像也叫這個名字。」芙羅倫斯又補上一句。

阿嘉莎的笑容頓時凝結，塑膠叉上的菜葉微微顫抖。「妳說什麼？」

芙羅倫斯趕緊圓場。「呃，我記得他媽媽應該是K開頭的克萊拉，畢竟她是奧地利人嘛……」

阿嘉莎沒作聲，只是一臉不解望著她。

「還是你們取的就是K開頭？我覺得也滿好的。」

阿嘉莎緩緩搖頭。「沒……我們取的是C開頭。」

芙羅倫斯好一會兒才又開口：「對對對，懷孕的時候突然想吃的東西，還眞的很怪耶。我媽說她懷我的時候，一直想吃魚排堡。」

阿嘉莎的動作終於換成緩緩點頭。「是啊。」這個主題她就有共鳴了。「人家不是說嗎，媽媽吃魚小孩就聰明，尤其是鮭魚，只要注意汞的含量就好。妳媽愛吃魚，顯然是因爲這點。媽媽的天性嘛，不管做什麼都有自己的道理。」

「我媽只是愛吃麥當勞啦。」芙羅倫斯說著噗哧一笑。

「麥當勞？」

「麥香魚啊，麥當勞的魚排堡不是麥香魚嗎？」

「噢，我以為妳在說魚排。我其實從來沒去過麥當勞。」

「不會吧。」芙羅倫斯說：「一定有啦。」

阿嘉莎很誠實地搖搖頭。

「妳這輩子肯定去過吧，誰沒吃過麥當勞？」

「我就沒吃過。妳知道他們的肉裡打了多少種荷爾蒙嗎？」

芙羅倫斯敢說全美國的人都吃過麥當勞，阿嘉莎自己連試都沒試過，卻可以那麼輕易否定好幾百萬人的日常，同時又只因為幾個非洲男孩在身上刺青，就不願意無痛分娩，這是什麼道理啊？

公司派對那晚之前的芙羅倫斯，從沒想過自己會有評判阿嘉莎的一天。芙羅倫斯年紀輕，資歷淺，賺得比阿嘉莎少，既沒結婚又沒小孩。阿嘉莎最重視的事，她幾乎都沒有。不過那晚賽門講起阿嘉莎時那輕蔑的語氣（刻意強調「黑爾」兩字，和「地獄」〔hell〕一樣的發音），形同掀開了某種保護罩，露出阿嘉莎可笑的那一面。這全新的觀察角度令她無所適從。阿嘉莎難道不是她進公司以來一直很敬重的前輩嗎？假如她並不欣賞阿嘉莎，那她到底在幹麼？她為什麼要在這裡上班？這份工作眞的能讓她成為作家嗎？

「需要英雄的國家眞不幸。」亞曼達在派對那晚說過。不過假如一個國家唯一的英雄是阿嘉莎．黑爾，也同樣不幸。

・・・

阿嘉莎下午五點就走了，芙羅倫斯則留下來爲幾天前收到的手稿寫評估報告。到了七點半，她把報告用電子郵件寄出去的同時，桌上的電話響起，是賽門，聲音中有難掩的興奮，聽得出喝了酒。

「芙羅倫斯！妳在呀！怎麼這麼晚還在？」

「呃，上班啊。」

「這不對吧。妳不應該做到這麼晚。跟我碰面吧，我得好好幫妳開導開導。」

「現在跟你碰面？」

「我們早該碰面了，五分鐘前，不對，昨天就該碰面了。總之趕快帶著妳那雙美腿過來。」

芙羅倫斯得捏住上下唇才能忍著不笑。「你不是說你很尊重我，不會讓我再面對這種處境嗎？」

「我像會講這種話的人嗎？不不不，老實說，我一點都不尊重妳，我根本看不起妳。我最看不起的就兩個人，妳和烏干達那個殺人魔王阿敏。我可以親自證明給妳看，看我怎麼糟蹋妳。」

「你說眞的嗎？現在就碰面？」

「我認眞得不得了。我們半小時內到包瑞飯店會合。我會用莫德·迪克森的名字訂房，好嗎？這樣好記。」

芙羅倫斯掛了電話，拿掌心貼了一下臉，很燙。她拿起外套和包包，迅速離開辦公室，多少希望有人能在這時來問她今晚有沒有空。倘若她對露西說了和賽門第一次過夜的事，應該也會很樂於告訴她還有第二次。然而這件事她始終沒說出口，她知道露西心裡會批評她，也會對她很失望，儘管露西會努力掩飾這兩種情緒，但表情騙不了人。

芙羅倫斯決定奢侈一下坐計程車，好搶在賽門之前抵達飯店。果然有以「迪克森」這姓氏訂房的紀錄。她進了房間，在靠窗的椅子上坐下，盡可能表現得若無其事。她是不是該先把衣服脫掉？不要，這太可笑了。她一會兒蹺腿坐，一會兒又把腿放下來。早知道應該穿漂亮點的內衣褲來。

一小時過去，還不見他人影。

她從包包拿出總是隨身的筆記本，寫起短篇故事來，年輕的女主角正在等待戀人……她寫一寫便把那頁撕了，丟進垃圾桶。十點鐘了，她爬上床，把手機鬧鐘設定在隔天清晨六點。她得先搭地鐵回家換衣服，再趕去上班。

幾個小時過去，房間的電話突然把她吵醒。

「芙羅倫斯，真對不起。」話筒那端是賽門，聲音放得很輕。

「怎麼了？」她也莫名其妙跟著壓低音量。

「我岳父心臟病發作。我沒有妳的手機號碼，沒辦法通知妳。」

「他還好嗎？」

「誰？比爾？喔，不好，他走了。」

「噢。」

「嗯。」

「那你現在可以過來嗎？」

「沒辦法，我得留在這裡。妳聽我說，我不知道自己發的哪門子瘋，怎麼會把事情搞成這個樣子。我眞的很抱歉，早知道就不應該把妳捲進來。」

「沒關係。」

「有關係。不過還是謝謝妳這麼說。」

他們的對話就這樣結束。芙羅倫斯頓時覺得自己眞是笨得可以，她幹麼問賽門現在能不能過來？那完全是黏人精的語氣，就像她媽。

她往後一躺，瞪著天花板。儘管很想對喪父的英格麗生出些許同情心，但英格麗失去的，是芙羅倫斯從沒有過的，要生出同情心實在不容易。「失去」和「缺少」有很大的差別。畢竟芙羅倫斯的成長過程中，非但從來不曾因爲沒有父親而得到他人同情，連自己都覺得自己不夠好，彷彿不值得擁有父愛。

芙羅倫斯對生父只知道一件事，就是他的名字。那還是某一年感恩節，她趁母親灌下大半瓶紅酒後套話問到的。她一直希望生父有個帥氣的名字，強納森、羅伯之類的，可惜答案是德瑞克（Derek）。若要說這名字帥，還不如說鐵皮屋帥。再說，德瑞克那個「克」爲什麼只有一個很招搖的K，而且還光禿禿的，前面沒有C？「比爾」這名字還比較有父親的味道。

她起身翻找電視遙控器，反正完全睡不著。她瀏覽電影的介紹頁面，發現一部小規模製作的獨立電影叫《預兆》，是英格麗幾年前主演的。芙羅倫斯選了那部片子，掛在房間帳上，隨即按下播放鍵。待英格麗出現，她按了暫停，正好是英格麗臉龐的特寫鏡頭，那是開心得合不攏嘴的笑容。

芙羅倫斯仔細打量眼前螢幕上的這女人。不，她對英格麗生出的情緒不是同情，絕對，絕對不是同情。

．．．

隔天早晨，她連回家換衣服都懶了，直接穿前一天的衣服去上班，反正誰會注意呢。她在地鐵上看了一下英格麗的 Instagram 頁面，最新的一張照片是浴在陽光下的花瓶，瓶中插著水仙花，圖說是：「怒吼，怒吼，抗拒光之將滅。」芙羅倫斯覺得比爾應該沒有掙扎怒吼抗拒死亡，畢竟心臟病發作似乎總是突如其來，但她還是可以理解想透過這首詩抒發的心情。這則貼文已經有四百多則留言，兩千多人按讚。芙羅倫斯先是按了讚，一想又覺得不妥，頓時慌了手腳，趕緊取消。

有個念頭忽地浮現腦海。英格麗也許那天會親自去學校接孩子下課。那兩個孩子會不會傷心到連校車都不能搭？喔不對，是「遊覽車」。

她等阿嘉莎進了辦公室，就先報備說她下午和醫生有約。

阿嘉莎心不在焉點點頭。「沒問題。」

芙羅倫斯在三點十分左右到了哈維克學校，比照上次坐在對街那張長椅上，看起繆麗兒．絲帕克的小說《駕駛座》。校門一開，她便拿出手機，叫出賽門兩個女兒的照片，她在網路上找到的。那照片是去年夏天在長島某場流浪狗募款會拍的。小女兒塔比莎抱了隻滿臉驚恐、瘦巴巴的吉娃娃；大女兒克蘿伊則伸指對鏡頭比了個V字形。賽門和英格麗站在兩個女兒後面，環著對方的肩，露出和藹的笑。芙羅倫斯把這一家四口的臉逐一放大端詳。

她又抬眼仔細觀察校門外聚集的學生。有個年輕老師正千方百計引導學生上校車，只是她講話細聲細氣，即使苦口婆心，對這群失控的野馬還是不起作用。芙羅倫斯接著在一圈圍觀某人iPhone的女生之中發現了克蘿伊，看樣子應該是七、八年級的學生。克蘿伊邊講話邊比手畫腳，動作之誇張可比舞臺劇女演員，只是她長得比一般人想像中「英格麗的女兒」還要圓潤些。芙羅倫斯利用手機的相機功能推進鏡頭，好把她看得更清楚，既然都用相機功能了，就順手拍了張照片。芙羅倫斯按下快門時，克蘿伊正咧嘴大笑，笑得嘴都有點歪了。芙羅倫斯心想，這女孩外公才剛過世，笑得這麼開心，有點不太合適吧？她不禁好奇英格麗若是看到女兒這種舉動，不知會有什麼反應。

但英格麗沒有出現。這群女學生推推擠擠上了一號遊覽車，在芙羅倫斯的目送下遠去。

8

之後的一月天彷彿爲了補償十二月的酷寒，竟是一連串和煦的豔陽天。芙羅倫斯暗自慶幸這樣的好天氣——因爲她現在每週會有一、兩天下午，去哈維克學校對街的石椅上消磨時光。天氣這麼好，她想應該是老天爺也在幫忙吧。眞要問她爲何要跑這一趟，她也說不上來，只知道某種引力一直帶她回到這裡。週五下午學校一點半放學，她就趁午休時間跑來，哪怕單趟就要花將近一小時。其他的工作天，她就謊稱在外面有約，必須離開辦公室。

坐在那石椅上，感覺似乎就像也在那樣的生活中占了一席之地。講得白一點，那樣的生活無論在哪方面都比她的生活好得多。她注意到這些女生穿著定價高達兩百美元的圓頭平底鞋，但她們的腳還在長，那鞋想必穿不了多久就得淘汰。她也看到有些老師放學後仍在校門口，和學生們有說有笑。芙羅倫斯從來不和老師們談笑，也沒看過老師們彼此開玩笑的模樣。她七年級時有個老師，某次不但挨了學生一口痰，而且還正中眼睛。老師對那個學生連吼都沒吼一聲，只是走出教室，到下課都沒回來。

哈維克學校的周遭彷彿自成一個結界，把世上所有醜陋粗俗的事物阻絕在外。芙羅倫斯每次從那邊回來，都覺得整個人淨化了一輪，活力十足，好似吸飽了純氧。

然而眞要老實說的話，她其實是去看英格麗。英格麗已經完全取代了自己的丈夫，成爲芙羅倫斯沉迷的對象。賽門的領撐對芙羅倫斯已不起作用，他不過就是個普通男人，具備普通男人的普通弱點。反觀英格麗才是眞正的藝術家——她在銀幕上一挑眉、一掉淚，縱使相隔萬哩，縱使多年過去，依然能觸動人心。英格麗能讓某人的內心世界天翻地覆，能把全新的現實加諸全然陌生的人身上，那是何等的力量啊——讓他人爲妳傾倒，無法自拔。芙羅倫斯就是希望自己的創作有這種力量。

她這幾週用室友的「網飛」帳號，看遍英格麗．索恩的電影，還上網把英格麗的照片仔細研究了一番。她多麼渴望能見英格麗本尊一面。她想說服自己這個女人眞實存在，和自己一樣有血有肉，因爲她和英格麗之間的關係多麼糾纏呀。畢竟，賽門選擇了她們倆。

到了二月初，她這一番苦心終於有了報償。

那天克蘿伊和塔比莎一反往常，沒有搭怠速等候的豪華遊覽車，而是開心奔向等在校門外、張開雙臂的母親。芙羅倫斯頓時猛吸一口氣。英格麗身穿黑色緊身褲，搭配打了許多細褶的白襯衫，頂著新剪的短髮，而且一看就知道是收費很貴的那種造型。臉上的皺紋比鏡頭下還多。

母女三人一同往西走，英格麗走在中間。塔比莎興高采烈，把母親的手當鞦韆般搖來晃去。芙羅倫斯則刻意走在對街跟著她們，中間維持約半個街區的距離。英格麗母女走到約克大道，搭上M86公車，芙羅倫斯趕緊加快腳步往前衝，才在最後關頭趕上，一邊上車一邊氣喘吁吁，引得幾個人轉頭看她，但不包括英格麗。

這一家人在萊辛頓大道下了公車，走進八十七街的某間診所。芙羅倫斯強自克制自己跟進去的衝動，硬是在外面等了足足一分鐘。

「請問要找哪位？」坐在接待櫃檯的是個四十來歲的女人，一頭漂淡的金髮，對她微笑等答案。芙羅倫斯飛快瞟了一眼面前的各式廣宣小冊，原來這裡是矯正牙齒的診所。

「呃，我和考森醫生有約。」她回道。考森醫生是她從小看到大的牙醫。

「不好意思，這邊沒有叫考森的醫生。」

「噢，嗯，那我方便在這裡看一下手機嗎？我應該可以找到他的資料，不知道放哪裡去了。」

接待人員微笑點點頭。

芙羅倫斯坐到英格麗母女檔對面。在她剛剛跟接待人員交談的那段時間，這母女三人都沒講話，不過這會兒塔比莎又打開話匣子了。

芙羅倫斯一邊滑手機，一邊聽塔比莎講體育課發生的事，不過實在是滿無聊的瑣事。

英格麗的手機突然響起，她對女兒說：「等等，小乖，我先接一下電話。」

她滑了一下螢幕接聽。「嗨，大衛。」芙羅倫斯可以聽到話筒另一端有個男人尖細的聲音，喃喃說著不知什麼。英格麗聽了一陣後突然插話：「哪有這種事，我才不要……不會吧……眞是的……嗯，這樣吧，我們另外找人……喔，她做過那個講重罪犯的節目？……好，那不錯。好吧，你再打給我。」

英格麗放下手機，嘆了口氣，這時她的視線正好和芙羅倫斯對上，隨即翻了個白眼。「剛剛不好意思。」

「不會。」芙羅倫斯說完又補了句：「妳的小孩好可愛。」

「謝謝。」英格麗欣然回以一笑，輪流看了看兩個女兒。

芙羅倫斯一見英格麗那口整齊潔白的貝齒，不覺抿緊了唇，驟然間自己那扭曲的笑變得好難堪。她這輩子從沒矯正過牙齒。她勉強起身，忍痛離開溫暖的候診間。

外面天色漸暗，飄下冷冷的雨。她很想等那母女三人出來，尾隨她們回家，但又不想讓英格麗覺得有人跟蹤。再說她也該回去上班了。她之前跟阿嘉莎說要去補牙（上週用的藉口則是去檢查牙齒），阿嘉莎的反應不像以前那樣平和，反而開始暗中帶刺。芙羅倫斯實在不懂——阿嘉莎已經大權在握，幹麼不好好利用職權，想要什麼就直接開口？但她偏不，她外出午餐前，故意把厚厚一疊書稿重重放在芙羅倫斯桌上，叫她隔天早上交出評估心得，而且結尾還意有所指的加了句：「『假如』妳有時間的話。」

阿嘉莎演這一齣，顯然是要芙羅倫斯生出愧疚之心，或起碼有那麼點不安都可以，只是芙羅倫斯這兩種反應都沒有。她眞正受不了的是阿嘉莎再普通不過的要求，好比發封電子郵件、打電話給某人之類，彷彿把她當最基層的員工。芙羅倫斯實在很想把這堆芝麻綠豆的瑣事統統扔在地上，狠狠踩個稀爛。

這不是她要的工作，也不是她要的生活——母親這些年來不就是爲這一點嘮叨個沒完嗎？

芙羅倫斯在「佛瑞斯特」找到工作之後，以為母親就會閉嘴了，沒想到得到的反應是：「蛤？『助理』呀？是祕書的意思嗎？」而且那「助理」兩字還講得格外字正腔圓。芙羅倫斯花了不少力氣跟母親解釋，說這一行就是這樣，大家都是先從編輯助理做起，不過薇拉一聽女兒的薪水比自己還少，就什麼解釋都聽不進去了。

於是此後母女只要一講話，氣氛便越來越緊張。芙羅倫斯只覺自己在操作一場騙局——母親希望自己的投資馬上獲利，芙羅倫斯則盡可能用親情與歉意，一次償還一點點，幫自己爭取一些時間，總有一天，她會努力籌到虧欠母親的那筆錢。

然而在這過程中，她從母親那邊承受的不耐，或許比她原先以為的還多。

9

幾週過去，芙羅倫斯某天搭電梯準備進辦公室，就在電梯門快關上的那一瞬間，賽門把頭探了進來，但一見她便遲疑了，一副很後悔趕上電梯的樣子。芙羅倫斯一看接下來的景象便懂了——原來英格麗在他身邊。賽門很快回復正常的表情，向她招呼：「哈囉，芙羅倫斯，最近怎樣，都好嗎？」

「很好，謝謝。」她回道。英格麗在一旁露出微笑，等著賽門介紹。

「啊，對。」賽門隨即會意過來。「妳見過我太太沒？芙羅倫斯，這是我太太英格麗．索恩。英格麗，這位是芙羅倫斯．達洛，是我們公司相當看好的編輯助理喔。」

「很高興認識妳。」英格麗說著，給芙羅倫斯有力的一握，似乎沒認出她就是牙齒矯正診所的那個女生。「我有件襯衫跟妳一模一樣。」

「噢，是嗎？」芙羅倫斯臉一紅。她正是因爲看了英格麗穿才買的。

賽門清清喉嚨，像回答某人提問（但其實沒有人問）似的自說自話：「對，嗯，英格麗今天其實是來找妳朋友，亞曼達．林肯。」

「亞曼達？」

「我把亞曼達的稿子拿給英格麗看，她有興趣考慮改編成電影，試試看自己來擔任製片。」

「亞曼達的稿子？」

「對啊，妳沒聽說嗎？我們公司剛簽下亞曼達的第一本小說。」

「亞曼達要出自己的小說？」芙羅倫斯只覺自己滑落黑暗的深淵，卻找不到阻止她下滑的力量。

「那本書主要是諷刺上東區特有的習慣（mores），寫得眞的很棒。」英格麗說。芙羅倫斯聽她把「mores」發音成「mo-rays」，趕緊暗暗提醒自己，不要再講成「more-s」了。「寫得又毒又好笑呢。」

賽門熱情伸臂環住英格麗的腰，卻又猛然鬆開。這時電梯到了芙羅倫斯的樓層，她站到門前焦急等著，巴不得門趕快打開放她出去。她跨出電梯時，淡淡拋下一句：「希望妳改編的事都順利。」

「謝謝！」英格麗開心回道，賽門則同時對芙羅倫斯喊：「加油啊！」

芙羅倫斯逕自走進無障礙洗手間，鎖上門，打開熱水龍頭，等滾燙的熱水流出，再把雙手放到水龍頭下，沖到皮膚燙得發紅。亞曼達的小說？媽的什麼鬼小說？她凝視鏡中，熱淚盈眶。

「不許哭。」她對著鏡中的自己厲聲道，用發燙的掌根抵著眼。待她移開手，淚也停了。她勉強擠出一絲笑容。

「好多了。」她說。

她在走回辦公桌的路上彎去找露西。露西弓著背，聚精會神看寵物認養網站，一張張瀏覽開放認養的狗狗照片。

「心動不如馬上行動。」她在露西背後冒出這麼一句。

露西嚇了一跳，連忙摀住胸口。「拜託，妳嚇死我了！」

「說眞的啦，妳幹麼不乾脆一點，就去收養一隻？」

露西望著芙羅倫斯，那神情就像芙羅倫斯剛剛建議了什麼傷天害理的事。「噢，不不不，我沒辦法。我工作時間這麼長，對狗狗太不公平了。」芙羅倫斯搖搖頭，她始終不懂，爲何有些人明明想要什麼，卻跟自己說算了。她自己的問題則是，她明明一直想要某些東西，卻好像總是搆不到。

「妳知道亞曼達要出書了？」

露西點點頭。

「那妳怎麼沒跟我說？」

「我覺得妳聽了會很不爽。」露西毫無興趣當作家，卻很清楚這是芙羅倫斯的志向。

「不爽！」芙羅倫斯脫口而出，自己也沒想到喊得這麼大聲。「我幹麼爲這個不爽？老實說，『那種書』我根本沒興趣寫。」但「那種書」到底在寫什麼，她還是一無所知。

「嗯，我想也是。那本感覺滿老哏的。」

「眞的嗎？」芙羅倫斯這下子興致來了。「妳看過啦？」

「沒，不過山姆看了。」

「哪個山姆？很機車的那個？還是紅頭髮的那個？」

「紅頭髮的。」

芙羅倫斯連忙去找紅髮山姆，他答應會把亞曼達那本小說的檔案用電郵寄給她。

「其實寫得不壞啦。」山姆說。

「我聽說的也是這樣。」她沉著臉道。

・・・

芙羅倫斯一整天都在電腦上看那本書稿，看完已經是晚上十點。阿嘉莎好幾小時之前就下班，同一層樓的同事也都走光了。她關上電腦，卻沒收拾東西回家的意思。

山姆說得對，其實寫得不壞，更要命的是——寫得很好。

芙羅倫斯用掌根抵住眼揉起來，揉到眼前金星直冒。老天真不公平。美好人生該有的，亞曼達都已經有了，這會兒還要再加上小說家的頭銜？偏偏這就是芙羅倫斯最想要的。而且，亞曼達居然還要跟英格麗・索恩合作？她幻想起英格麗和亞曼達一派悠閒，邊吃晚餐邊聊工作，聊藝術、聊靈感、聊該死的布萊希特。

芙羅倫斯得到什麼呢？阿斯托利亞這個小得可憐的鬼房間？理應在工作上指導她、卻成天在講助產士如何如何的公司前輩（更別說聊德國劇作家了）？和賽門・瑞得的一夜情（而且他應該寧願這件事從來沒發生過）？

想到最後這點，芙羅倫斯腦中似乎有根筋突然扯了一下——賽門應該寧願這件事從來沒發生過。

芙羅倫斯的臉龐掠過一絲笑意，環視空蕩蕩的辦公室，放聲大笑。她之前怎麼沒想到這點？

賽門肯定寧願這件事沒發生過，可是事情就是發生了。他當然清楚，她自然也明白。芙羅倫斯怎麼沒看出這其中的權力關係？她怎麼會讓賽門以爲自己可以用完就丟？她又怎麼會把自己想成用完就丟的人？可憐的賽門，早在那間髒兮兮的酒吧，他把手放在她腿上的那一刻，就失去掌控權了。

要是賽門可以幫亞曼達出書，當然也可以幫她出。她可以「叫」賽門幫她出。她可以把自己之前寫過的短篇集結起來，不就是書稿了嗎？要脅別人幫自己出書當然不是理想中的情況，但人生哪裡有沒瑕疵的事呢？假設你買了張彩券，一直放在皮夾裡，後來彩券中獎了，你難道會因爲它在皮夾裡蹭得有點髒，就把它扔了嗎？

芙羅倫斯急忙趕回家，把以前在甘斯維爾寫的那些短篇又拿出來稍微修潤過，一直熬夜到三點。打從亞曼達讓她明白自己多無知的那晚，她就再也沒看過這些稿子，這是頭一次。她仍然看得出其中的缺點，只是現在她還看到自己之前遺漏的——那就是當年下筆時全然的喜悅。幾小時宛如幾秒鐘轉眼就過。

她當初最希望的就是成爲作家，讓大家都知道芙羅倫斯．達洛是文壇奇才。然而在甘斯維爾的那些年，她最愛的偏偏就是不當「芙羅倫斯・達洛」的時候。在電腦前，她可以把那個自我丟到腦後，想當誰就可以當誰，哪怕只是片刻。

這個想法真是太棒了——假如她可以因為這樣過著某人的生活，而且做出點成績，那麼「她自己」的生活或許終究會有點價值吧。

・・・

隔天雖然冷，卻是個豔陽天。芙羅倫斯九點半就搭電梯上樓，去賽門的辦公室，她知道他會在上午一連串會議開始前就進來。賽門的助理艾蜜麗一聽芙羅倫斯要見他，不怎麼高興的樣子。其實艾蜜麗人滿好的，芙羅倫斯當年第一次去「紅雲雀」的那晚，艾蜜麗還特意跟她和露西聊天，免得她們受冷落。只是艾蜜麗和很多助理一樣，仗著老闆有權勢，也跟著自抬身價。但既然芙羅倫斯人都來了，她還是盡了助理的本分，探頭進賽門辦公室詢問，再回來跟芙羅倫斯說可以進去了。

「嘿，芙羅倫斯，什麼風把妳吹來的啊？」賽門問道，像魔術師兩手一攤，證明裡面沒有機關。

芙羅倫斯就講了自己寫短篇小說的事，同時把一早印出來的稿子遞給他，說：「既然公司自己人寫的稿你也收，那就……」他接過稿子，愼重地放在辦公桌上，還輕輕拍了拍。原來她跑這一趟是因為這個啊——他露出如釋重負的表情。

「太好了。」他說：「我會想辦法這個週末開始看。眞等不及看裡面寫些什麼了。」芙羅倫斯還是站在他桌前，不確定接下來該做什麼。兩人在沉默中相視而笑。

「那好吧。」她回了這句就走了。

・・・

那一晚芙羅倫斯睡不著。她就要出書了！

整個週末，她腦海中不斷浮現畫面，有好多種不同版本的自己——她在一間雅緻的公寓，有平推窗、骨董地毯，還有好些葫蘆形的花瓶。她出席派對，人人爭先恐後想跟她說話。她穿一身黑，燭光把她雙頰映得緋紅。現場飄起悠揚的爵士樂。在冬季。芙羅倫斯很喜歡冬天，那代表遠遠離開佛州。她喜歡把自己裹個三、四層，再走進刺骨的寒風中，看著自己呼出的氣息在眼前迴旋。母親去的那教會有個牧師叫道格，他說這氣息就是靈魂的顯現，儘管橙港的氣溫很少低於攝氏十度。

週一，她又去了賽門的辦公室，但艾蜜麗說賽門在開會。芙羅倫斯回到自己桌前，卻完全無法專心工作。終於，下午五點，她的信箱冒出賽門的電郵，她飛快一句句看下去。

裡面有些東西滿不錯的。

妳是有才華，不過從文筆來看，妳的生活經驗還不夠，需要多一點人生歷練。

去找到「妳自己」的故事。

芙羅倫斯又把信看了一遍，想說自己肯定漏看了什麼，但事情就是這樣，他說的是「不」。

10

芙羅倫斯坐在臥室窗臺，把一雙光溜溜的腳伸到窗外晃呀晃。凌晨兩點多了，除了偶爾有幾輛車開過第三十一大道之外，街上一片寂靜。她一邊用腳跟輕碰粗粗的磚牆，一邊滑著手機，看裡面的照片——有好幾十張克蘿伊和塔比莎的制服照，還有幾張英格麗的照片，她去接小孩那天拍的。芙羅倫斯把英格麗的臉放大來看，發現她眼周的皺紋原來是笑紋。

到底這世間的演算法出了什麼差錯，讓她居然贏了英格麗．索恩，即使只有一夜？有什麼東西是芙羅倫斯．達洛能給賽門，而英格麗給不了的？她，芙羅倫斯，軟弱膽小，毫無才華，一無是處，和英格麗．索恩眞是天壤之別啊。

嗯，搞不好這就是關鍵。也許賽門當時想要換換口味。他不想吃牛排，想要燕麥粥，一晚就好。他想讓下巴歇一歇。

還眞貪心呀，她想。

她可以想像賽門的生活。睡在熨得平整的床單上；蒐集珍奇的首版書；聖誕節給所有的門房小費。上英格麗、上芙羅倫斯，想上誰就上誰。賽門可以照自己的想法隨心所欲過日子。如此安逸、如此精緻、如此穩當。

他從不曾想過自己的生活會因爲那一夜（或芙羅倫斯）改變分毫。事實當然也沒有。他依然在熨得平整的床單上醒來，身邊是美麗的妻子。是如此……無風無浪，完美無瑕。

芙羅倫斯拿起一旁站得不太穩的杯子，喝了一小口杯中的波本威士忌，感到酒入喉之後逐一暖和了五臟六腑，好似有人走進一間老屋，把裡面的燈一盞盞點亮。

如果稍稍刺他一下呢，她暗想。不用搞什麼大動作，只要輕輕在他眼鏡上刮一道，留個刺眼的小痕跡，讓他眼中的生活再也不是純淨無瑕安穩的樣貌，讓他記得該爲自己擁有的一切心懷感激。

她毫不遲疑，把手機裡所有他家人的照片放進電郵寄給他，含笑打下主旨那行字：「裡面有些東西滿不錯的。」

11

芙羅倫斯隔天早晨醒來，只覺昨晚之前的那個她已經被新的版本取代，就像長出來的新趾甲逐漸探頭，舊趾甲不得不讓位。取而代之的是一種陌生而赤裸裸的感覺，原來這幾個月一直有什麼在逐漸醞釀、累積，只是她渾然不覺。這壓力終於大到再也遏抑不住，爆開了。

她感覺充滿活力，未來一片光明，但自然也沒沖昏頭，她明白賽門就算收到昨晚發的照片，也不會改變心意幫她出書。賽門也很有可能會把她的信轉到人資部去。不過只要想到他看那封信的表情，對此刻的芙羅倫斯已經很夠了。

她一進辦公室，就明白賽門做了哪種選擇。她桌上電話的小燈一閃一閃，代表有新的留言，人資部主管要她馬上過去。三天後，快遞早晨七點把法院通知送到她手上。她不但丟了飯碗，賽門和英格麗還向法院聲請了禁止令，不准她靠近一步。

她理應無地自容，或是驚惶失措——她手邊既沒存款，也沒人脈幫她牽線找工作，但她只覺得如釋重負，興奮不已。她曾在一時衝動下，想一走了之逃離自己的生活。而此時她從局外人的角度回首，才發現那生活何等微不足道。

大學時代她讀過紀德的《背德者》，書中男主角米歇爾對不思成就、只求安逸的

「壁爐邊的幸福」十分不屑，當時她覺得自己好了解這種心情。然而後來她過的正是安逸而狹隘的生活，說穿了也就是繞著阿嘉莎打轉的生活。她想要更多，比那多得多。她採取了極為反常的行動，卻拾回一度失落的決心。她深信那樣美好的未來就等在眼前，唾手可得。

她把自己最近修潤過的短篇小說寄給許多間作家經紀公司，很篤定只要找到一個願意支持她的經紀人，出版社終究會看見她的才華。從前的她深信自己潛力無窮，現在的她又恢復了那樣的自信。要是上帝賜給她不屈不撓的毅力，讓她邁向作家之路，卻不給她相對應的能力，豈不是太殘忍了嗎？

後來她和律師談過，看能不能告賽門性騷擾，但那律師認為陪審團應該不會覺得她令人同情。「嗯，我想也是。」她自己也有同感，不由噗哧一笑，反倒是那律師一臉彆扭。

看看銀行帳戶，裡面還剩一千一百美元，月底還得付八百元的房租，但她還是老神在在。

這是芙羅倫斯打從十六歲以來第一次沒有工作，也是生平頭一回不必承受母親的眼光。她還沒跟母親說自己丟了飯碗。

她簡直無法相信自己有多快樂。終於有那麼一次，她嘗到「只要真心想做一件事，全世界都會聯合起來幫你」是什麼滋味。她深信老天爺一定會照顧她，畢竟天無絕人之路。

果眞如她所料。

做了兩週的無業遊民後，她接到一通語音留言。出版界頂尖的作家經紀公司「弗洛斯特／波倫」的負責人——葛蕾塔．弗洛斯特請她回電。

芙羅倫斯在回電之前先做了幾個深呼吸，希望對方聽不出自己聲音中的那絲急切。接電話的葛蕾塔語氣冷淡，嗓音沙啞低沉。芙羅倫斯一邊自我介紹，一邊納悶這是否眞是留言的那個人。

「謝謝妳回我電話。」葛蕾塔說：「我主動聯絡妳，是因爲我們有個作者正在找助理，有人建議可以找妳。」

「唔？」

芙羅倫斯一時有點搞不清楚狀況。「妳不是來談我的短篇小說？」

「我寄了幾篇小說過去。」

「噢，對，對，寫得滿精采的。我們之所以找妳談這個位子，多少也是因爲妳寄來的作品。」

「什麼位子？」

「在我往下說之前，我得請妳先答應，以下我說的妳都要保密。」

「好的。」

「有個作家叫莫德．迪克森，妳熟嗎？」

「妳開玩笑吧？」

「沒有。」

「妳是問我願不願意當莫德．迪克森的助理？」

「我是問妳願不願意『應徵』當莫德．迪克森的助理。」

「當然啦。」

「太好了。」葛蕾塔那語氣就像這輩子沒碰過半件好事。「我們進行下一步之前，有些話我得先說在前面。因爲這個情況非常特殊——我是指她一定得保持匿名的情況，要當這個助理得符合一些特殊條件。萬一最後妳眞的應徵上了，得先簽一份保密協議。妳不但不可以透露莫德．迪克森的本名，也永遠不可以對外說妳替她做事。」

「好。」

葛蕾塔頓了一會兒才開口：「我要確定妳眞的懂這是什麼意思，芙羅倫斯。妳這輩子履歷表上都會有段空白，就算別人問妳爲什麼，依照契約約定，妳也不可以說。」

芙羅倫斯一時沒作聲。當作家助理最主要的目的，不就是利用作家的人脈，做下一個工作的跳板？萬一走運的話，搞不好還可以爭取到幫自己出書的機會。少了這個誘因，那還不如去餐館端盤子，至少還有小費可拿。

然而要是接下這份工作，不但可以跟在暢銷小說家身邊學習，或許更重要的是，這位作家的經紀人可是業界重量級人物，或許能因此和她打好關係。如此大好機會，怎能因爲區區一張保密協議就打退堂鼓？「沒問題。」芙羅倫斯答道。

「那好。嗯，那我就講到第二點。莫德．迪克森的家不在曼哈頓，我在目前這個階段，也沒法跟妳說她到底住在哪裡，不過要是應徵上了，她會提供住的地方。」

「沒問題。」

「眞的沒問題？」

「嗯，眞的。」芙羅倫斯心裡明白（她說不出理由，但就是明白）這份工作突然找上她是天意；她想要闖出自己的名號，就該踏出這一步。就算葛蕾塔開出的條件是上刀山下油鍋，她應該也會點頭。

「那好。我留一個電子郵件地址，妳把履歷表寄過去。妳記下來。」

芙羅倫斯當晚便把求職信和履歷表寄給葛蕾塔的助理，隔天就接到電話，安排了和莫德・迪克森視訊通話的時間。

12

「哈囉？聽得到嗎？」

「聽得到。」芙羅倫斯回答：「可是我看不到妳。」她自己的臉出現在電腦螢幕下方角落的小方格中，很清楚；莫德．迪克森理應現身的那一格卻空空如也。

「嗯，對呀，匿名不就是不想露面嗎？」對方的聲音從另一端傳來。

「噢。」芙羅倫斯不覺臉一紅。「也是。」

「妳背後那個光是什麼？我看不清楚妳的臉。」

她回頭一看，原來是桌上的檯燈，連忙伸手關掉。

「好多了。」莫德說：「妳頭髮滿好看的。」

芙羅倫斯不禁摸了摸頭，彷彿在檢查自己那頭鬈髮有沒有變形。「呃，謝謝。」

「好，那簡單介紹一下妳自己吧。」

於是她滔滔不絕講起自己的背景、大學時代研究過哪些作家、後來又怎麼到了紐約。

「妳已經不在『佛瑞斯特』了？」莫德問。

「對。我覺得那邊能學的我都學到了。」

「好，還有呢？」

「嗯，我自己也創作。或者可以說，我想當作家。」

「那很好啊。不過我不需要作家，我要的是助理。妳會打字嗎？妳願意跑腿辦雜事嗎？妳會做研究嗎？」

「當然，當然，這些我都會。」

「那好。還有什麼想補充的嗎？」

芙羅倫斯努力轉著腦袋，苦思自己還有什麼與眾不同的特色可講。「呃，我是單親家庭的小孩，跟妳一樣。」她隨即發現自己說錯話。「或者說，和妳書裡面的人物一樣，抱歉。就像妳書裡面的那個莫德。」

「嗯，好。還有呢？」

「不知道耶。我就是很喜歡妳的書，也喜歡妳的風格。能跟在妳身邊學習是我的榮幸。當然，只要有我幫得上忙的地方，我一定盡力去做。」

對方沒作聲。

「妳不介意搬到很鄉下的地方嗎？」

「一點都不會。老實說，我有點受不了紐約了。」

「這個嘛，我聽過有個心理醫師說，只要病人提到『老實說』，就代表講的不是實話。」

芙羅倫斯笑得有點尷尬。「我沒騙妳。」

「當然，當然。不過這麼一講，我倒覺得會說謊的人，還特別適合這份工作，畢竟他們沒辦法對外講自己老闆是誰嘛。」

芙羅倫斯不明白莫德在玩什麼把戲，只知道自己實在跟不上。「我可以跟妳保證，我會守密的。」

「嗯。我會好好考慮的。葛蕾塔會再跟妳聯絡。」

咦？就這樣嗎？

「眞的很感謝妳給我這個機會。」芙羅倫斯說，但莫德已經下線了。

芙羅倫斯闔上筆電，把臉埋進掌心。

⋯

她到隔天上午十一點還在賴床，手機忽地響了。葛蕾塔打來通知，假如她願意，這份工作就是她的了。

「妳說眞的嗎？」芙羅倫斯忍不住問。

「當然。我幹麼說假話？」

「啊，是，好的。非常感謝妳。我願意。」

「妳不要再考慮一下？」

「不用，謝謝妳。」

「那好。莫德想說就從三月十八號開始上班。妳可以嗎？我知道這時間滿趕的。」

芙羅倫斯打開筆電上的行事曆。「等一下，是下禮拜一耶？」

「妳慢慢就會知道，莫德的字典裡沒有『耐心』這個詞。」

她闔上筆電。「沒關係。我會想辦法配合，十八號就過去。」

兩人又約了幾天後碰面，簽一些該簽的文件。

芙羅倫斯放下電話，又驚又喜環視自己的小房間。剛剛到底是怎麼回事？

她還記得《密西西比狐步舞》中，莫德殺了那色魔之後對露比說：「每個人天生的命都有一定的量。要是有人的命快用完了，很容易看得出來。那個男的就是時間到了。就算我不殺他，他應該也活不久。」

芙羅倫斯不由猜想，莫德．迪克森在她身上看到的是否就是生命力，那種不計代價，想「眞正活著」的強烈意志。說到底，在「佛瑞斯特」工作的這段日子，只留給她兩種感受，一是深怕自己始終只是無名小卒，二是領悟到：人有可能自然而然就過起漫無目標的空虛生活，卻渾然不覺。

就在這時手機又響了，是母親傳來的簡訊：「我把妳的電話號碼給了奇斯。他有超棒的點子可以出書！」

沒多久簡訊又進來了：「三個字：裂龍人！」

芙羅倫斯不覺皺眉。

第三通簡訊來了：「獵龍啦!!不是裂龍。」

芙羅倫斯決定關機。

Part 2
第二部

13

芙羅倫斯站在哈德遜火車站的月臺上，目送自己方才搭乘的那列火車離站。那火車在她眼中看似普通，卻以火力全開之姿呼嘯而去。片片落葉和食物包裝紙隨車尾掃過的氣流飄起，之後又飄落地面，發出一聲輕嘆。芙羅倫斯用圍巾裹住下巴。這裡比這幾天的紐約市區還冷。

初春的陽光燦爛得有些刺眼，她伸手放在眼前略略遮著，同時看到遠方有層厚厚的烏雲逐漸聚攏。要下雨了。她單肩背起旅行袋，袋子有點重，害她一時步伐有點不穩。扣掉家具，她把所有家當都裝進這旅行袋了。她行前把床墊、書桌都放上網去賣卻賣不掉，最後只好免費大贈送，才終於擺脫了家具。

芙羅倫斯隨著出站人潮走向停車場，她和海倫約在那邊見面。

海倫。這就是莫德．迪克森的眞名——海倫．威爾考克斯。大家猜了這麼老半天，結果不是男的。而且就芙羅倫斯所知，這女人沒發表過作品，網路搜尋也找不到她，沒有半點具體存在的痕跡。儘管有資料顯示加州有個叫海倫．威爾考克斯的少女，是個體操天才，但這總不會是她吧。

芙羅倫斯前一週先去了「弗洛斯特／波倫」辦公室和葛蕾塔會面，那是曼哈頓中心一棟美輪美奐的摩天大樓。至於葛蕾塔，儘管快七十歲了，一頭白髮剪成鮑伯頭，配上粗框眼鏡，儀態端莊，自有一番不凡的氣勢。她靜靜看著芙羅倫斯簽那一堆文件——納稅人識別號碼與證明單、聘僱契約、保密協議。

等該簽的都簽了，葛蕾塔起身，代表會面到此結束。芙羅倫斯忽然問：「有多少人知道莫德．迪克森的眞實身分？」

葛蕾塔瘦骨嶙峋的手指向自己胸口：「一。」再指著芙羅倫斯：「二。」

芙羅倫斯吃了一驚。「這麼多年，只有妳一個人知道？」

「就我所知是吧。」

「怎麼可能？」

葛蕾塔皮笑肉不笑。「我口風很緊的。」

「那她的編輯呢？」

「她們多半通電子郵件而已。黛博拉都叫她莫德。」葛蕾塔講到這邊打住了。「我得說句老實話，我想破頭也想不通，妳這樣一個外人，她爲什麼決定讓妳也知道這個祕密。我也勸過她別這麼做，她或許自有打算，但我覺得她根本沒想清楚。」

芙羅倫斯一時不知該怎麼反應。「我誰也不會說的。」

「我希望妳不會。妳剛剛就是爲這一點簽了保密協議，有法律拘束力的。」

「是。」

儘管葛蕾塔那天態度不怎麼熱絡，芙羅倫斯走出「弗洛斯特／波倫」辦公室的時候，還是樂得有點暈陶陶。她向來很會把想法和情緒都藏在心底——母親無論何時總是熱力四射的個性，讓她很小就學會在內心深處築起一方黑暗的天地，她可以一人待在裡面，不會有人評斷她。然而很少有人與她分享自己的祕密。得知他人的祕密，給她某種大權在握的感覺，如此陌生，如此醉人。每個祕密都有天生的破壞力。賽門可以作證。

芙羅倫斯望向停車場。背後的豔陽在成排的車上形成反光，好似爆開滿地眩目的火花。所有的車成了一片黑，車內空空如也。她以爲出了火車站會看到如詩如畫的小鎮風光，但停車場後方只有一些倉庫和廢棄的建物。

過了一會兒，一輛破舊的綠色荒原路華駛來，駕駛座的門開了，有個女人半個身子探出車外，只有單腳著地。一頭短金髮，鼻子長而凸，鼻梁上長了個有點礙眼的包。應該沒有人會說這鼻子漂亮，就算長在小嬰兒身上，也無法幫這鼻子加分。眉心中間兩道皺眉紋，像是句子的引號。身上是厚重的針織麻花羊毛衣配牛仔褲，出人意料配了大紅唇膏。

海倫用一隻手擋光，臉上因此橫了道陰影；另一隻手則朝芙羅倫斯揮動。芙羅倫斯看到了，也朝她揮手，同時向那輛車走去。

「哈囉，芙羅倫斯。」海倫說著伸出手。她的手很長，也很冰。

芙羅倫斯以微笑回應。「很高興終於見面了。」

「彼此彼此。上車吧。」

海倫坐上駕駛座，看著芙羅倫斯關上車門、拉過自己的安全帶扣上。芙羅倫斯不安地笑了笑。

「妳幾歲啦？」海倫終於開口。

「二十六。」

「妳看起來小多了。」海倫的語氣有點指責的意味。

「很多人都這麼說。」

「眞好福氣喔。」海倫坐著打量了她一會兒，忽地打到倒檔駛出停車位。

芙羅倫斯轉頭望向副駕座的窗外，什麼話也沒說。海倫那樣盯著她，看得她坐立難安。此時海倫踩下油門，方才那堆破敗的建物很快在眼前消逝，窗外景象換成狹窄的雙線道高速公路。

「開車大概十分鐘就到。」海倫說。

芙羅倫斯之前查過 Google 地圖，預估的行車時間大約是十分鐘的兩倍，不過看海倫開得這麼快，要說十分鐘她也不意外了。

車往右轉，開上橫越哈德遜河的橋。芙羅倫斯發現路旁有「護行車等候區」*的標示，但忍住用文字遊戲開玩笑的衝動。她已經看得出來，身邊這女人應該不會覺得她的玩笑話好笑。

譯註

* 原文「escort waiting area」。Escort 除有護送、陪伴之意外，也指受僱提供伴遊服務的人。

車過李伯大橋，芙羅倫斯往下望，看到緊靠著河岸的火車鐵軌，那正是她方才前來的路線。

「凱羅（Cairo）這個鎮啊，其實不算是哈德遜河谷區。」海倫說：「房屋仲介都說是，不過它的位置其實比較靠近卡茲基爾山。」

她的發音是「凱羅」，不是埃及的那個「開羅」，芙羅倫斯暗暗慶幸自己沒有先開口，順便又偷偷瞄了駕駛座一眼。海倫邊抽菸邊聽露辛達．威廉斯的歌，兩隻手指輕點著方向盤打拍子。

芙羅倫斯望向自己那一側的窗外，此時她們駛過一座垃圾場，她不禁皺起眉頭，怎麼這裡的景色完全不是自己想像中的模樣？過了幾分鐘，她們又經過一片高聳的廣告看板，上面寫著「你未來的家」。看板下是十來間用煤渣磚蓋的預鑄組合屋，品質看來相當普通。以芙羅倫斯在紐約這幾年的見聞，這些組合屋應該是最能讓她聯想到佛州的東西了。

「妳怎麼會搬到這裡來？」芙羅倫斯問。

「人少呀。」海倫只回了這一句，就沒再往下說了。

芙羅倫斯想找點別的話來說，腦袋卻一片空白。她們才剛認識，不管她說什麼，好像都別有含意——她們剛認識，她說的話代表自己的個性，也足以決定海倫之後對她的態度。芙羅倫斯不知怎麼拿捏該有的語氣、該聊的話題。她也想過跟海倫說《密西西比狐步舞》對她的意義，只是一在腦中排練講這番話的場面，就覺得老套又虛偽。至於海倫，反倒一副不講話也很自在的樣子。

不久後雲層掠過天際，晴空染上了點點汙漬，金黃的陽光轉成黃疸的那種黃。芙羅倫斯看到一群黑鳥飛到一棵樹上停下，好似爲那樹罩上黑紗。海倫駛出交流道之際，幾滴豆大的雨點打在擋風玻璃上。車在一番東拐西彎之後，來到一條鋪得不太平整的路，路牌寫著「克雷斯比爾路」。芙羅倫斯想起葛蕾塔前幾天寫過地址給她，就是這個名字。

「這雨下不了多久的。」海倫說著打開雨刷開關。「這種春天的暴風雨，下起來一頭熱，但很快下膩了就走了。」說完睨了芙羅倫斯一眼：「大概和當作家助理差不多吧。」

「噢，我短期之內沒打算去別的地方。」芙羅倫斯一副向她擔保的語氣。

「那妳怎麼跟別人說的？」

「妳是指？」

「妳既然沒辦法跟別人說這份工作的事——我也相信妳沒說。」

「噢，我本來就不太跟別人講自己的事。」

海倫眉毛一挑，雙眼仍認眞看路。「是嗎？那妳家人呢？」

「唔，我家只有我媽。她以爲我還在出版社上班。」

「妳沒跟她說妳離職了？」

芙羅倫斯只聳聳肩，不希望因爲自己說了什麼，而把話題帶到她爲什麼會離開「佛瑞斯特」。

海倫繼續追問：「妳們母女不太親是吧？」

「不算是。我媽就是……不知道，我們就是完全不同的兩個人。」

「怎麼說？」

從來沒人這麼直接問過芙羅倫斯和母親的關係，她一時很難用三言兩語說清楚，轉了半天腦袋，才終於回道：「川普不是老在講贏家和輸家怎樣怎樣嗎？」

海倫點點頭。

「我媽也是這樣。她有一套非常具體的階級標準，而且老是用那套標準評斷全世界。她對我應該在哪個等級有非常清楚的想法。她辛辛苦苦生我養我，爲的就是要我往高處爬。要是她覺得我沒照她的意思走，壞了她的事，就有我受的了。她只是不懂，我和她看世界的方式實在是天差地別。」

海倫一句話也沒說。

「我媽還投給川普。」芙羅倫斯不知怎麼反應，有點不安地笑笑。「這還不夠明顯嗎？」

「那我猜妳沒投給川普嘍？」

「我？」芙羅倫斯加重了語氣。「喔不不不，妳說笑吧。」

海倫把肩一聳。「我哪知道妳投誰？」

「我又不是神經病。」

「又不是每個投川普的人都是神經病。」

這兩年來，芙羅倫斯身邊的人可是拚命在講完全相反的論調。

「自由派的人好像都沒搞清楚。」海倫說：「有理性有腦袋的人，不會把川普個人的缺點和他的政策混為一談。我的意思是，投票給他，不代表要跟他當好朋友。」

「那妳……」芙羅倫斯簡直不敢相信自己敢問這個問題。小說家怎麼可能投給川普！「那妳……妳投給他了嗎？」她把語氣放得盡可能婉轉。

「拜託，沒有。我從來不投票的。」

「噢。」

又過了幾分鐘，海倫把方向盤往左轉，開上一條長長的車道，入口處標示著「私人用地」。車道在茂密的林木間蜿蜒了約四百公尺，引領她們來到一座小巧的石屋。窗上裝著綠色的護窗板，屋頂豎了根細長的銅製風向儀。這景致和她們一路上看到的低矮醜屋，簡直是兩個世界。

「這屋子是一八四八年蓋的。」海倫望向芙羅倫斯看得出神的地方。「我兩年前買的，那時《密西西比狐步舞》的版稅剛開始進來。」

雨這會兒來勢洶洶，朝屋前門廊種的玫瑰花叢展開攻勢。海倫對芙羅倫斯說行李就先放在後車廂，兩人隨即朝屋子飛奔。

她們衝進門廊後，芙羅倫斯用袖子擦去臉上的雨水，海倫則拿鑰匙打開老舊的門鎖，門吱呀一聲敞開，大片光亮頓時朝芙羅倫斯迎面而來，從她的位置能看到的屋內——從牆壁、天花板，到地板，全漆成濃濃的乳白色。

進了門，玄關不大，牆邊有張木製老桌，桌上凌亂擺著鑰匙和信件，桌下是兩雙沾滿汙泥的靴子。芙羅倫斯朝左手邊的門後望去，看見了飯廳。海倫帶她往右邊走，進了客廳，順手把包包往亞麻布大沙發一扔，沙發寬大的扶手上，顫巍巍擺了個塞得滿滿的菸灰缸，彷彿隨時都可能掉下去。沙發前有張方形擱腳凳，上面堆滿了書。再過去是磚造壁爐，還沒燒盡的木塊飄著縷縷輕煙。海倫又丟了塊木頭進去，擾亂原本平靜的爐火，一團塵灰伴著點點火星不情不願地竄起。

「好啦，到家嘍。」海倫說。

芙羅倫斯的母親總愛幻想自己女兒過著穿金戴銀的生活。可是現在、這裡、眼前的這景象，就是芙羅倫斯想要的生活。藍白相間的茶杯塞滿了小橘子皮；窗臺的陶瓷壺中插著白色陸蓮花，亞曼達辦公桌上的花瓶有次插的也是這種花。這整間屋子簡直就像維梅爾的畫，而且屋裡眞的很冷。刺骨的寒風不斷搖撼窗框。芙羅倫斯有次聽人說玻璃其實是液體，只是凝結的過程很慢很久，所以老屋的窗玻璃總是底部比較厚，上面比較薄。眞的嗎？芙羅倫斯沒那個閒工夫管。同樣的，她也沒那個閒工夫去搞懂，爲什麼有人就是一心一意要揭發莫德・迪克森的眞實身分。幹麼非要弄個水落石出不可？詩就是有詩的美，何必變成事實？詩不是更好嗎？幹麼非要把美的東西變成平庸之物？

海倫帶芙羅倫斯參觀了一樓的其他地方。飯廳有張木頭長桌，桌上幾乎全是書，外加一臺筆電。有間小客房擺了兩張單人床，罩著褪色的拼布被。廚房的水槽又大又深，看來很有些年紀；流理臺上的咖啡機也像身經百戰。海倫拿起咖啡壺、找出馬克杯，倒了兩杯咖啡。

「樓上就是我的房間、工作室，還有幾間空房。」海倫說著伸手朝樓上比了一下，把咖啡放到芙羅倫斯面前，但沒問她要不要加牛奶或糖。「後面有間獨立的小屋，以前這種老房子都是這樣，專門給馬車和車夫住的。妳就住在那邊。不能說多豪華啦，不過我希望該有的都有了。」

芙羅倫斯回說肯定沒問題，然後喝了一小口咖啡，望著窗上滑落的雨滴。窗子霧濛濛一片，她只能依稀看到窗外灰灰綠綠的草地，夾雜著幾道模糊的褐色痕跡。

她等雨小了一點，就去拿放在後車廂的行李，和海倫到屋子後面會合，那裡有條小徑通往芙羅倫斯要住的小屋。小徑由灰色石板鋪成，地面滿是青苔。兩人一起順著小徑走。

「這裡之前的屋主是專業的樹藝師，喜歡拿樹做實驗。」海倫說：「這裡有很多樹是他雜交育種的結果，所以我這裡有些樹還滿怪的，是一半一半的混種。」

芙羅倫斯望著海倫指的某棵樹，樣子倒不像混種，反倒像把兩棵樹硬接在一起。

海倫繼續幫她導覽。「那邊有個小小的菜園，我可眞是小心伺候，就怕哪天它們全被我種死！那排松樹後面，就是我最怕曝光的祕密啦——」她轉頭朝芙羅倫斯扮了個鬼臉。「我在這裡做堆肥。對啦對啦，我知道，我已經變成哈德遜河谷的嬉皮，搞起嬉皮那一套了。」

芙羅倫斯只是微笑不語，她心裡清楚這是該有的反應。

小屋離主屋大約一百公尺，屋後成排的樹劃下一道深色的線，後方就是森林。兩人來到小屋前，海倫想打開前門，門卻卡住，她隨即朝門下某個角落踹了一腳，門應聲而開。「我再來修。」海倫話才說完，隨即改口：「好吧，我應該不會修了，不過人生嘛，還有很多事比門不好開還討厭，對吧？」

芙羅倫斯點點頭，跟著海倫進屋。裡面採光很好，開放空間的配置。有個小客廳，角落還有小廚房，冰箱旁的牆上掛著粉紅色的轉盤式電話。她瞄了浴室一眼，裡面有個很深的老式浴缸。臥室位於架高的夾層，樓梯是木造的，說是「樓梯」，其實比較像梯子。她立刻就喜歡上這間小屋。這輩子她從來沒有自己的空間，更別說整棟屋子都是自己的。而眼前這間小屋感覺如此契合，以前住過的地方從未給她這種感受。

海倫跟她說可以先整理行李，等七點開飯前再到主屋來喝一杯。芙羅倫斯隨即動手，她習慣把東西整理得井井有條。要是不把鞋子放進櫃裡排得整整齊齊，晚上可會睡不著呢。

把所有家當整理好，不過二十分鐘而已，她把旅行袋放到床下，再坐到沙發上，打開早上才在中央車站買的全新筆記本。她想趁住在這兒的期間，用這本筆記本來寫新小說。她決心要走出比短篇小說更大的格局。只是幾分鐘過去，她仍盯著空白的頁面發呆，於是先在那一頁頂端寫下日期和「紐約州，凱羅」。又過了幾分鐘，越想越惱，只得闔上筆記本，發出一聲長嘆。

嗯，反正，她應該很快就有東西可寫。她已經認識海倫．威爾考克斯了，生活怎麼可能無聊呢。

她改變主意，打開書來看——這個月她很努力在啃普魯斯特，假裝看得很開心，其實自己並沒那麼喜歡。但此時她看沒多久就把書放下了，只覺坐立不安，卻又無事可做。她想到打電話給露西，只是打從被開除之後，露西發的訊息她一通也沒回。芙羅倫斯不需要露西同情，她希望她們之間的權力關係持續不變，她必須始終是占上風的那一方。再說，她甚至不能跟人炫耀自己的新工作。

倘若她這時人在市區，也許會出去散散步，要不然退而求其次，把兩個室友拖到客廳，三個人一起聊聊天也好。此刻她終於明白什麼叫眞正的與世隔絕。她閉上眼，聽著，四周只剩一片寂靜。她眞的徹徹底底一個人了。

14

再過五分鐘就七點了。芙羅倫斯帶點遲疑，輕敲主屋的前門，但屋裡沒有回應，她便直接開門進去。廚房傳出音樂聲，她很自然朝著聲音的方向走去。

海倫穿著圍裙在廚房忙，邊喝葡萄酒邊抽菸，同時不忘切番茄，偶爾身兼指揮，用菜刀當指揮棒比劃著。

「嗨。」芙羅倫斯開口招呼。

海倫轉過身，唱著沙啞的低音：「你的命運已經決定——」把最後那個字拖得老長，唱完又喝了一大口酒，才問：「妳喜歡歌劇嗎？」

「呃，不知道耶。」芙羅倫斯唯一會聽的古典音樂，就是電視上的汽車廣告配樂。

「噢，歌劇眞是太美妙、太美妙了！我去年才在大都會歌劇院看《遊唱詩人》。下次帶妳一起去。來，喝點酒吧。」

「謝謝。」芙羅倫斯接過海倫端給她的酒杯，極力掩飾自己的喜悅之情。莫德・迪克森要帶她去聽歌劇耶！「我來幫忙好嗎？」

「不用，我的廚房我作主。」海倫回得乾脆，一邊用拇指和食指夾起一顆小巧的櫻桃番茄。「妳知道法國人管這個叫什麼嗎？他們說這是鴿子心，很妙吧？鴿子心不就是這個樣子嗎？知道這件事之後，以後每次看到毛茸茸的鴿子，我就會想到牠們裡面有顆長得像小番茄的心，噗通噗通跳。」

「我媽偶爾會用『鴿子心』形容人。」芙羅倫斯說：「她是指沒用的人。」

「鴿子心啊。」海倫也跟著說了一遍，刀尖朝芙羅倫斯指了指。「說得好，我搞不好可以借這句來用。妳有說過妳老家在哪兒嗎？妳該不會是南方人吧，南方專門出至理名言。」

「我老家在佛羅里達，不是什麼了不起的地方。」

「沒關係，所謂了不起的地方，也沒那麼了不起。」

「大概吧。」

海倫切菜切到一半停了手，說：「我是說眞的。眞正厲害的是邊緣人，可以把事情看得更清楚。」

這時烤箱裡突然發出清脆的油爆聲，芙羅倫斯嚇了一跳。海倫說：「我在烤雞啦。妳應該沒吃素吧？」芙羅倫斯搖搖頭。「感謝老天。」海倫打趣道，又飛快切起菜來。

「妳東西都整理好了？」

「是，謝謝。」

「那好。我們明天就開工。」

「妳的新書寫得怎麼樣？」

海倫的臉龐掠過一道暗影。「是有在動啦。」她含糊回道。

「是《密西西比狐步舞》的續集嗎？」

「不是。莫德和露比的故事是正式的『掰掰』啦。」海倫伸手比了個割喉的動作。

「噢。」芙羅倫斯頓時有點被澆冷水的感覺。哪個《密西西比狐步舞》的書迷會不想知道接下來的發展？「那大家會很失望的。」

「是啊，我那經紀人每天都在念我，說我『欠』讀者一個結局。」海倫說著翻了個白眼。

「妳不覺得嗎？」

海倫大笑出聲。「『欠』！怎麼可能，我誰也不欠。她只是因為續集可以賺得更多才叫我寫。」

海倫從烤箱端出烤雞，熟練切割起來，在兩人的盤中各放了雞胸和雞腿，又在廚房桌上放了瓶葡萄酒和一大碗沙拉，再招手示意芙羅倫斯過去坐。

芙羅倫斯問什麼時候可以看到新書的稿子。

「快了，也許明天吧，要是妳看得懂我那堆鬼畫符的話。我在密西西比讀小學的時候，寫的字就是這副德行了。」她說初稿完全是手寫在黃色拍紙簿上，芙羅倫斯的任務就是把它一一打進電腦，變成打字稿。

「我初稿大概寫了四分之一吧。其實開始動筆沒多久，我就知道要做的功課比第一本書多得多，這就是為什麼會找妳的原因。這本書的背景在摩洛哥，妳去過嗎？」

芙羅倫斯搖頭。

「有幾個作家寫摩洛哥寫得很不錯，塔哈爾・本・傑隆和保羅・鮑爾斯都是。」

「不好意思，我沒看過他們的書。我可以找來看。」

「不用不好意思。我會開張書單給妳，都是很有用的資料。嗯，這樣，我們從非文學的書開始吧。剛剛講的本・傑隆和鮑爾斯就先別看了，這個時候看他們的書反而岔題。」

「新書主要在講什麼？」

「有很多細節我還在想，不過大概是講一個美國女人拋下一切搬到摩洛哥，跟著小時候就認識的一個老朋友做事。當然啦，接下來不會有什麼好事。」海倫微微一笑。

芙羅倫斯喝了點酒，已經沒先前那樣緊張，發現此刻正是講出心底話的大好機會。「我想說，我眞的很喜歡妳描寫女性感情的方式。」她打從在火車站上了海倫的車開始，就不斷在腦中排練這一句，但又怕這種話實在老套到極點。結果一講出口她就想完蛋了，還眞的一點創意都沒有。

「唔，我寫女性感情，只是因爲覺得男人實在沒什麼意思。」海倫呵呵笑起來。

兩人周遭的空氣頓時凝結。

「我可不是說我是女同性戀喔。」海倫先開口：「我要睡也是跟男的睡，偶爾啦，不過我沒什麼興趣跟他們談感情。我覺得女人非常有魅力，可是我就從來沒找到那麼有……魅力的男人。男人啊，很粗線條的，根本沒層次可言。

就講我以前交往過的一個男的吧，有次我們週末去度假，到了飯店我才發現，他對小費這件事一點概念都沒有。碰上門房啦、清潔人員啦、禮賓人員啦，他完全不知道怎麼給他們小費，就一直問我該給多少、什麼時候給、要給誰等等，煩都煩死了。那時我就知道，我絕對沒辦法和不知道怎麼給小費的人在一起。不過話又說回來，後來我發現，我也沒辦法跟動不動就給小費、又可以給得很漂亮的那種人在一起，我看不慣他們那副得意洋洋的囂張相。所以啦，妳說還能跟誰交往？」

「也許會有中間地帶的做法呀。」芙羅倫斯說。

「不會，什麼事都沒有中間地帶。」

芙羅倫斯可以想出很多中間地帶的實例——其實整個世界對她來說，就像某種中間地帶，不過她決定算了。

「中間地帶的人才會講中間地帶。」海倫彷彿看穿芙羅倫斯的心思。

沒多久，兩人的盤中只剩下雞骨頭和難咬的筋，但她們仍繼續喝著快見底的酒，邊喝邊聊。比起晚餐剛開始的侷促，此時氣氛已經自然許多。屋外傳來規律的蟋蟀唧唧聲。

「沒人知道寫《密西西比狐步舞》的就是妳，妳不在意嗎？」芙羅倫斯實在忍不住了。

「Bene vixit, bene qui latuit。」

芙羅倫斯先是點頭，隨即一愣：「咦，對不起，妳說什麼？」

「這是拉丁文，奧維德的詩。意思是『隱藏得很好的人，才能過得好。』」

「噢。」

海倫看芙羅倫斯一頭霧水的樣子，笑了。「妳不用管我，我沒事就愛搞神祕。回到妳的問題，兩個字答案，『不會』。我不在意沒人知道是我寫了《密西西比狐步舞》。」

「可是，妳幹麼要匿名？搞得這麼神祕，爲的是什麼？」

海倫點了根菸，把視線移向窗外。「乍聽之下很傻是吧？但我不覺得。不過我那時候還年輕，寫那本書的時候，我才二十來歲，差不多是妳現在的歲數吧，我猜。」

芙羅倫斯不由自主打斷她：「欸，不會吧，難道妳才……三十三？三十四？」

海倫哈哈笑起來：「不用客氣啦。我三十二。」

芙羅倫斯大吃一驚，她以爲海倫的年紀應該更大一點的。不過這會兒一想，《密西西比狐步舞》中確實有滿多敘述讓她想起自己的少女時光。莫德和露比班上的某些同學有手機；那時的總統是小布希。想到這裡，她更覺得自己矮了一截，她根本沒什麼值得寫給大家看的事，更別說寫暢銷書了。也許這就是海倫似乎比較老成的原因吧，她的成就比同齡的人高那麼多。

「總之呢——」海倫繼續往下說，完全沒察覺芙羅倫斯低落的情緒。「我當時在傑克森，在一間教科書公司當校對。那本小說完全是我用午休時間寫的。好笑的是，那時候的我一心一意就是要搬到紐約，變成名作家……只是我並不想因爲『那本書』出名。但那本書我非寫不可，我得用它把我想說的全部說出來，才能往前走。」她轉頭望向芙羅倫斯問：「如果身體裡有條蟲，妳知道要怎麼把牠趕出來嗎？」

芙羅倫斯搖頭。

「找一間很暗的房間，要很暗很暗、伸手不見五指那樣。把一杯熱牛奶放在自己面前。條蟲就會自己找路，從你鼻孔鑽出來。你一發現牠探出頭來，就要趕快揪住牠、往外拉。這就是我寫《密西西比狐步舞》的感覺，那個過程很慘烈、很痛苦、很噁心。可是到頭來，又很有療癒的作用。

「我不希望到了紐約還跟這本書扯上關係。我想要一個全新的開始，去一個新的地方，沒人知道密西西比州的海斯維爾是什麼鬼。」

芙羅倫斯默默記下這個鎮名。

「我以為用個假名、寫完這本書，就可以搬到紐約，用海倫．威爾考克斯這個名字光明正大出道。我早就想好了，我要寫一本格局非常大、跨越好幾世代的小說，講十九世紀初一個家族橫越美國西部的故事。不過我老是一動筆就卡住，不管試過多少種方法，就是沒用。我甩不掉自己的那個故事。」

海倫猛地起身，走向冰箱旁的壁櫥，拿出一瓶威士忌和兩個酒杯，打開酒瓶就往杯子猛灌，還濺了一些在流理臺上。她拿了一杯給芙羅倫斯。

「話說回來，那個時候的我，怎麼可能知道《密西西比狐步舞》會大賣？我簡直不敢想像誰會對那種窮鄉僻壤小地方感興趣，哪可能想得到後來有那麼多人買帳啊。我把稿子丟到幾間經紀公司，想說眼不見心不煩，也算了了一樁心事。後來我接到葛蕾塔．弗洛斯特的電話，整個人都傻了。

「等書眞的賣起來之後，葛蕾塔幫我談到第二本書，預付版稅超誇張，可是她用什麼去談的呢？只有一頁的故事大綱，上面寫什麼我根本不記得。那是一年多前的事了。當然啦，出版社願意砸錢，爲的是莫德．迪克森這塊招牌，因爲大家就是衝著這個名字買書呀。萬一我出面公開眞實身分，不就全完了嗎？每個人都說求眞相求眞相，等知道眞相了肯定又失望。猜不透的事，永遠比眞相有趣得多。沒騙妳，我眞的跟葛蕾塔說了老半天，就讓我用眞名出書會怎樣，可是她說得對，實在沒有用眞名出書的道理。就這樣，我這輩子就跟莫德．迪克森綁在一起了。」

「那當初怎麼會取這個名字？」芙羅倫斯問。

海倫朝餐盤裡點了點菸灰。「丁尼生有一首長詩叫〈莫德〉，看過嗎？」

芙羅倫斯搖頭。

「妳眞的要看，寫得實在很棒。講的是愛情故事，卻有很多扭曲又黑暗的含義。他形容莫德是『不無缺陷卻完美無瑕；冷若冰霜卻平易近人，神采奕奕卻面無表情。』我愛死了。」

「那『迪克森』呢？」

「那是我大學室友的中間名。」海倫聳聳肩說：「我其實滿受不了她的。」

「那妳離開老家以後，和露比還有聯絡嗎？」

海倫綻開笑靨但抿著唇，那是芙羅倫斯日後相當熟悉的笑容。「芙羅倫斯，那只是小說呀。」

．．．

兩人喝完酒，已經過了十一點。芙羅倫斯說要洗碗，海倫擺擺手，意思是不用了。「去睡吧。」她邊說邊擰熄染了口紅的菸蒂。

「彼此彼此。」芙羅倫斯回道，很高興終於找到講這四個字的機會。海倫到火車站接她的時候，把這四個字講得既老練又得體，她當下便暗暗激賞。

芙羅倫斯帶著微醺朝小屋走去。走到一半，在寂靜的黑暗中，她回頭望向海倫的家。每扇窗都亮著燈，海倫站在廚房水槽邊，再次放起音樂，像個指揮比劃著。

芙羅倫斯笑了。她就是想成為海倫這樣的人，如今天賜良機，她居然得以貼身觀察海倫。她鄭重對自己發誓，絕不虛擲這大好機會。

15

芙羅倫斯六點便醒來，沖了澡，趁著日出，到小屋後的森林散了一會兒步。等回到小屋，發現手機裡有母親的語音留言，決定先不管它。九點鐘她去了主屋，只見海倫在飯桌前看報。

「壺裡有咖啡。」海倫說，看著報紙沒抬眼。

芙羅倫斯倒了咖啡回到桌前，海倫伸腳把對面的椅子推開讓她坐。

「好。」海倫起了頭：「新生的震撼教育開始嘍——我有一百多封還沒打開的信得回，這也就代表『妳』有一百多封還沒打開的信得回。」

她說這些信多半是經紀公司寫來的，發信人若不是葛蕾塔，就是葛蕾塔的助理蘿倫。信的內容大多是採訪和活動的邀約、請她回覆讀者來函之類。海倫打開飯桌上的筆電，登入 maud.dixon.writer@gmail.com 的電子郵件帳號，再把筆電鍵盤轉向芙羅倫斯。

「來吧，第一封我們一起寫。」

芙羅倫斯打開日期最接近的一封電子郵件，是葛蕾塔寫來的。

嗨，M.

和芙羅倫斯處得還好嗎？

芙羅倫斯笑得有點尷尬。「要不要換一封？」她問。

「妳從現在開始負責處理我所有的信。」海倫加重了語氣。「所有的。」

「好吧……」海倫抬起手正要打字，又停住了。「等一下，她叫妳M，是莫德的意思嗎？」

「對。我們不希望我的本名和莫德・迪克森的經紀人之間扯上關係，萬一碰上駭客就麻煩了。總之這年頭小心點不會錯，反正現在也習慣成自然了。」

「不過既然是我寫的信，署名應該寫我的名字，對吧？」

「老實說，我還真沒想到這點。嗯，我想應該沒問題。重點是絕對、永遠不要用我的本名。寫吧。」

芙羅倫斯便以不帶感情的專業筆法回信，這是阿嘉莎教她的。

嗨，葛蕾塔：

一切順利，謝謝關心。

祝好

芙羅倫斯

她寫好後轉過筆電給海倫看，眼神帶著疑惑。海倫看完後白眼一翻，把筆電拖到自己面前，飛快把芙羅倫斯寫的改成：

我們倆一拍即合。

海倫按下傳送鈕，把筆電轉向芙羅倫斯。「有件事妳記好了：我最討厭不痛不癢，溫呑呑的。」

芙羅倫斯的工作除了幫海倫回信之外，還要幫忙蒐集資料做研究，把海倫的手寫稿打成打字稿。海倫把一疊草稿遞給她，上面爬滿了大大的字，筆跡也歪七扭八。「我把這堆草稿一直放著，就是在等妳來。」海倫說：「我覺得打字實在無聊到極點。」

「沒問題。」芙羅倫斯回道，把那疊稿子擺在筆電旁，強忍著不去看。海倫則繼續交代芙羅倫斯該知道的事。

有個太太每週會過來一次，負責打掃和採買民生用品，除此之外，海倫其他的日常大小事就由芙羅倫斯包辦，包括處理海倫的各種帳單——以芙羅倫斯此刻看到的，有信用卡、電話費、網路費、貸款等等。海倫把自己的幾組密碼和不同的銀行帳號全交給她，一副若無其事的樣子，這代表海倫要不是極度天真，就是極度信任她。芙羅倫斯決定解釋成信任。

「我不喜歡和外面的世界扯上關係。」海倫說：「要不是隱居實在太不方便，我眞的會徹底隱居起來，再說我本來就是生活白癡，有一次我自己訂機票，結果不但訂錯日期，連年份都搞錯耶！這種要看一堆字的事，還是給愛管這種雞毛蒜皮的人去做吧。」

芙羅倫斯瞟了她一眼，看她是否會發現剛剛那句其實罵到了自己的新助理，不過海倫依然自顧自地說下去。

海倫另有一個用本名開的 Gmail 帳號，她示範了登入的方式，以便芙羅倫斯管理她所有的網路帳號。芙羅倫斯很快掃了收件匣一眼，大部分都是亞馬遜購物網站的訂單確認信、銀行發的通知、《紐約時報》的每日文摘之類。

十點一到，海倫拿著咖啡上樓去自己的工作室，跟芙羅倫斯說可以開始回莫德．迪克森的信，芙羅倫斯就先從日期最近的未讀信件開始處理，那是葛蕾塔前天早上寄來的。

嗨，M.

黛博拉又來盯我第二本書的事，我要怎麼回她？我們至少該給她點什麼，表示一下善意也好，先給第一章怎麼樣？或者比較詳細的大綱？進度表也可以。總之得拿點東西出來才行。我們討論一下吧。再打給我。

G.

芙羅倫斯打量四周，有種莫名的罪惡感，總覺得海倫應該不會希望她看到這種信。

她迅速關上那封信的視窗，把它標示成未讀。下面那封信也是葛蕾塔寫來的，不過比較接近海倫要她處理的那一類。

M——

國家公共廣播電臺想邀妳上「新鮮空氣」，妳從家裡跟他們連線沒問題。我們可以試試他們用的那種變聲器，妳覺得如何？上上節目，可以維持大家對「莫德・迪克森」這個名字的新鮮感，尤其是第二本書和第一本書會隔這麼久的情況下。再跟我說妳的想法。

G.

芙羅倫斯覺得葛蕾塔講得很有道理，只是海倫對這一點的態度非常明確——答案永遠是「不要」。她試著模仿海倫的語氣，把以前學的職場客套話全省了，寫下：

葛蕾塔：

我的規矩就是不接受採訪，絕無例外。

她把游標移動到傳送鈕上，卻沒按下去。她下不了手，她怎麼能把這封信寄給鼎鼎大名的葛蕾塔・弗洛斯特？於是她全部刪掉，重新來過：

嗨，葛蕾塔：

不好意思，海倫不接受國家公共廣播電台的採訪。還請諒解。

祝　好

芙羅倫斯

她按下傳送鈕，等又回到收件匣的畫面，葛蕾塔原來那封催第二本書的信不見了。芙羅倫斯不禁瞄了一眼天花板。想必是海倫刪掉了吧，難道她在樓上有另一臺筆電？

之後芙羅倫斯花了幾小時，慢慢清掉莫德．迪克森未回的信。這中間唯一分神去做的事，就是登入海倫在「摩根士丹利」銀行的帳戶。她一看到帳戶內的餘額，不禁睜大了眼——三百多萬美金。《密西西比狐步舞》如此暢銷，版稅應該會在這個範圍，更何況改編成電視劇的權利剛賣掉，這她多少心裡有數，只是親眼看到確切的數字，又是另一回事。小數點後面零碎的幾毛幾分，只讓那數字顯得更醒目。芙羅倫斯轉著腦袋，想像萬一自己有這麼一大筆錢要幹麼，只是實在想不出什麼名堂。她只想到自己應該會和海倫做一樣的事——買棟房子，隱居起來，種種番茄。

到了下午兩點，海倫還是沒有下樓來。芙羅倫斯翻冰箱找到麵包和火雞肉，幫自己做了三明治當午餐，又喝完壺中的咖啡，順手洗了咖啡壺。等回到暫時充當書桌的餐桌前，她終於拿起海倫那疊手寫的草稿。

這就是了。莫德・迪克森的下一本小說。

海倫在第一頁頂端寫了些字，芙羅倫斯覺得應該是章名：「野獸年代」。她繼續往下看，也很快就發現自己根本看不懂海倫的筆跡，才第一句就讓她不由自主瞇起眼來：

夜裡，風（看不懂）和天氣（看不懂）帶來（看不懂）天空和……

她翻到下一頁，依然滿是她無法解讀的字：

她專心聽著，納悶那是否是（看不懂）她從睡夢（看不懂）的聲音——她只聽到海浪無止盡沖刷岩石的聲音，從遠遠的底端傳來，宛如（看不懂）放到（看不懂）。她睜開眼，滿室浴著皎潔的月光。那月光從（看不懂）進來，但她從各個角度都可以看到水面上（看不懂）夜空的光。她溜下床，試了一下（看不懂）的門，只想確定門上鎖了。

芙羅倫斯放下稿子，咬起指甲，不知如何是好。照著這稿子打字，和玩填字遊戲沒兩樣。她起身走向通往二樓的底階。海倫目前爲止沒請她去過二樓。她爬上樓梯，但半途停步，這樣可以看到二樓的走道。樓上所有房門都是敞開的，只有一扇關著，她想那應該就是海倫的工作間。她繼續往上走，但只要樓梯一發出吱呀聲便不覺畏縮，屏息聽著那門後的動靜。原本周遭還滿安靜的，但那房間突然傳出一聲巨響，像是有人把什麼重物扔到房間另一端，把芙羅倫斯嚇了一跳。她在原地站了一會兒，決定轉身悄悄下樓。

但也就在此時，那工作室的門咻一聲打開了，海倫怒氣沖沖站在門口。

「妳上來幹什麼？」

「對不起，我——」

「我想這用不著我明講吧，不過顯然我還是得講一遍：我工作的時候，不要來吵我。要再專心有多難妳知道嗎？」

「眞的很抱歉。我這就下樓去。」

「哎，妳都已經打斷我工作了，不如就直接說妳要幹麼吧。」

「是妳寫的字。」芙羅倫斯邊說邊把那疊手稿遞過去。「有些地方我看不太懂。」

「噢我的老天爺。」海倫滿臉不耐煩，一把抓過稿子。

芙羅倫斯趁海倫看稿的時候趕緊偷瞄那房間，只見塞得滿滿的內嵌式書櫃，和近乎磨光的土耳其風地毯。

「妳哪裡看不懂？」

芙羅倫斯指了幾個地方。「這裡，這裡，還有這裡。」

「這個字是『發亮的』。那個嘛……那是表示『和』的符號。」

「那這個呢？」芙羅倫斯指著另一團潦草的線條。

海倫把稿子拿近了些，又對著光看，過了一會兒才嘆了口氣，把整疊稿子還給芙羅倫斯。「我不曉得，芙羅倫斯，妳就自己想辦法吧，把妳覺得最接近的答案寫下來，在下面劃個線之類的。我以後再看。」

芙羅倫斯連聲道歉，但海倫只是把門砰一聲關上。

芙羅倫斯舉起千斤重的腳步緩緩走回飯廳，暗罵自己怎麼會這麼笨。她盯著海倫剛剛看不出的那個字猛瞧，看了半天也只能看出是P開頭。她把那段又讀了一遍：

> 她聽到有人把她和「強勢」這個詞連在一起，儘管明知說得一點沒錯，也沒有刻意損她的意思，還是馬上會覺得自己就像某種粗野的（看不懂）動物，這種感受讓她很不舒服。

芙羅倫斯用食指輕點著下唇。P開頭的字，會是predatory（掠食性）嗎？是的，她篤定點點頭，把這個字打進電腦，標示底線，暗暗祈禱自己挑對了字——她一方面非常需要海倫的肯定；二方面，她發現自己有點怕海倫。

16

之後的幾天，海倫和芙羅倫斯漸漸找到了生活的步調。芙羅倫斯大多上午九點或十點去主屋，和海倫一起喝咖啡，討論當天要做的事。假如不碰面討論，海倫會把交代芙羅倫斯的事寫成便條，放在流理臺上。內容多半是打字、代海倫回該回的信之類。海倫還列了些與摩洛哥歷史文化相關的書要芙羅倫斯看，看完了再把心得寫成摘要。

海倫有兩次把車借給芙羅倫斯，讓她開去哈德遜取貨，一次是拿海倫要看的某本書，另一次則是去取幾瓶海倫愛喝的教皇新堡葡萄酒。海倫每次都會跟芙羅倫斯說，既然都開車出門了，就不用在意時間，好好走走逛逛吧。

芙羅倫斯因此發現，哈德遜這個鎮正如她當初的想像，自有一種魅力，風景又優美。要到過了橋、往凱羅的回程路上，景色才漸漸有點荒涼。哈德遜鎮區的主街就是她和海倫從火車站開回家經過的那條路，有許多麵包房、居家用品店，還有很多採光很棒的餐廳，總是滿室陽光。

不過等她第二次到鎮上，就開始注意到這兒的魅力有點人工的成分。這裡的氣氛似乎設計成特別對某種人的胃口——這種人想體驗鄉間生活，又不想覺得自己遠離布魯克林。再說，鎮上那些精品店賣的手工紮染桌布、漂流木加工做成的工藝品等等，她根本買不起。她可以理解海倫當時爲何會選擇不那麼「潮」的凱羅。

海倫自個兒倒是很少到鎮上，幾乎足不出戶。芙羅倫斯一直到上班第二週的某天，才頭一次發現屋裡只有她一人。海倫沒交代自己去哪裡，只說要出去幾個鐘頭。

芙羅倫斯在海倫開車出門後等了幾分鐘，隨即做了她搬到這裡之後一直想做的事——她躡手躡腳爬上二樓，走進海倫的書房。陽光從兩邊的窗戶照進來，點亮空氣中的塵埃。芙羅倫斯在海倫那張辦公椅上坐下，那是張焦糖色的條紋皮椅，皮革滿是長年使用磨損的痕跡。她輕拂凹痕斑斑的桌面，又打開第一個抽屜，裡面放著筆電。她瞄了房門一眼，再把筆電放到桌上打開。螢幕亮起，但有一個小視窗，需要輸入密碼。芙羅倫斯飛快闔上筆電，把它放回原來的地方，往椅背一倒，閉上眼。這一刻，她假裝這是自己的書房，唯一要做的就是坐在這美麗的房間裡，愛寫什麼就寫什麼。

她忽然聽見樓下一聲巨響，連忙飛奔出門，害得那張滾輪皮椅往牆邊暴衝。只是到了樓下才發現，不過是一陣風把廚房的門關上了。她又急急跑回樓上，把書房的一切恢復原狀。

這首次的二樓探險雖然因此中斷，芙羅倫斯的好奇心卻有增無減，甚至可說反而因此壯了膽。她一封封翻看海倫的電子郵件，尋找私人相關的信。看了三頁，終於發現有封信的主旨寫著「杜蘭朵？」，便打開來看。

海倫：

要不要四月五日去看《杜蘭朵》？我知道我們去年看過了，不過這次的版本應該很不錯。再跟我說。

席爾薇

芙羅倫斯用寄件者地址顯示的名字搜尋——席爾薇・達勞德，現居紐約的建築師。芙羅倫斯用這個名字搜尋收件匣，又找到一些她寄來的信，還滿多的，而且幾乎都是歌劇相關。海倫的回信寫得和席爾薇一樣，客氣又規矩。芙羅倫斯心想，還跟我說什麼「最討厭不痛不癢」咧。

她很快掃過前幾個月的舊信，一直看到去年十一月，才找到一封寄件人不是席爾薇的私人信件。

海倫!!希望妳就是我想的那個海倫。我前兩天碰到達芬妮，她把妳的電郵地址給了我，但又說她很久沒用這個地址和妳聯絡。妳好不好？結婚了嗎？有小孩嗎？現在住在哪裡？我還在傑克森，和提姆結了婚，生了兩個乖女兒，現在懷了第三個。提姆現在對迪士尼那些公主可是熟到不行，他這輩子肯定想不到有這一天吧，哈哈哈！總之咧！我只想跟妳打聲招呼。我和我們那一票人還是滿常碰面的，大家都在說好久沒跟妳聯絡了。妳什麼時候要回來看看？我們家的加蓋工程剛完工（先別問我怎麼回事——我累死了，還沒恢復！），所以會有一間寫了妳名字的客房……

親親抱抱

托利

芙羅倫斯搜尋了寄件匣，海倫始終沒回這封信，托莉也沒再寫信來。芙羅倫斯暗忖，海倫不想和沒事在信裡寫個「總之咧！」的人保持聯絡，應該不意外吧。

她看起海倫上網的搜尋紀錄，乍看之下是一堆詞語隨機的組合：嬌蘭 Kiss Kiss 法式之吻唇膏「紅色激情」；在國外丟了護照怎麼辦新的；密西西比州假釋法規；某個叫萊斯麗・布萊克佛的人；一間在摩洛哥某個叫「西曼」的地方的餐廳。還有芙羅倫斯的個人 LinkedIn 頁面和 Instagram 帳號。芙羅倫斯一看到這裡臉就紅了。她的 Instagram 帳號只有三十個人追蹤，而且上面的照片多半都是她拍在街上碰到的狗狗，要不就是拍自己在看的書（覺得某段文字不錯就拍下來）。想到海倫一張張瀏覽這些照片，她眞恨不得有個地洞可以鑽進去。

不過海倫在僱用她之前，先對她調查一番，不是理所當然的事嗎？再說，海倫有什麼資格取笑她的交遊圈？海倫自個兒除了席爾薇和托莉，應該是沒有別的朋友了。打從芙羅倫斯搬來這兒，主屋的市話只響過兩次，第一次是電話行銷人員；第二次是葛蕾塔，海倫還要芙羅倫斯說她不在家。

葛蕾塔那次沒聯絡上海倫，但幾天後又打來了，而且是直接打給芙羅倫斯。

「妳們兩個才剛認識就處得這麼好，我真的很高興。」葛蕾塔說。

「是啊。謝謝了。」芙羅倫斯回道，但仍不確定葛蕾塔幹麼打她手機。

「也多虧了妳，我們同事之前寄過去的那些信才終於有人處理。我知道看信回信沒什麼意思，不過再怎樣還是得做。真的謝謝妳。」

「不客氣。」芙羅倫斯回得很小心。葛蕾塔此時對她那種客氣的態度，和她們頭一次會面時簡直是天壤之別。

「好。是這樣，我想跟妳說一聲，妳寄來的稿子我看過了，我覺得妳很有潛力。以目前的稿子來看，我想還不到可以出書的水準，不過如果妳有興趣的話，我們可以一起討論一下怎麼處理。」

她說「我們」？

葛蕾塔的聲音繼續傳來：「我想妳也知道，短篇小說集超難賣，大家都沒聽過的作者更難賣，不過也不是完全沒可能啦。」

「我懂。」芙羅倫斯連忙解釋：「我原本就要寫長篇小說。我打算趁在這兒幫海倫做事的時候寫。」

「那很好啊。等妳有初稿了可以寄給我。」

「真的嗎？」

「當然。等妳準備好，打給蘿倫，請她安排個時間我們聊聊。不過這樣，芙羅倫斯，既然我們都聊到這兒了，我有件事想請妳幫個忙。」

芙羅倫斯眉頭一蹙。她這樣的小咖，能幫鼎鼎大名的葛蕾塔．弗洛斯特什麼忙？

「我相信海倫正在寫的那本新小說一定會很棒，可是她這樣神神祕祕的，讓我真的很難做事。

「我知道這本書比上一本要做更多研究，她之所以想請助理，多少也是這個原因。可是至於要做多少功課、蒐集哪種資料、要花多少時間，甚至連到底在研究什麼，她就是不跟我說，我等於什麼也不知道。我懂，海倫覺得作家的工作有些環節很煩很無聊，像打字啦、做專訪啦、行銷啦——我大部分時候都很樂意讓她專心寫書，只是寫書以外的這些無聊事還是得有人做。妳懂嗎？」

「我想是吧……」

「所以我的意思是，我想請妳跟我一起來處理策略面的事。我想妳以後就會發現，這對妳將來的發展會是個加分。」

「策略面的事？」

「意思就是除了書本身要夠好之外，『我們』可以做什麼讓這本書大賣。這包括要和海倫的編輯、和這本書相關的所有人溝通；要擬出最理想的交稿和出版時間表；要定出行銷計畫。好比說，第二本書最好排在《密西西比狐步舞》迷你影集的首映日左右推出。不過當然啦，我得真的知道第二本書在講什麼，也要弄清楚她現在進度到哪裡，才能安排剛剛說的這些事。這就是妳可以幫我的地方。」

芙羅倫斯默不作聲。

「當然，如果不是爲了海倫著想，我也不會跟妳開這個口。」葛蕾塔果然很會講話。

芙羅倫斯一時想不出怎麼回答，只好故意支吾其詞。「呃，我知道的也不多。我只看過一、兩章而已。」

「那沒關係，不然妳就把已經打好的部分寄給我吧？」

芙羅倫斯抿緊了唇。「唔，我不確定這樣做好不好。」

「好，那算了，我們換個輕鬆一點的方式。妳可以大概講一下故事的重點嗎？」

芙羅倫斯壓低了音量。「海倫現在在樓上，有可能會聽到。」

「啊，這樣啊。」葛蕾塔沉吟了一會兒。「這樣吧，妳今天晚上打給我，我們也可以聊一下妳的小說。這不單是爲了海倫好。我想妳應該不會一輩子當作家助理吧。」

芙羅倫斯並不笨，她當然明白葛蕾塔是在利用她，不過即使如此也改變不了一個事實：葛蕾塔是對的。長遠來看，葛蕾塔對芙羅倫斯的用處，有可能比海倫多得多。而且話說回來，葛蕾塔和海倫是同一陣線的人。

「我很樂意幫忙。」芙羅倫斯終於說了這一句。

「太好了。我就知道妳是個聰明人。其實啊，妳很多地方都讓我想到當年的海倫，就是我跟她剛認識的時候。她跟妳提過嗎？」

「她說她把稿子寄給很多經紀公司，她簡直不敢相信妳願意收。」

葛蕾塔迸出一聲大笑。「對啊，我想她對外講的會是這個版本，實際上比這個還要複雜一點兒。我起先是回信給她，說她的故事非常動人，寫得也不錯，但實在還不到可以端上檯面的程度。我也說了我其實不收這一類的作品，還有其他更適合的經紀公司。我記得我還建議了幾間公司給她呢。

「過了幾個禮拜，有天我聽到瑞秋，就是我在蘿倫進來之前的助理——我聽到瑞秋在我辦公室外面，不知道跟誰吵得很大聲，我就出去看是怎麼回事，結果看到一個女的，一臉殺氣騰騰，而且南方口音重得不得了，我還以爲那口音是裝的呢。這個女的當然就是海倫啦。她一直說已經跟我約好了，我不見她，她就不走。

「瑞秋就跟我說是怎麼回事。原來海倫幾天前打過電話來，說她是我一個很有名的客戶的員工，用那個作家的名字跟我排時間，然後就自己跑來，覺得我們一定會見她就對了。

「嗯，我想她這麼自信有她的道理，因爲我最後確實請她進了辦公室，不過主要是因爲我看得出來，瑞秋可能下一秒就要抓狂了。

「海倫把她的稿子放在我桌上，說已經根據我的意見改過了，希望我再看一次。然後一屁股坐下來，說『我等妳。』我到現在都聽得到她那個南方鼻音呢。

「我實在不曉得是該哈哈笑，還是要叫警衛來。總之長話短說，我答應她週末就會看，終於把她請出門。結果我也眞的看了。當然啦，最後她就成了我的客戶。妳也知道，海倫有的時候相當……強勢。老實說，我在妳身上看到同樣的那種勇氣，那種企圖心。」

「謝謝。」芙羅倫斯應道，不知葛蕾塔這樣說究竟是褒是貶。她希望別人記得的是她「很有才華」，不是「很有企圖心」。

「好，那這樣，妳今天下午再看一下稿子，晚上打到我手機。我都很晚睡。」

芙羅倫斯答應了，心底狂喜與羞愧交織。

‧‧‧

那天傍晚，她很勉強給了葛蕾塔一個能交差的答案。她說自己只看了一小部分稿子，而且很多段落甚至沒有照時間順序排列。

「我想她大概寫了，嗯，六十頁左右吧？」芙羅倫斯說：「大概是講有個女的跑去摩洛哥，和小時候的一個朋友一起做事。目前還沒什麼進展，不過我覺得後面應該會出事。整個調性很黑暗，很有那種不祥的預感。感覺她應該在醞釀什麼吧，至於會是什麼，我完全沒有概念。我覺得就連她自己也不曉得。她寫一寫心情就很差。我聽得到她在房間裡丟東西罵髒話。」

「嗯，海倫的字典裡沒有『平靜』這種東西。」

「一流的作家應該都沒有吧。」

葛蕾塔頓了一下。「芙羅倫斯，捧海倫不要捧過頭，對她沒好處。」接著似乎留意到自己講這句話的語氣，改口問：「欸對了，妳在那邊還好吧？我知道海倫工作上可能不太好相處，很難想像和她一起住會是怎樣，尤其又在前不著村後不著店的地方。」

「坦白說，」芙羅倫斯答道：「我滿喜歡的。」

芙羅倫斯說的是實話，與世隔絕的狀態是種解脫。她成長的環境是公寓樓房，開門關門都是用摔的。母親總開著電視或收音機，或者兩個同時開。母親自己也沒有安靜的時候。她放聲高歌、低聲吟唱；自言自語，也講個不停——對芙羅倫斯、對話筒、對收音機，還有電視、鄰居、常客，而她最常講的話題就是自己的女兒，聰明絕頂的女兒。

芙羅倫斯唯一的一方淨土，就是和母親共用的小浴室，裡面鋪著藍綠色的磁磚，擺滿母親的各種保養品。芙羅倫斯喜歡花很長的時間泡澡，喜歡躺著把頭埋進水裡，膝頭露出水面，細細品味水面下籠罩四周的寂靜，那寂靜會隨著心跳微微顫動。

而這裡位於森林深處，從早到晚都很安靜，只有海倫放音樂的時候例外。不過對芙羅倫斯而言，歌劇不像母親的收音機那麼刺耳。比起收音機傳出的車商廣告、路況報導、毒舌ＤＪ，歌劇可說是用喧鬧展現的寂靜。

芙羅倫斯覺得海倫和歌劇之間的關係很有意思。她上網搜尋過，海倫在密西西比的老家海斯維爾，人口只有三千二百人。海倫在這樣的窮鄉僻壤長大，到底經歷了什麼，才變成威爾第歌劇通，還知道法文怎麼稱呼小番茄？

芙羅倫斯剛到紐約的時候，覺得許多事很難理解，像是另一個世界的事，而且只有某個圈子的人才懂，但似乎人人在日積月累下都變得熟門熟路，只有她完全招架不住。她拚命在網上搜尋答案，但網路資訊量排山倒海，加上網友一激憤就吵個沒完，這種種同樣壓得她喘不過氣。她不想看每個人的意見；她想要的是「正確的」意見。她想知道紅玫瑰代表俗氣；想學會「某種群體習慣」的發音是「mo-rays」。亞曼達．林肯和英格麗．索恩這種人永遠不會明白，她們比起他人有數不盡的優勢。這就是維持社會秩序的方式。有些人就是有這種命——爸媽會讀菲利普．羅斯的小說、上劇院、教孩子吃完飯後的刀叉應該怎麼擺。這種人就可能嫌棄別人沒教養沒文化，這和罵別人是「白垃圾」是一樣的意思，只不過是把「階級差異」講得好聽一點罷了。然而，如果妳老媽成天穿緊身衣褲、狂擦助曬油，跟她提菲利普．羅斯，她會以為是大都市的哪個平價家具店，妳該怎麼辦？要是妳想過另一種人生怎麼辦？妳要怎麼從魯蛇組跳到人生勝利組？妳要怎麼變成徹底「歸屬」人生勝利組的那種人？

芙羅倫斯不知道。

但海倫知道。她不知怎的學會了這其中的遊戲規則。

芙羅倫斯終於鼓起勇氣問海倫是怎麼辦到的，只是沒把握海倫懂不懂她在問什麼；就算聽懂了，會不會覺得這問題很失禮？但海倫倒是回答得很坦誠。

「就跟妳想得一模一樣。」海倫說：「我先仔細觀察一番，再照著演一遍。裝得夠久，就變眞的了，而且眞的是自然的反應喔，一點都不勉強。要不是因爲我眞的很喜歡聽歌劇，又愛喝超貴的酒，也不會這麼做。」

這讓芙羅倫斯想起小時候，母親有一陣子認定她應該去演戲，就幫她報名了表演課，又拖著她跑了不知多少次試演。

芙羅倫斯恨透了這整個過程——表演課上要玩蠢到爆的遊戲，有些同學的舉止又做作得要命，再說表演正是成為他人目光的焦點，這些她都受不了。可是她很喜歡假扮成別人，把自己眞實生活中的各種小毛病丟得一乾二淨，變得煥然一新、純潔無瑕、宛如白紙。那也是她頭一次發現，自己可以把自己塑造成完全不同的人，而且是更好的人。

如今她身在紐約州北部，而且近乎與世隔絕，形同啓動了「自我大改造」過程的前半段——要先打掉，才能重練。過去她藉由與他人的互動，逐漸建構起自己的人格；現在她和外界的互動幾乎停擺，從前的那個芙羅倫斯也失去了表達自我的管道，正一天天、一點點崩解。

她很樂意打掉重練，於是先從穿著開始。她先看一遍自己手邊的衣服，凡是感覺不像海倫會穿的就全部淘汰，這代表她幾乎扔了所有的衣服，太鮮豔、太多裝飾的都不行。海倫習慣剪裁俐落的穿著，顏色大多是深淺不一的海軍藍、黑、白幾色，只有極少數例外。她偶爾搭配圖樣低調的絲巾、工藝風的首飾之類，但大部分時候都是一身簡潔，沒有半點裝飾。芙羅倫斯買不起海倫穿的那些牌子，就在 Zara 和 H&M 的網路商店買了平價仿冒版。她又查了海倫在亞馬遜網站的訂單紀錄，記下海倫買過的書和看過的電影。就這樣，她等於設計了某種自我改造的課程，甚至還請海倫教她做菜。

芙羅倫斯感到一種強烈的欲望，她要逐漸淡出、消失，再以全新的面貌抬頭挺胸回歸。她不希望任何人目睹這變身的過程，否則那就像把還沒潤飾的初稿拿給別人看——她不像海倫，她絕對不會這麼做。

・・・

芙羅倫斯學的第一道菜是紅酒燉雞。

她倆在海倫的廚房肩並肩準備動手。三月底柔和的陽光透過窗慵懶地照進來。海倫幫兩人各倒了杯紅酒，儘管才下午四點。

「好啦，可愛的小雞在哪裡？」海倫問：「我們來幫他洗個澡吧。」

芙羅倫斯拿出冰箱裡的雞，半扔半放進水槽。她似乎感到雞皮下的骨頭在動，不覺打了個冷顫。「他好像是活的耶。」她說完才發現自己也用稱呼人的方式來稱呼雞。

「還好他不是活雞，算妳走運。我奶奶在我八歲的時候，就叫我去剁一堆雞頭。」

芙羅倫斯半信半疑瞟了海倫一眼，這種事或許在一九四五年的密西西比鄉下還有可能，一九九五年還是這樣嗎？但海倫的樣子不像在開玩笑。

芙羅倫斯把滑溜溜的全雞放上砧板。海倫拿起又重又鋒利的菜刀，黑色的刀柄上痕跡斑斑。

「我們要把他切成很多塊。」海倫說：「首先要把腿和身體連結的皮切開，再用手——」她邊說邊使勁扭轉雞腿，雞腿「啪」一聲與身體分離。「來，這邊妳來做。」說著把刀交給芙羅倫斯。

芙羅倫斯切開雞皮，扭轉雞腿，但雞腿不動如山。

「用力。」海倫一副老師的語氣：「做事做一半等於沒做。」

「做一半，好歹有一半的用處呀。」芙羅倫斯打趣道。

「哎喲，做一半有什麼用？」海倫說著，儘管自己的手又冰又濕，還是一把抓起芙羅倫斯的手，帶她一起扭斷雞腿骨的關節處。

芙羅倫斯照著同樣的方法處理了雞翅，接著海倫用刀重重敲了雞身幾下，從背部取出雞胸、分成兩半，再把所有的雞肉塊放進大碗。洗了手，把剛剛兩人喝的那瓶紅酒逕自往碗裡倒。

「要倒多少酒啊？」芙羅倫斯問，拿起筆準備做筆記。

「不知道耶。剛剛倒酒的時候，有沒有咕嘟咕嘟的聲音？有幾次？三次有吧？」

芙羅倫斯只好先寫下「三次咕嘟」，心想萬一哪天自己真要做紅酒燉雞，這幾個字應該也派不上用場吧。

海倫拿了枝百里香，用拇指和食指順著枝幹輕滑，細小的葉片順勢全部掉進碗中。

「等一下，這樣是放多少百里香？」芙羅倫斯問。

海倫白眼一翻。「一點三公克。」

芙羅倫斯立刻振筆疾書。

「芙羅倫斯，我開玩笑的啦！這種香料我不稱重的。」

芙羅倫斯把筆放在流理臺上，闔上筆記本，暗罵自己有夠呆。可是假如海倫不管做什麼都這麼隨興，她要怎麼學啊？她好歹也得有個基本架構吧。

「妳眞的不看食譜嗎？」

「我看不下去啊。什麼『讓洋蔥焦糖化，轉爲金黃色及果醬般的質感』，『壓成泥，質感要如絲綢般滑順』。」海倫又翻了個白眼。「這種東西不管想寫得多通俗、多親民，還是擺出一種姿態，很假。要是我再看到誰寫什麼『用外殼香酥的優質麵包和一抹奶油一同上菜』，肯定會當場抓狂。我多半就是看一下材料和作法，其他的就自己看著辦。萬一搞砸了就搞砸嘛。沒有人不怕犯錯，但我覺得不用小心到這種程度吧。當然你做事之前應該先有計畫，做點功課，可是到了該動手的時候，拜託，就大膽做下去啊。」

芙羅倫斯想證明自己也辦得到，手起刀落就把一朵蘑菇切成兩半，再馬不停蹄朝剩下的蘑菇進攻，切得一發不可收拾。只是忽然間鮮血冒了出來，弄得到處都是。她愕然伸指一看，指節上方有道一公分左右的缺口，而且劃得很深。

海倫放聲大笑。「我的天啊，我說要大膽做下去，妳還眞做啦！」她邊說邊丟給芙羅倫斯一卷廚房紙巾。「妳要不要貼OK繃？」

芙羅倫斯望向自己的手指，她雖然拿了廚房紙巾包住傷口加壓，血還是滲了出來。看樣子就算不到要縫個幾針的程度，也絕對需要貼OK繃。

「我想要吧？」她回海倫。

「樓上的浴室櫃子裡有OK繃，我想。妳要是找不到就叫我。」

「妳房間的那個浴室？」芙羅倫斯有點猶豫，因爲海倫目前爲止仍未請她上過二樓。

「二樓就那間浴室呀。」

芙羅倫斯到了二樓，帶點遲疑推開海倫臥室的門，同時也很緊張，想說自己會不會誤解了海倫的意思。臥室的牆漆了近乎黑色的深靛藍色；壁爐前的地上有另一塊土耳其風地毯，是深淺不一的橘色，同樣有長年磨損的痕跡。雙人大床上鋪了白色的厚被，看得出只是草草攤開鋪平而已。芙羅倫斯躡手躡腳走近床邊，去看海倫的床頭櫃。櫃上堆了一疊書和黃色拍紙簿，最上面擺著展開的閱讀用眼鏡。拍紙簿上空空如也，不過芙羅倫斯看得出在前一頁寫字又撕去之後，在下一頁留下的隱約筆跡。那疊書最上面的一本，是艾蜜麗．威爾森翻譯的《奧德賽》。

芙羅倫斯走進海倫的浴室，打開壁櫃，看到一盒OK繃，手卻伸向OK繃盒子旁邊的藥瓶。瓶上的標籤寫著內含零點五毫克劑量的「克癇平」錠。她認得這藥名，因爲露西就是吃這種藥治焦慮症。芙羅倫斯非常驚訝，因爲海倫完全不像容易緊張的人。她趕緊把藥瓶放回原處，拿OK繃包紮流血的手指。

等她弄完了回到廚房，爐上藍色的 Le Creuset 鑄鐵鍋正燉著雞，海倫則坐在飯桌前喝著葡萄酒，拍拍身邊的椅子，示意芙羅倫斯過去坐。

「妳媽不做飯的嗎？」海倫在芙羅倫斯坐下時問道。

芙羅倫斯搖搖頭。「我媽在餐廳上班。她說只要是私人時間，她打死也不想在別的廚房裡多待一秒。」

「那妳小時候都吃什麼啊？」

「不知道耶。冷凍減肥餐倒是吃滿多的，我想。我媽一天到晚在節食。」

「冷凍減肥餐？」海倫扮了個鬼臉。「太慘了吧。」

「有個烤雞口味還滿不錯的啦。」芙羅倫斯的聲音低得幾乎聽不見。

「噢，芙羅倫斯。」海倫對她微笑，那神情近乎憐憫。「我相信。我相信那個冷凍餐一定非常、非常糟糕。」說著拍拍她受傷的那隻手，芙羅倫斯只能拚命忍住痛得皺眉的衝動。

芙羅倫斯那晚在自己餐盤裡，發現有幾塊蘑菇在湯汁表面漂浮，當時那些蘑菇可是沾滿了她的血。她很好奇海倫會不會有那個工夫先沖洗蘑菇再丟進鍋中。同時她也發現，自己還是不知道怎麼煮紅酒燉雞。

17

四月的第一週，芙羅倫斯窗外的櫻樹開了花，她也終於遇見海倫的鄰居。這時的她已經養成晚飯前去屋後森林散步的習慣。這片林子的面積不過二、三十畝，在她眼中卻是無邊無際。每回從夕陽映照的草地跨進黝黯的林中，心頭就會浮起一陣不安，總覺得裡面會發生什麼事。有時在林間深處，她會納悶是否找得到出去的路。不過她很喜歡在森林裡的感覺，不僅只有自己一人，而且周遭的風景很可能和十八世紀的移民所見完全相同。有一回她看到泥土地上出現「芝多司」的包裝，既訝異又沮喪，彷彿那是屍體。

她過去在佛州的生活只能用「透不過氣」形容。狹小的公寓，骯髒的教室，就連幾百年前曾經風光過的奢華之地，如今也破敗不堪。港口總擠滿了船隻；海灘上到處都是人。

紐約就更不用說了。

唯一能讓她感受到世界之美之廣的地方，就是書。她中學時代迷上了《魔戒》，愛上遁逃到另一個世界的感覺，一個截然不同的世界。她之所以一心想當作家，多少是這個緣故。她想把那廣闊無垠的天地握在手中，用她的觀點打造整個世界。

在那個仍有寒意的四月傍晚，她照例在林中散步，卻感到背後的樹間傳來窸窣聲。

她停下腳步專心聽，起先只聽到自己如雷的心跳，但不久便響起一陣不規則的呼吸聲，接著是越來越明顯的腳步聲。她想說快跑，要不躲起來也好，卻根本動不了。那就像夢境中有什麼衝著自己來，自己卻在原地呆若木雞，對命運完全無能爲力。她嚇壞了。

眼前的樹叢略略分開，出現一道黃色的影子直朝她撲來。她舉起手擋在面前，不由自主發出一聲低低的哀鳴。

那是隻黃金獵犬。

牠興奮地朝芙羅倫斯奔去，臀部搖個不停，等衝到她面前，又開心地把鼻子往她胯下一塞，尾巴來回狂掃，捲起地上的落葉枯枝。

芙羅倫斯這才放下心中大石，笑了出來，是差點抓狂又突然鬆懈下來的那種笑。她伸出雙手搔著狗兒的耳朵玩。

有個六十來歲的男人跟著狗兒跑過來。「班特利！趴下！」他大喊：「小姐，眞對不起啊。班特利！趴下！」

芙羅倫斯揮揮手表示沒關係，不斷搓揉狗兒的頭和脖子，狗兒樂得把頭抬得高高的。

「看樣子牠好像很喜歡妳啊。」男人說著慢下腳步，在她面前停住。他身穿藍色高爾夫球衫，下襬紮進工作褲裡，正微微喘著氣，還拿著一個可以把網球丟到很遠給狗兒撿的塑膠狗玩具。「班特利老遠就可以聞得到誰喜歡狗狗喔。」

「嗨，班特利。」芙羅倫斯輕聲招呼：「嗨，乖狗狗。」

男人打量她和狗兒好一會兒，露出欣喜的笑容，然後問：「妳是住前面那棟老房子嗎？」同時把頭朝海倫家方向點了一下。芙羅倫斯說是。

「那個小姐沒跟妳提過，有隻又大又凶的狗叫班特利？」他呵呵笑起來。

「沒，她沒提過耶。」班特利正用濕濕粗粗的舌頭猛舔她的手。

「牠之前跑到那一家的花園裡，大概一兩次吧，把那個小姐氣壞了。現在啊，班特利只要看到她就夾起尾巴。」

芙羅倫斯忍不住要幫海倫說幾句話。「也許她就是不喜歡狗吧。」

「喔，沒錯，她肯定不喜歡狗。不過我想她應該喜歡『喜歡狗的人』，那也行啦。妳應該是那一家這麼久以來，班特利喜歡的第二個客人。」

芙羅倫斯很意外，抬眼問道：「第二個？那第一個是什麼時候的事？」

「喔，不曉得耶——這麼一講，應該是更久以前的事嘍。那個時候地上肯定有雪。」

班特利忽地一動不動，豎起耳朵，隨即飛奔入林，標準的來得快，去得急。

「哎呀，牠又來了。」男人無奈搖搖頭，一邊去追狗兒，一邊朝芙羅倫斯揮別。

芙羅倫斯就趁晚餐時，跟海倫講了碰到鄰居和狗兒的事，又問那前一位客人是誰。

「我哪知道。」海倫說：「一定是別家的客人吧。沒人來過這兒。」

「喔。」

「眞要命，那隻狗討厭死了。」

「妳說班特利嗎？牠好可愛耶。」

「等牠把妳種的玫瑰全挖出來，妳就知道啦。」

忽地傳來一聲類似女人的尖叫，劃破夜的寂靜。

芙羅倫斯抬眼望向海倫，滿臉驚恐。「什麼聲音？」

海倫聳聳肩。「八成是什麼動物。」

「八成？」

芙羅倫斯走向窗戶朝外望，只見到自己不太平整的鏡像。接著她又聽到那聲音，從馬路方向的某處傳來。

她說：「我去看看。」

她出了家門，走進寒夜。屋內發出的光亮逐漸淡去後，走在夜裡就像罩上黑色兜帽。她一路走到車道邊界，望向一片漆黑。此時尖叫聲再次出現，她逕自往那個方向走去。

地上躺了隻貓頭鷹，黃色的大眼驚恐地望著她，瞳孔宛如滴入水中的墨，身上沒有血或受傷的跡象，只是不斷尖叫。

她走回屋內。

「是貓頭鷹。」她對海倫說：「狀況不太好。妳有沒有毛巾之類的東西？」

「要幹麼？」

「把牠包好帶進來。鎮上有沒有獸醫？」

「妳不准把那玩意兒帶進我家來。」

「我們不幫牠的話，牠會死的。」

「這種事不是常有嗎。貓頭鷹吃老鼠，老鼠如果吃了老鼠藥，貓頭鷹也會中毒。」

「什麼？這太可怕了吧。」

「在枕頭套裡發現老鼠大便，也很可怕耶。」海倫說著，又露出那種讓人發毛的笑容，只牽動嘴角，不露牙齒。

芙羅倫斯定定望著她。

「哎喲拜託好不好，芙羅倫斯，不過就是隻貓頭鷹嘛。」海倫越說火氣越大：「我對自己認識的人都沒什麼同情心了。我們要關心的人還不夠多嗎？每天都有人喊，敘利亞的難民好可憐、車臣的男同性戀好可憐、緬甸的穆斯林好可憐，到底有完沒完啊？人是有極限的，哪裡能消化這麼多悲慘的事？人天生的設計就是這樣，同情心本來就有限，只能分給自己的小圈圈。我的同情心已經快用完了，拜託拜託，別叫我還要同情什麼貓頭鷹。」

「好吧，對不起。」芙羅倫斯輕聲回道，坐下後才說：「我只是覺得，那隻貓頭鷹本來就屬於我們這個小圈圈。牠就在那邊。」她無力地朝門口比了一下。

「妳誤會我的意思了，芙羅倫斯。我不是指什麼具體的小圈圈。妳難道不知道嗎？我們早就把和自己不相干的撇得一乾二淨。我的小圈圈就是我自己。人也好，鳥也好，隨便什麼都好，反正都不干我的事。」

芙羅倫斯震驚得說不出話。這種事眞的是自己說了算嗎？誰能那麼有把握，說自己和什麼都不相干？她分不清海倫什麼時候是語不驚人死不休，什麼時候又眞心相信自己說的是眞理。

她努力幻想，倘若自己拋開所有的責任包袱，會有怎樣的人生。

她想不出來。幾分鐘後，尖叫聲停了。

18

時間到了四月中旬，芙羅倫斯這份新工作做了快一個月後，她開始做起一件自己也知道千不該、萬不該的事。

她繼續幫海倫的新小說打字，只是這稿子她越看越不起勁。當然寫是寫得很精采，劇情也扣人心弦，但就是少了《密西西比狐步舞》的那種火花、那股活力。

《密西西比狐步舞》剛問世的時候，芙羅倫斯還在甘斯維爾的書店上班。當時有個同事送了她一本，而且彷彿把那本書當成上帝少年時代的日記，交給她的時候還像禱告一樣鄭重閉上眼。後來到了「佛瑞斯特」，亞曼達有次講到對莫德．迪克森的感想，那還真是說到芙羅倫斯心坎裡——亞曼達那時說的是：「我應該殺了她才對。」想當然耳，出版圈的人個個對莫德．迪克森又妒又羨，畢竟嫉妒原本就是企圖心的產物。

《密西西比狐步舞》的文筆展現的自信與活力，讓芙羅倫斯熱血沸騰。她記得在哪裡看過，瓊．蒂蒂安曾經把海明威的幾篇小說逐字打出，從中學習。於是她仿效瓊．蒂蒂安，把《密西西比狐步舞》某些段落重打一遍，自己也透過這個過程脫胎換骨，彷彿從前的她忍著關節炎的病痛，努力用腫脹的手指打著自己的作品，沒想到關節炎忽然間竟不藥而癒。

如今芙羅倫斯打著海倫第二本小說的手稿，卻絲毫沒有當年的悸動。或者講白一點，她還是熱血沸騰，只是和之前不同了，現在的她心裡想的是——「我」應該也寫得出來。

事情就是這樣開始的。

現在的她若是看不懂海倫寫的某個字，已經可以比之前更快判斷如何處理，而且也更有把握。起先她只是爲了不想重演上班第一天誤闖二樓的尷尬場面，但沒多久，這填字遊戲就成了日常工作中她最喜歡的部分。她每選定一個字打進稿子，心頭便湧上一陣小小的狂喜。感覺就像她不僅僅是海倫的助理，還和海倫共同創作。

之後她膽子更大，開始自己加字，即使明知海倫沒有那樣寫。但是她新加的東西讓這本書更好了，眞的。萬一海倫發現了，相信她也會有同感，搞不好還會謝謝芙羅倫斯呢。

只是海倫並沒發現。芙羅倫斯每次打完稿子，都會在筆電上存一個新版本，再把檔案寄給海倫。她想海倫會再看過一遍，做點修改，只是海倫從來沒把那檔案再交給她重打，對她加的東西也毫無意見。芙羅倫斯不禁猜想，她自己寫的那些東西會不會最後眞的印在書裡。

有天早上芙羅倫斯又在猜字，勉強想到一個比較接近海倫筆跡的詞：「災難性的」。才打完，便聽見車輪輾過碎石地的聲響。她倏地坐直身子。這裡向來沒有訪客的。

她起身從飯廳窗戶望出去，車道上有輛警車。頓時一個莫名其妙的念頭竄出——肯定是他們發現她對海倫的稿子動了手腳。她聽見下樓的腳步把樓梯踩得吱呀響，罪惡感驅使，急得在屋裡走來走去。

「警察來了。」芙羅倫斯對海倫說。

「妳又闖了什麼禍呀？」海倫打趣問道：「妳搶了賣酒的？」

海倫泰然自若走向大門，到了屋外，這時警車門也正好關上。

芙羅倫斯努力探頭，想把窗外的景象看得清楚點。下車的那個警察有點臃腫，灰白的皮膚，稀疏的頭髮。他先提了下褲腰，才緩緩走向海倫，帶著警察的架勢。這時海倫早已走下大門外的臺階，在那兒站定了等著，伸手擋著陽光，就像頭一次和芙羅倫斯見面時的動作。

芙羅倫斯聽不見他們說什麼。那男人伸手朝房子比劃，海倫雙眉一挑，輕笑幾聲，也跟著轉身指了一下房子，同時瞥見窗框中芙羅倫斯的臉。海倫繼續凝視了她好一會兒，芙羅倫斯便往後退，坐到飯桌邊，努力裝出認眞工作的樣子。

海倫幾分鐘後回來了。

「還好嗎？」芙羅倫斯問。

「眞要命。要是我乖乖納稅就是爲了這種鳥事，早知道就把錢藏到開曼群島去。」

「那個警察要幹麼？」

「喔，是因爲我超速的罰單啦。煩死了。」

「他為了超速罰單專程跑一趟？」

「嗯，我罰單確實滿多的。」

芙羅倫斯想起從火車站到這裡的那趟路，姑且信之。

「要不要我來處理？」

「唔？喔，不用，沒關係，我來就好。我想那堆罰單應該在我書桌抽屜，不知道塞哪兒去了。」

芙羅倫斯只覺一陣反常的懊惱，把「災難性」那個詞一字字按鍵刪掉。

19

警察來過的那天晚上，海倫和芙羅倫斯晚飯吃到一半，海倫忽地放下刀叉，抬眼道：「芙羅倫斯，我一直想問妳一件事。」

芙羅倫斯愣住了。一定是海倫發現她動了手腳。這天終於來了。

她到底是吃了什麼熊心豹子膽，居然敢亂動海倫的稿子？肯定是腦子壞了。

打從她暗中修改以來，總是受兩種情緒糾纏，一是畏怯，二是不安。她自認改稿是情勢所逼，不得不自作聰明的結果，但這麼做也是某種自殺式衝動使然。她會把那堆照片寄給賽門，也是這種衝動之下的結果。她控制不了。

她嘴裡的羊肉已經嚼到沒了味道，但也吞不下去。這羊肉還是那天下午在海倫指導下煎的。芙羅倫斯只得拿起餐巾掩嘴，默默把肉吐掉。

「妳有沒有護照？」海倫問。

芙羅倫斯沒料到有此一問，搖搖頭。

「妳可以去申請嗎？」

「當然。怎麼了？」

海倫用刀叉緩緩切割分配，把份量適中的羊肉、飯、油封番茄，一起放入口中細細咀嚼。芙羅倫斯心裡有數，海倫這樣做只是刻意讓她多等一會兒。

「我在想，妳會不會有興趣跟我一起去摩洛哥一趟，蒐集資料，做做功課。妳有興趣嗎？」

芙羅倫斯好一會兒才回過神來。「有，當然有。」原本懸著的心終於放了下來。

「那太好了。妳下週一就去辦護照，看能不能申請急件。當然，費用我來出。」

「那，妳打算什麼時候出發？」

「儘快吧。我這小說寫得不太順，想說出去走走應該有點幫助。而且我在鄉下住得有點膩了，妳不會嗎？」

芙羅倫斯沒答話。其實搬到這裡以來，是她這輩子最快樂的時光。每天早上醒來，滿屋都是透過櫻樹灑落的粉色晨曦，讓她以爲終於到了命中注定之地。「那我來訂機票吧？」

「對，好。今天是——禮拜幾？——禮拜六？那我們下週週末之前出發，大概抓禮拜三或四吧，如果有位子的話。」

「等一下，離現在只有四天了耶！」

「有什麼關係？還等什麼呢？我們可以先飛到馬拉喀什，隔天再開車到西曼。」西曼是海邊小鎮，也是海倫第二本小說的背景地。

「那我也要訂飯店嘍？」

「妳看馬拉喀什有哪裡不錯的就訂吧，倒是西曼的飯店就不好說。妳看看有沒有獨棟的度假別墅出租，找好一點的。」

「要訂多久？」

「那就……兩個禮拜吧？」

芙羅倫斯點頭。

這時芙羅倫斯放在飯桌上的手機響起，她瞄了一眼螢幕，母親又傳了簡訊來：「打給我!!!」芙羅倫斯搬到這裡以來，每次接到母親的訊息，總習慣等個兩、三天才回電。她認識海倫和葛蕾塔這樣的女性之後，母親的缺點就顯得更加刺眼。

「不好意思。」芙羅倫斯說著把手機螢幕翻面朝下。

「妳接，沒關係。」

「我不想接。是我媽啦。」

「怎麼了，還好嗎？妳有事可以跟我說。家裡這種狗屁倒灶的事我可熟了。」

「呃，沒什麼啦，就是……我起先只是不接她電話，因爲我不想跟她說我離開出版社的事。但後來我發現不跟她通電話，心情變得好很多。」芙羅倫斯輕笑一聲，帶點尷尬。

海倫點頭表示同感。「我離開海斯維爾的時候也差不多。我還是盡量跟家裡保持聯絡，可是我總覺得他們一直扯我後腿，就像見不得我好似的。我媽那時候已經過世了，倒是我爸和我奶奶，一直記恨我一走了之。他們覺得我到了大城市，眼睛就長在頭頂上啦。不過他們所謂的大城市，也就是密西西比州的牛津而已，我又不是跳上飛機跑到巴黎去！反正不管我做什麼，他們就是一直潑我冷水，說我根本沒那個本事。每次跟家裡講電話，他們都是那個態度，所以後來我就根本不聯絡了。」

「妳說不聯絡就不聯絡？」

「我不打電話、不寫信，也不回去看他們。那個一直壓著我的擔子也就沒了，感覺好自由。那也就是我覺得終於可以寫《密西西比狐步舞》的時候，因為我再也不擔心他們怎麼想了。也可以說，我再也不怕他們了。這一來，打開了一個好大的空間，我可以靠自己的能力把這個空間填滿。我有好多話想說，簡直文思泉湧，攔都攔不住。」

芙羅倫斯想起自己每次提筆就腸枯思竭的窘相。難道是母親害的？

「妳要記住我的話。」海倫邊講邊拿叉子比劃：「和他們一刀兩斷，是我這輩子最好的決定。當年要不是這麼做，我今天當不了作家。」

芙羅倫斯那晚躺在床上盯著天花板。她的臥室是架高的，所以天花板離她的臉不過一公尺多而已。

她辦得到嗎？她真能把母親逐出自己的生活嗎？

她對海倫講的是實話——不太和母親聯絡以來，她心情真的好很多。和母親拉開距離，讓她發現過去每次和母親講完話，總感到煩躁不安，覺得自己一無是處。

母親眼中彷彿有兩個不同的芙羅倫斯。一個前途無量、表現傑出，是母親的心肝寶貝；另一個則是真正的芙羅倫斯，無論母親把什麼夢想與希望寄託在她身上，她總是不斷讓母親失望。或許正因如此，母親在她面前很少展現溫柔的一面。儘管母親講話總是好聲好氣，動不動就叫她「親愛的」「達令」，不過母親在餐廳也常稱呼客人「親愛的」，即使主管說不可以，她還是我行我素。那句常掛在嘴上的「誰最愛妳呀？」更是矯情，還不如什麼都別說。

芙羅倫斯很想向母親證明，這個芙羅倫斯，這個眞正的她，可以靠自己的本事闖出一片天。她可以成爲作家，眞正的藝術家。多年來母親對她的態度，讓她一直自認無法成爲母親理想中的模樣，她再也受不了了。

也許這是個試驗。假如她可以和母親一刀兩斷，應該也能享有和海倫一樣的成果——清空路障、盡情揮灑、文思泉湧、勢不可擋。她可以寫出自己的《密西西比狐步舞》。

記住我的話，海倫說。當年要不是這麼做，我今天當不了作家。

芙羅倫斯望著手機在黝暗的臥室中兀自發亮，拿起手機把玩了一會兒，彷彿那是她的護身符。接著她打了通簡訊給母親：我要到國外出差一陣子，這段期間不會聯絡。她對自己說，我沒有把話說死，只是試試看不聯絡會怎樣而已。

她才發出簡訊，母親馬上就打電話來。

她把手機調成靜音，隨即關機。

20

週一下午，芙羅倫斯站在離「佛瑞斯特」一條街的鄧肯甜甜圈外，咬著冰咖啡附的吸管。她剛剛從北邊搭火車到曼哈頓來，因爲能辦護照急件、又離她最近的護照局辦公室就在哈德遜街上，而且剛好就在「佛瑞斯特」那棟樓正對面。賽門的禁止令規定她和那棟樓至少要保持一百五十公尺的距離，不過她權衡之後，決定還是值得冒這個險。

她仔細打量大樓外觀，看是否能找到賽門辦公室的窗戶。那「一百五十公尺」是指直線距離嗎？賽門的辦公室在十四樓，搭電梯上去應該就差不多五十公尺了吧。

「芙羅倫斯？」

她轉頭，只見亞曼達・林肯朝她走來，掛著難以置信的微笑。

「我就想說是妳。妳怎麼到這兒來啦？妳回來上班了？」

「沒有。我在這附近開會。」芙羅倫斯連想都沒想便答道，同時略略往西側指了一下。只是講完才想到，「佛瑞斯特」大樓再往西只有UPS快遞的物流中心。

「妳還住在市區嗎？妳一點消息都沒有，我們都想說妳可能離開紐約了。」

亞曼達很顯然是在套她的話，看有沒有什麼八卦，等她上樓回到辦公室，可以臉不紅氣不喘，跟同事講得繪聲繪影。（「你們絕對不敢相信我剛剛碰到誰！」）芙羅倫斯難以想像自己被炒的時候，那群人是怎麼講她的。她只知道寄照片的事有傳出去，因爲露西有次在語音留言裡提過，只是講得很含糊。

「喔沒有，我搬到北邊了，現在住在哈德遜附近，環境我很喜歡。離開市區眞的是輕鬆多了。老實說，我一直覺得紐約沒大家講得那麼好。」芙羅倫斯講完這句，乾脆豁出去說：「妳有空來玩嘛。」

「好啊。」亞曼達說完後，兩人一語不發對看著，彼此都明白這話要是成眞該有多彆扭。她們從來就不是朋友，現在既然兩邊都放話了，只是看誰先認輸而已。

芙羅倫斯先開口：「只是不好意思，沒辦法招待妳過夜。我住在一個算是前輩的家，那邊有一間給客人住的小屋，只是眞的很小。」

「好棒喔。我也想要有這種前輩！」亞曼達說著大笑。「哪個大哥這麼好啊？」

「是女的。」

「噢不好意思，我以爲是男的。」

芙羅倫斯察覺指尖有種熟悉的刺痛感，那是體內的熱流。她很想趁機好好損一下亞曼達，看她出洋相。亞曼達這輩子應該從來不知道什麼叫出洋相吧。芙羅倫斯左手握拳，把指甲深深埋進掌心，只是指甲不夠尖。

「我得走了。」芙羅倫斯說：「要遲到了。」

「哎呀眞是的。好吧，見到妳眞開心！」

亞曼達湊過來，親了下芙羅倫斯的臉頰，芙羅倫斯只好彆扭地抱了她一下，結果搞得滿嘴都是亞曼達的頭髮。

之後，芙羅倫斯趁在護照局排隊的空檔，回想起方才和亞曼達重逢的經過。亞曼達其實可以報警，說她違反了禁止令，要不跟賽門告狀也行。對，亞曼達就是會幹這種事的人。芙羅倫斯當然可以矢口否認，反正她再過幾天就要出國了。

她去過最遠的地方就是洛杉磯。那年她九歲，母親帶她搭飛機去洛杉磯試演。母親一路上樂得飄飄然，結果回程垮著一張臉。

芙羅倫斯有種感覺，等這趟回來，她也會變成一個不同的人，旅行應該會讓她有所改變。改變的過程從來不是一路平坦，總有順逆起伏。在舊身分漸漸淡去、新身分又尚未成形的那段過渡期間，會有一種不管做什麼都無所謂的感覺，彷彿一切都不重要，你非但不是自己，而且誰都不是。

她能以現在這個「芙羅倫斯」面貌示人的時間不多了。想到這點不覺開心，她實在受不了這個自己。這是一天到晚鑽牛角尖的壞處，而外界的聲音又不夠大，無法蓋過腦中滔滔不絕的自言自語。日復一日重複著同樣惱人的問題——她喜歡我嗎？我的打扮好看嗎？我會幸福快樂嗎？我會功成名就嗎？這就像每天聽著同樣的歌，一年又一年。有些人不就是這樣凌虐大家的耳朵嗎？

「芙羅倫斯．達洛？」

有個男的喊道。那人二十分鐘前拿走了她的表格和照片，只是芙羅倫斯這會兒什麼也沒聽見。她坐在硬得要命的木頭長椅上，看一個老太太填護照申請表，老太太的手看得出有關節炎，指節暴凸，手抖得厲害，寫得很慢。芙羅倫斯忽地有種衝動，想一把抓過老太太手上的筆往外丟。沒用的老巫婆，她暗想。媽的這老巫婆連表格都塡不了，在機場要怎麼過海關和安檢啊？她自己也不曉得哪來的怒火，氣得全身都繃緊了。她甚至不明白自己為何這麼火大。這老太太體弱多病的模樣，不知怎的就是讓她不爽。

她強迫自己別過頭，緩緩做了幾個深呼吸。她從經驗中學到，這怒氣再一會兒就會過去。此時只要專心把賽門、亞曼達，和這個根本不認識的老太太統統逐出腦海。

「芙羅倫斯．達洛在嗎？」

她掙扎了一陣才勉強發出聲音：「我是。」

Part 3
第三部

21

飛機降落馬拉喀什，機輪觸地時發出巨響，機身還猛地朝左邊打滑，直教人心中發毛。海倫和芙羅倫斯上路加轉機，已經超過十六小時——先從紐約飛到里斯本，再從里斯本到馬拉喀什。海倫坐商務艙，芙羅倫斯則是經濟艙。

飛機滑行到航廈的途中，芙羅倫斯隔壁的矮個子阿拉伯男人轉頭對她說：「妳看到那排樹被風吹的樣子嗎？」他整個人湊過來，修得整齊潔淨的手指抵在塑膠玻璃窗上指給她看。「這叫做『乞歸風』，從撒哈拉沙漠吹來的，不過通常沒這麼早開始。」

「這種風有什麼作用？」

「把熱跟沙塵都帶過來呀。」男人笑了。「妳要是去問我奶奶，她會跟妳說要倒大楣嘍。」

飛機停妥之後和航廈間還有段距離。有兩個男的推了貌似不太牢靠的樓梯過來放在機身側邊，讓大家下機。芙羅倫斯一出機艙就感受到了——「乞歸風」果然名不虛傳，把她頭髮吹了滿臉，甚至還進了嘴。狂風呼嘯，配上飛機引擎逐漸慢下來的咻咻運轉聲，外加突如其來的熱浪和嘈雜，害芙羅倫斯暈頭轉向。反觀海倫，在陣陣熱風的猛烈攻勢下，似乎反倒精神大振，雙眼發亮，朝芙羅倫斯笑得十分開懷。

「哈囉，冒險要開始啦！」海倫對著狂風用法語大喊。

到了停機坪，有兩個穿迷彩軍服、戴綠色貝雷帽的男人，撐著無神的雙眼，持自動武器跟在這群旅客後面。這機場有兩棟航廈，右邊的是粉紅色的兩層樓建物，比較老舊，屋頂的招牌頗爲單薄，用法文和阿拉伯文寫著「馬拉喀什邁納拉機場」。隔壁則是明亮光潔的新航廈，流線型的白色屋頂散發圓潤的光澤，好似IKEA的塑料桌，搭配波浪般的黃銅立面，上面打著特殊花樣的孔洞。

同班機的旅客照著動線引導走到新航廈。色彩繽紛的地毯、晶亮的地板，簡直是美國中部隨便哪間會議中心的翻版。芙羅倫斯頗爲失望，她以爲會看到不一樣的異國景致。

芙羅倫斯從未和海倫一起出現在公共場合，兩人在紐約甘迺迪機場出境算是開了先例，也讓芙羅倫斯首次見識到海倫個性的急躁，和偶一爲之的苛刻——她雖然已經漸漸明白海倫有這一面，但還是頭一次看到海倫具體表現出來。碰上人潮洶湧，海倫會左推右擠排開人群，芙羅倫斯只有跟在後面的份，還得一直提醒自己不要用跑的。不過海倫如此強勢明快的作風，反倒讓芙羅倫斯如釋重負。她安於當海倫翅膀底下的小雞，至少現階段她可以暫時卸下打理一切的重責大任，只專心盯著海倫衝鋒陷陣的背影，別的都不去看。

到了馬拉喀什後，同班機的旅客都慢慢走，海倫則再次一馬當先。但到了查驗護照的大廳後，只見幾百人排成一條蜿蜒的人龍，中間不時穿插聚在一起的家族團和旅遊團，遠遠望去，彷彿有條大蛇吞了好幾隻老鼠。海倫一看這麼多人，隨即停步，換了方向，朝一個穿了制服的女人直直走去。

「我是孕婦。」海倫用英語對那女人只說了這一句便打住。女人飛快掃了海倫平坦的腹部一眼，才說：「啊，好。」然後帶她走到人比較少的隊伍，大約只排了六、七人，都是帶嬰兒車、坐輪椅或拄拐杖的。芙羅倫斯回頭看看那條人龍，那些人大概還要等個一、兩小時。她暗自慶幸不必排那種隊，何必爲了守法反而害到自己呢？她再也不想當乖寶寶，現在的她隱隱有種感覺——那麼循規蹈矩非但不入流，還很窩囊。

芙羅倫斯行前已經透過飯店訂了接機服務。兩人一走出行李提領處的大門，便看到有個司機拿著寫了「威爾寇克」的牌子等在那邊。他身穿淺灰色長袍、黑牛仔褲，配「銳跑」球鞋，自我介紹說他叫漢薩，再帶兩人走向停車場一輛最新款的飛雅特。芙羅倫斯又是一陣失望。不過說眞的，她以爲會看到什麼呢？駱駝嗎？

車一路駛過平坦的現代化路面，駛過許多泛光燈照亮的廣告看板（而且很多是英文寫的），繞過車流井然有序的圓環，而且圓環中間還鋪著精心修剪的花床。路的兩旁有好些閃著霓虹燈招牌的高樓大廈，還有華麗的噴泉，但都顯得俗豔，和拉斯維加斯沒兩樣。

車來到環繞舊城區的土牆，旅遊指南上的馬拉喀什終於出現在眼前。漢薩說這土牆是十二世紀蓋的，用的是赭紅色的黏土，午後的陽光會照得它閃閃發亮。牆上有很多洞，有些洞孔則塞了木樁。芙羅倫斯之前看過資料，說馬拉喀什又稱爲「紅城」。這城市的周圍都是平原，產一種赭紅色的黏土，城內的建物因此一開始都是用這種黏土蓋。後來政府還要求比較晚蓋的建物都要漆上同樣的顏色。

他們穿過「新城門」，這裡熱鬧的程度，在通往舊城區的城門之中算得上數一數二。城門正上方即可見高聳的庫圖比亞清眞寺喚拜塔，塔上的雕花可謂巧奪天工。塔頂有四個相疊的金色球體，城裡不管哪個角度都看得到。芙羅倫斯做過功課，知道原本的清眞寺建於十二世紀，後來全部拆除重建，調整成與麥加一致的方向，而且她們要住的飯店就離這裡不遠。

這邊的路況比城牆外的現代化高速公路亂得多，但路上有這麼多汽車、驢子、馬拉的車、輕型機踏車等等，竟可以互相閃避而不出事。芙羅倫斯望向窗外。這裡的樓房有種精緻之美，不要說佛州看不到，連紐約的建築物都沒有這種特質。幾何圖形的雕刻、繽紛的磁磚貼畫，在在看得出是極度耗時費力的成果。芙羅倫斯暫且先撇下這奇景背後的現實環節，她愛的是這其中的浪漫。棕櫚樹在樓房立面畫下搖曳的暗影。

他們穿過舊城區，又開了大約十分鐘，漢薩在某個忙碌的十字路口停下，打到停車檔。

「你怎麼在這兒停了？」芙羅倫斯問。

「我們到啦。」他答道。

芙羅倫斯朝四周張望。他們進城的路上經過好幾條景致不錯的小巷，但這裡沒有那種景色。街角的餐廳傳出刺耳的音樂。餐廳隔壁的商店賣的是輪胎和汽車電池。十幾個男人癱坐在路邊的白色塑膠椅上，那「路邊」也實在算不上是人行道。

「這下可好。」海倫語氣冷淡。

「不對。」芙羅倫斯猛搖頭。「不對！」她攤開自己列印的訂房紀錄，再次拿給漢薩看，這可是她研究了好幾個鐘頭才訂的飯店。根據「貓途鷹」網站，這裡是「深藏不露、散發當地特有魅力的都市綠洲」。

「貝爾薩花園飯店。」她朝著紙上寫的那飯店名稱猛戳。「深藏不露、散發當地特有魅力的都市綠洲。」

「對啊。」漢薩附和道：「這間飯店很好耶。」便下車到後車廂拿行李。有個身材高䠷的男人懶洋洋站在車旁，漢薩把兩人的大包小包交給他，男人接著把行李全扔進身邊的大型手推車，隨即推著車走向一條又窄又暗的小巷。

「等一下。」芙羅倫斯喊，但已經來不及了。

「我的車進不去，只能開到這裡。」漢薩耐著性子解釋：「這個人會帶妳們到飯店。」

「感覺不太對。」芙羅倫斯輕聲對海倫說。

海倫肩一聳，從皮夾中掏錢付了漢薩小費。「我想不會有問題。那個人身上的制服有飯店的名字。」

芙羅倫斯儘管不情願，還是只好跟著海倫走進暗巷。

「我不知道這樣做好不好。」芙羅倫斯低聲說。

「緊張也只是白費力氣，芙羅倫斯。」

兩人跟著那男人和手推車，在迷宮般的巷弄間轉轉繞繞。每轉一次彎，就出現一條昏暗的走道，除了幾隻瘦巴巴的貓一見人就沿著牆溜掉之外，整條走道都是空的。芙羅倫斯想找路牌，但所有的巷弄都沒標示，想出去也找不到路。

這時從庫圖比亞清真寺的方向傳出喚拜的提醒，在芙羅倫斯耳中好似某種嗚咽的哀嘆。她仰頭，但土牆實在太高又逼得太近，看不見喚拜塔。

一行人最後終於轉進一條死巷，眼前出現一扇精雕細琢的木門，上面有塊金色牌子寫著「貝爾薩花園飯店」。芙羅倫斯在「貓途鷹」網站上看過大門口的照片，是這裡沒錯。男人拉起門上的大黃銅環敲了幾下門，隨即有個包著頭巾、笑容可掬的大塊頭女人來開門，很親切地招呼：「願你平安（阿拉伯語）、午安（英語）、歡迎（法語）。」再帶她們穿過一個小中庭，進入裡面更大的庭院。院子中央有座汩汩湧出的噴泉，四周種滿了柑橘類的果樹和石榴樹，茂密的枝葉低垂。牆壁和地上都鋪著黑、紅、綠相間的磁磚，閃著耀眼的光澤。女人請她們在一叢藤蔓下的桌邊落坐，又端來一碟椰棗和兩小杯牛奶，牛奶飄出橙花水的芳香。芙羅倫斯朝四周張望，一顆懸著的心終於放下。

不久便有一個身穿三件式西裝的男子過來，和她們一起坐。

「兩位午安。」他的英語是英國口音，上了油的黑髮梳得十分整齊，硬挺的紋路條條分明。「歡迎光臨『貝爾薩花園飯店』。我叫伯拉希姆，是這兒的經理。」

他問兩人從哪裡來、旅途一切可好，然後說：「不好意思，不跟兩位多客套，我們來辦正事吧，這樣兩位接下來就可以放心玩了。」說著把兩張便條大小的紙推到她們面前。「我們需要兩位提供資料，這是警方的要求。我們每天晚上都要把新住客的資料提供給他們。您訂房的時候有給過個人資料，所以大部分我們都先幫您填好了，不過關於職業和簽名，還是要兩位自己寫。這裡，還有這裡。」芙羅倫斯仔細審視表格，最頂端寫著「飯店住客資料」，她的名字、住址、護照號碼都已經寫在上面。

「可以請教兩位的職業是什麼嗎？」伯拉希姆問。

海倫與芙羅倫斯同時開口，一人說「作家」，一人答「助理」。

「助理啊，眞不錯。」伯拉希姆朝芙羅倫斯點了下頭，再轉向海倫說：「不過呢，您這邊不能填『作家』，這樣會讓警方特別注意您。他們看到『作家』，就會以爲您在寫政治方面的主題，要不就是寫些對我們國家形象不利的文章。然後就會要求我們跟他們報告您去過哪些地方、拍了哪些照片等等，我跟您保證，麻煩得不得了。拜託您，寫『業務』或『主管』就好了。」

這要求頗爲荒謬，卻似乎把海倫逗樂了。「那就塡『主管』吧。」海倫說：「那我要管什麼？工廠嗎？」

「塡『主管』就可以了。」伯拉希姆語氣平和。

「喔，我主要是做齒輪。」海倫興致一來，竟然演了下去：「船的引擎用的。其實只要是遠洋船隻，都用我們的齒輪啦。『你把船交給我們，我們……用齒輪給你力量』。嗯，這個廣告詞大概還是得修一下，妳覺得呢？芙羅倫斯？」

芙羅倫斯不知該怎麼反應，回以遲疑的一笑。她很少看到海倫笑鬧的這一面，不太習慣。

「填『主管』就行了。」伯拉希姆還是一樣的回答。「兩位只住一晚對吧？」他一邊問，一邊查自己的 iPad。

兩人都點頭。她們打算隔天就開車往西走，一路到西曼。

「這樣的話，既然兩位時間有限，我就建議比較短的行程。巴迪皇宮離這裡不遠，是廢棄的宮殿，相當壯觀，很值得去一趟。然後兩位一定要去市集逛一下。我們可以給您一張清單，上面的商家都很可靠。有賣皮革的、珠寶首飾的，您想要什麼都有。」

「唔，再說吧。」海倫不置可否。芙羅倫斯明白，海倫不喜歡別人擬好計畫叫她照著做，因爲芙羅倫斯之前曾建議，她們既然要往海岸走，可以彎去亞特拉斯山脈看看。那時海倫只盯著她瞧，雖然只是片刻，也看得她渾身不自在，接著海倫就自顧自走出房間。

「我跟您保證外面很安全。」伯拉希姆看海倫語帶保留，誤以爲她有所顧忌。「市集那邊有很多便衣警察，是專門保護觀光客安全的。表面上他們會裝得醉醺醺的，有的扮成壞人，有人故意靠在樓房外面，坐在地上的也有，不過一有狀況他們馬上就會行動。」他講到「馬上」那邊還拍了一下手，聲音在庭院中迴盪。

芙羅倫斯眼睛一亮。「眞的嗎？」

「是啊。馬拉喀什的人都會假扮成別人。」他眨眨眼。

「我想我們先進房間吧。」海倫說著起身，彷彿突然間興致全消。芙羅倫斯只能對自己說，同樣是出國旅行，但海倫比她還適應不良。馬拉喀什現在才剛過下午四點，但她們已經超過二十小時沒闔眼。就算對這城市再好奇，在疲憊與時差夾擊之下，也沒那個勁兒了。

「當然，女士。」伯拉希姆隨即帶兩人走上通往二樓的旋轉梯，一邊向她們說明：「這裡是摩洛哥傳統的花園大宅，可以說是繞著一樓的開放式花園蓋起來的。」芙羅倫斯到了樓上，視線越過鍛鐵欄杆，俯瞰浴在夕陽下的庭院。她和海倫的房間隔著中庭各據二樓一端。她們先去海倫的房間讓她安頓好，兩人又約了七點在樓下碰面吃晚飯。

接著伯拉希姆帶芙羅倫斯去她的房間。房門是拱門，她進房時發現那木門上裝了一個環，門框上也有一個同樣的環，很容易令人聯想——只要拿棍子或掃把穿過兩個環，就可以把人鎖在裡面。

她閃過一個念頭：怎麼會有人想到在門上裝這種東西？儘管好奇，但她實在累得沒力氣管了，只想睡覺。萬一眞有人想把她鎖在裡面，那就隨便他們吧。

22

芙羅倫斯一覺醒來，只覺頭痛口乾，嘴裡有股怪味。她花了好些力氣才稍微清醒過來。床單早已睡亂，泛著微濕。先前腎上腺素在血管中奔騰了老半天，現在她可以感到後遺症發作了。她努力回想之前做過的夢，只是夢境早已消逝無蹤。不過她覺得夢中的自己應該是被什麼追趕，一直在跑。

她強迫自己坐起身來，胡亂揉了揉臉，拿起手機一瞧，早晨六點十四分。這怎麼可能？她居然睡了十四小時？一想至此，奮力下床，拖著僵硬的雙腿走進浴室，朝臉上潑了一遍又一遍的冷水。

周遭的現實漸漸清晰起來。她人在馬拉喀什，昨晚原本說好要和海倫一起吃飯的，但她肯定是睡過頭了。她們今天就要開車去西曼。

芙羅倫斯沖過澡，打開旅行袋，抓了放在最上面的牛仔褲和皺T恤穿上。然後走到海倫房門前，朝門上仔細聽了聽，沒有動靜，便朝下方的中庭望去，只見海倫坐在一棵橙樹下，面前的桌上擺了杯黑咖啡，身上是十分平整的黑色亞麻洋裝和皮製涼鞋，涼鞋的繫帶纏在腳踝上。

芙羅倫斯在海倫對面重重坐下。

「我還以為妳死了呢。」海倫打趣道。

「我也以為我死了。」

「妳要真死了，我的計畫就泡湯嘍。」

「哈哈。」

「咖啡在那邊。」海倫說著指向陰涼處的自助餐檯，上面擺了裝咖啡的銀色保溫桶。

芙羅倫斯倒了咖啡回座，趕緊先道歉。「我真的不曉得昨晚是怎麼回事。妳後來有吃晚飯嗎？」

海倫沒理會她的問題。「我想說今天離開這裡之前，可以去巴迪皇宮一趟。我早上又跟伯拉希姆聊了一下，那邊好像真的滿值得一看。『巴迪』在阿拉伯文是『無與倫比』的意思，很厲害吧？阿拉有九十九個名字，這是其中一個；我只有兩個名字，真是太遜了。我們吃完早飯就去吧，妳再去拿車。」

她們之前討論行程時，芙羅倫斯建議乾脆包車帶她們去西曼，可是海倫堅持要租車。「阿拉伯人不會開車啦。」她就像平常人敘述一個再平凡不過的事實：「我可是在波夕長大的。」

兩人早餐後就各自回房去拿出門要帶的東西，再到走道上會合。海倫把自己的皮夾、手機、菸盒都交給芙羅倫斯說：「幫我拿好嗎？我不想背包包。」

「噢，好。」芙羅倫斯的包包已經很滿了，但還是把海倫的東西放進去。

她們花了點時間，才走出飯店外的暗巷迷魂陣。周圍的牆高得擋住了陽光，也讓巷子奇窄無比，芙羅倫斯一伸手就可以同時碰到左右兩邊的牆。她發現細看之下，有些建物外牆其實是合成貼面，只是印著石牆的花樣。

伯拉希姆之前跟她們說巴迪皇宮離飯店不遠，但兩人沒把找路的時間算進去。一番轉轉繞繞，終於來到前一晚司機讓她們下車的大型十字路口，有好幾條大馬路在這裡交會，車水馬龍。汽車、機踏車、行人、驢子，全都擠在路上。只是這裡的驢子都瘦得可憐，拉的車也幾乎長得一樣，車上大多載著成袋的水泥、磚頭、鋼筋等建材，而且鋼筋太長超出車身，拖得地上塵土飛揚。有幾輛赭紅色的計程車在她們面前停下攬客，都是八〇年代的老賓士車。兩人揮揮手說不用，繼續往前走。還不到上午九點，天氣已經很熱。芙羅倫斯暗想，早知道就不穿長褲了。

她們路過的許多商店已經把要賣的東西放到店外的地上，原本就很擠的街道變得更擠。擺出來的東西琳瑯滿目，既有異國特色，又再尋常不過——有活烏龜、塑膠套裝的襪子、孩童用雨傘、小袋裝的染料香料和豆子、尿布、墨鏡，還有成堆的生肉，泛著潮濕的光澤。顧店的都是身穿傳統兜帽長袍的男人，而且表情都很陰沉。有隻貓咬著鳥頭，飛快竄過她倆身邊。

等走到巴迪皇宮，芙羅倫斯已經熱到快爆炸了。兩人付了七十迪拉姆（約美金七元）入場，走進偌大的開放式園區，意外的是四周一點聲音都沒有，萬物似乎靜止不動。兩人在皇宮剛開門不久就入場，裡面除了守衛之外，應該就只有她們了。

芙羅倫斯看了一下入場券附贈的小冊子，把重點唸給海倫聽：「這座宮殿是一五七八年由當時的蘇丹下令興建，歷時十五年完成。一百年後，新的蘇丹又把它拆毀，把建材運到『曼克斯』蓋新宮殿——喔等等，對不起，是『梅克內斯』，在北邊。」

海倫一把抓過芙羅倫斯手中的小冊子，朝自己搧起風來，一邊抱怨：「都熱得可以煎蛋啦！」

「都是那個『乞歸風』啦。」芙羅倫斯回道。

海倫逕自朝庭院中央凹陷處的花園走去。芙羅倫斯則躲到高牆下的遮蔭處，輕拂粗糙的牆面。那牆和舊城區的牆一樣有好些大洞，但不同的是這兒的洞裡擠滿了鴿子，少說也有好幾百隻。鴿子咕咕叫原本聽著還滿療癒，但這麼多鴿子一起叫，就有點令人發毛，像恐怖片裡突然冒出來的童謠。幾根稻草飄落芙羅倫斯眼前的地上，她不覺仰頭，原來高牆頂端有很大的鸛鳥巢，巢裡的鸛鳥漠然往下望。這些巢都蓋得草率凌亂，做巢的材料不時被風吹落，而且到處都是鳥糞。

芙羅倫斯走下一段很陡的階梯，進入一整排拆毀的房間，屋頂早就沒了，磁磚地板也裂了。這裡的鳥叫甚至比剛才那邊更響亮。她看見牆上有個凹處太陽沒照到，便把臉頰貼上去，石牆竟意外的冰冷。過了一會兒，有個男性觀光客走進來，只是一開始沒看到芙羅倫斯，走到比較裡面時才發現她，嚇了一小跳。

「天啊。」那男人驚呼：「妳嚇到我了。」

「抱歉。」她邊說邊走出暗影，到有陽光的地方。

「妳躲在裡面？」

「只是不想曬到啦。」

「對啊，今天的太陽眞的很毒。」男人有英國口音，笑起來也是英國男人那種露齒的燦笑。「妳來度假嗎？」

「不算是。」芙羅倫斯答道：「來工作。」

「噢是嗎？我來猜猜。」他對她上下緩緩打量一番，才說：「妳是考古系的學生吧。」修長的手指朝她指去。

「我寫小說。」芙羅倫斯說，男人頓時眼睛一亮。「哇，好厲害，了不起。」

她這句謊話一出口，某種感覺就竄了出來——朝海裡走了一段距離之後，就會來到某個臨界點，在那裡仍有機會掉頭逃離海浪，但她已過了那個點，海水已深得踏不到地，只能一頭栽進浪中。她莫名覺得這男人可能會開始問東問西。

於是她驟然轉身離去，爬上階梯，走進刺眼的陽光。她橫越園區，走過幾座種滿橙樹的凹陷花園，走過漂著藻類的池子。園區的另一端也有往下走的階梯，她拾級而下，發現眼前是一連串黑暗的通道。接著是一間展示刑具的房間，有很陽春的鍊子和項圈；牆上掛著褪色的黑白照片，都是犯人垂頭喪氣的模樣。她急忙爬上階梯走回陽光下。

海倫站在遮蔭下，剝著一個很小的柳橙，腕上的幾隻樹脂手環隨著她的動作碰得喀啦作響。

「妳哪兒來的柳橙？」芙羅倫斯問。

海倫的頭朝凹陷花園的方向揚了一下。

「妳直接摘的？」

海倫聳聳肩：「有什麼關係？難道要給鸛鳥吃？」

芙羅倫斯望著柳橙汁順著海倫的手腕淌下，好不羨慕，只是她臉皮太薄，實在不敢摘。她瞟向一旁的守衛，是個不過二十來歲、滿臉痘疤的小伙子，正忙著玩手機，不過似乎察覺到有人在看，抬起頭來。芙羅倫斯連忙別開視線。

「要走了嗎？」她問海倫。

海倫吐出一顆柳橙籽，捏起來對光看了一下才往外彈，說：「走吧。」

兩人在皇宮入口分開，約好一小時後在飯店旁的十字路口會合。

「喔等一下，我要拿我的東西。」海倫轉身走回來。

芙羅倫斯從包包裡拿出海倫的手機、皮夾、菸盒，全部交給她。海倫把菸和手機放進洋裝口袋，又打開皮夾拿出駕照，遞給芙羅倫斯。

「我拿這個要幹麼？」

「租車要用啊。我想他們會比對預訂刷卡的紀錄，駕照上的名字應該和信用卡上的名字一樣。」

芙羅倫斯望著駕照上的照片，又把駕照稍稍傾斜，看著上面的全像防偽圖樣映著光閃爍。「妳覺得我像嗎？」她和海倫都是金髮，也都個頭嬌小，只是她從不敢說自己長得像海倫。

「到時候就知道啦。」

23

芙羅倫斯一路往西走，太陽正好照在背上。租車公司在舊城牆外，伯拉希姆之前說大概要走二十分鐘。

「穿過德吉瑪廣場。」伯拉希姆在地圖上幫芙羅倫斯標出地方。「這裡可說是馬拉喀什最有名的景點，以前是處決犯人的地方。行刑之後，犯人的頭就……」他邊想著要說的話，邊打了幾次響指。「那個叫什麼？欸，那個，配熱狗的？你們會放在熱狗上一起吃的？長長綠綠脆脆的？」

「醃黃瓜？」芙羅倫斯不知道自己猜得對不對。

「對啦！他們會把犯人的頭醃起來，然後掛在城門上，當作警告。」

「噢。」

「妳還可以在手上畫摩洛哥的傳統刺青，很漂亮喔。」

結果德吉瑪廣場根本不是廣場，而是一棟不規則形狀的大型購物中心，明顯的地標是其中一端的「法國咖啡館」。她和海倫那天早上曾經路過，只是當時那邊還沒人，她們也不知道那是什麼地方。現在這兒就漸漸熱鬧起來了。戶外有許多桌子用帆布或大傘遮陽，桌上高高堆著榨汁用的柳橙。有個老先生用沙啞的嗓音對一群拿相機的觀光客說個不停，芙羅倫斯覺得那應該就是之前做功課時讀到的公眾說書人。還有很多觀光客坐在遮蔭下，有人在他們的手和手腕畫上精細的圖樣，伯拉希姆說的傳統刺青大概就是這個吧。

有個男人高舉一隻瘦巴巴的黑蛇，想把牠掛在芙羅倫斯的肩頭。

「不用了，謝謝。」她稍稍往旁邊閃開。

那男人還是不死心。

「不要。」她這次的語氣堅決許多。

他一副訕笑的口吻：「不用怕嘛。」

芙羅倫斯很不高興，她並不是「怕」。難道只能用「怕」當理由，才能不讓別人在自己脖子上放條蛇？她繞過那男人身邊，繼續往前走。他在她背後大笑，那笑聲不斷迴盪，格外刺耳。

她終於體會到馬拉喀什所謂的異國風情，儘管都是投觀光客所好，她卻一點興趣都沒有了。她熱得要命，也累得要命。

這會兒她走到舊城區的邊緣，城門前有棟壯觀的建物，一旁站了三個守衛，穿著不同顏色的制服。她拿出手機拍了張建物的照片，三人立時朝她大呼小叫起來，其中一人甚至邊喊邊過街向她走來，引得幾個路人回頭看。芙羅倫斯只覺一陣熱流湧上雙頰，把手機收進包包，又揮了揮手表示歉意，那守衛就退回去了。有個全身罩著長袍的路人仔細端詳她，眼鏡閃著反光。芙羅倫斯想趕緊離開，卻一腳踩在一堆東西上，她想應該是驢糞。

結果她花了三十分鐘才找到租車公司，進門時全身蒙了一層灰，不僅黏在她汗濕的皮膚上，也沾上了睫毛，一眨眼就跟著抖動，感覺連牙縫裡也卡了沙。

「有水嗎？」她用法語問櫃檯那個乾瘦的少年，大學時學的法語在舌尖轉動不靈，於是又比了個喝水的動作。「有水嗎？」這次用的是英語。

少年沉著臉搖搖頭。芙羅倫斯嘆了口氣，把印好的訂車紀錄遞過去。

「等一下。」少年用法語回道，消失在斑駁龜裂的夾板門後。

牆邊擺了兩張折疊椅。芙羅倫斯坐進其中一張，頭往後仰抵住牆。吊扇在她頭頂上喀啦喀啦響。

少年和一個年紀略長的男人一同回到櫃檯，男人用英語向她招呼。她拿出海倫的駕照交給他，男人隨便看了一眼便放到櫃檯上，朝她的方向推過去。

「來吧。」他說，芙羅倫斯便尾隨他出了門，走到街上。男人邊走，塑膠涼鞋邊拍打腳底，發出很吵的啪啪聲。男人腳跟的皮膚很乾，爬滿深深的裂痕。

車庫就在隔壁。男人帶她走向一輛白色的福特Fiesta，帶點誇張的手勢朝車子比了一下。「全新的。」他邊說邊拍拍車頂。芙羅倫斯道了謝，男人便站到一邊，看她坐進車去。她先把冷氣開到最強，起先吹出來的都是熱風，而且有種類似口臭的難聞氣味，但不多久就慢慢轉爲涼風，吹乾了她的汗，也讓她從起床就熱昏了的腦袋漸漸清楚起來。

租車公司的男人仍站在原地盯著她看。她使勁打到倒檔，慢慢把車開出車庫，駛進紊亂的車流，同時還很小心閃過了一個老太太。

24

等芙羅倫斯終於把車開到會合地點，已經比預定的時間晚了十五分鐘。海倫站在那個十字路口，身邊站著前一晚幫她們拿行李的男人，也推著同樣的推車，裡面堆著她們的大包小包。海倫頭上多了頂寬邊草帽。一進車，海倫就把帽子放在大腿上。

「新買的？」芙羅倫斯指指帽子。

「對呀，我走回飯店路上買的，四十迪拉姆。伯拉希姆說得沒錯，市集眞的太棒了。」

芙羅倫斯含笑點頭，把頭靠在座位上暫時歇一會兒。她全身繃得好緊，畢竟在開來會合的短短這段路上，什麼交通號誌都看不懂，還差點撞上一輛馬車（上面載了兩個一臉驚恐的觀光客）。這時飯店那男人關上後車廂蓋，輕拍兩下，代表行李都放好了。只是芙羅倫斯毫無反應。

「芙羅倫斯，我們走吧。」海倫朝她打了幾個響指，或許是開玩笑，但也可能沒有開玩笑的意思。

「對不起。」芙羅倫斯坐直身子，握緊方向盤，緩緩踩下油門。

開了一個小時，車上的冷氣突然壞了。海倫湊到出風口前撥弄了幾下，隨即重重倒回座位，閉上眼。預計還有兩個小時車程。

芙羅倫斯關了冷氣，打開車窗。狂風掃進車內，吹得兩人頭髮亂舞，好似墜入水中後髮絲漂浮的模樣。

有輛卡車駛過，芙羅倫斯微微轉了下方向盤。

「拜託喔，芙羅倫斯——小心點。」海倫驚呼。

海倫仍然閉著眼，連安全帶也沒繫，她從來沒這習慣。芙羅倫斯納悶，萬一她突然來個緊急煞車會怎樣。海倫的頭八成會像足球，撞上擋風玻璃再彈飛吧。

路上沒什麼車，芙羅倫斯索性把油門往下踩，看著時速指針不斷往上爬，但不一會兒就碰上彎道，她只得減速。太陽這時已西沉，夕陽透過樹間，光影閃爍。海倫睜開眼，打開收音機後又關上，點了菸，又怕風把菸吹跑，就沒把菸伸出窗外。芙羅倫斯只有吸二手菸的份，感覺那煙黏在喉嚨裡。

繼續又開了一小時，兩人都沒說話。兩旁的風景變得越來越乾燥、塵土越來越多。芙羅倫斯記得在哪裡讀過，馬拉喀什其實是沙漠中的綠洲。而此刻在高速公路上，已見不到半點馬拉喀什的綠意與繽紛。天很熱，加上車輪與路面接觸發出的規律聲響，害得兩人昏昏欲睡。直到她們察覺湧進車內的空氣感覺大爲不同，才漸漸清醒過來。這空氣的溫度比方才低了些，也清新得多。芙羅倫斯覺得似乎聞到海的味道，周遭的綠意也越來越濃。芙羅倫斯瞟了一眼手機顯示的地圖，看樣子再開十到十五公里，就到西曼了。

路面忽然出現很陡的下坡，接著便一直沿著峭壁邊緣蜿蜒，底下就是白浪翻騰的大西洋，遠方的海面閃著點點夕陽餘暉。芙羅倫斯很難相信眼前這片海洋也緊鄰自己成長的地方。她暗想，這大海在見識過摩洛哥的土牆和喚拜塔後，看到充斥平頂倉庫的佛州，該有多失望啊。

沿海的這段路很窄，劃雙線道非常勉強，對向不時就會出現某輛汽車或摩托車直朝她們衝，芙羅倫斯不得不放慢速度，到幾乎要全停的地步，緊張得滿手是汗，她只好不斷把汗抹在座位布套上。

她們後面有輛罩著帆布的卡車逼近，幾乎要貼到後保險桿，還發出刺耳的抗議。卡車見逼車不成，決定超過她開到對向車道，而且居然一路開下去，一直到對向有輛車飛快過彎駛來，才換回原本的車道。這兩輛車彼此互不示弱，大按喇叭，吵得芙羅倫斯沒法專心開車。

沿著峭壁的路段終於結束，芙羅倫斯接著左轉進一條小路，路名她記得在列印出來的訂房紀錄看過。路上很靜，她深吸一口氣，聞到像濕土的味道。

小路逐漸變成陡坡，不多久，眼前慢慢浮現一棟滾了藍邊的白屋，芙羅倫斯現在知道了，這也是傳統的花園宅邸。那白屋獨自矗立在陡坡的頂端。她們駛過一塊巨石，上面漆著藍色的「古荷納得別墅」（Villa des Grenades，法語發音）幾個字。

「格雷內得？」芙羅倫斯當初訂房時便很不解，邊看邊唸了出來：「是指手榴彈（hand grenade）嗎？」

「那是法文『石榴』的意思。」海倫糾正她。

芙羅倫斯駛進入口的大門，把車停在車道上，隨即往後一靠，渾身都被汗弄得黏黏的。

有個頗壯碩的白髮女人走出房子，看上去約莫六十來歲。她一拐一拐沿著小徑走向她們，海倫和芙羅倫斯也下車向她招呼。

白髮女人上前一步，先握了芙羅倫斯的手。「哈囉，兩位好，歡迎歡迎。」她用法語說。

「妳會說英語嗎？」海倫問。

「嗯，一點點。」女人靦腆一笑。

她說自己名叫阿米娜，已經在「石榴別墅」服務二十多年，包辦所有的煮飯、採購、清潔作業，不管需要什麼都可以找她。她說自己就住在同一條街再過去一點，順勢朝下坡的方向指了指。說完就要去拿她們的行李，但芙羅倫斯堅持由她來拿就好。

芙羅倫斯才一進屋就大為驚駭。地板的磁磚缺了好幾大塊，每個角落都長了黴。長長的爬藤卷鬚不僅伸進窗戶，還一路爬上好幾面牆，蔓延到天花板。看得出這裡原本長了不少雜草，在灑了除草劑後留下褐色的痕跡。芙羅倫斯想起老家的蛞蝓，牠們所經之處都會留下黏液的痕跡。

樓上的牆壁和地板也好不到哪裡去，不過起碼床單還算乾淨，冷熱水也齊備。二樓和之前的飯店一樣，中央是天井，下方就是灑滿陽光的中庭。

屋後有個石板鋪成的露臺，通往一個小池，池邊的棕櫚樹提供了遮蔭，粗糙的樹幹披著酷似粗麻布的鬆垮樹皮，好似樹脫衣服脫到一半。池中的水大約有四分之三滿，表面覆了厚厚一層綠色藻類，有好些蟲在上面大搖大擺穿梭。池畔擺了三張歪七扭八的破舊躺椅，有些破損的塑膠布條已經垂到地上。阿米娜指指椅子附近的小桌，上面放了一疊摺得很整齊的乾淨毛巾，海倫看到這景象，居然大笑起來。

「我要打給仲介。」芙羅倫斯說：「看看還有沒有別的地方。眞的，他們網站上的照片完全不是這樣。」其實她訂房時，海倫也是看過屋況照片才點頭的。

不過此刻海倫的反應卻是：「沒關係，這裡很好。」

⋯

海倫想趁下午寫點東西，兩人就到一樓的客廳坐下。那邊很大，採光很好，有不同的門分別通往屋後的露臺，和天井那個鋪著磁磚的庭園。海倫振筆疾書，整張紙寫得龍飛鳳舞，有時還用力到在紙上戳出小洞。

芙羅倫斯坐在客廳另一端的沙發望著這一幕。她腿上攤著筆記本，手裡也有筆，只是一個字也沒寫。

一句就好，她對自己說。只要寫一句就好。

然後她寫下：「我是」。

這算是史上第二短的句子吧。

我是……什麼？我是什麼？

她蓋上筆蓋，再次望向海倫。海倫寫得十分專心，眉頭緊蹙。

芙羅倫斯把筆記本「啪」一聲放在桌上，引來海倫惱怒的一瞪。芙羅倫斯起身走到屋外的露臺，找了張躺椅躺下，閉上眼。快七點了，但周遭的空氣還是熱的。她聽著棕櫚樹葉隨風搖曳的沙沙聲，伴著啁啾的鳥語。

她感覺自己被擺了一道。不是已經和母親一刀兩斷了嗎？為什麼還是一個字都寫不出來？說好的「文思泉湧」呢？還是這種好事只會發生在海倫身上？

鳥叫聲越聽越刺耳，令人心煩。她又回到屋內，坐到客廳一角的木雕書桌前，打開桌上的筆電，檢查海倫的電郵信箱。

葛蕾塔的助理蘿倫寫了幾封信來，不過沒什麼要緊的事。海倫．威爾考克斯的帳號裡則有一封私人信件。

「席爾薇．達勞德寫信給妳。」芙羅倫斯說。

海倫抬起頭，眼睛眨了幾下。「對不起，妳說什麼？我剛剛在忙，沒聽到。」

「席爾薇．達勞德寫信給妳。她說她要預訂大都會歌劇院下一季的票，想問妳有沒有興趣和她排一下時間，有些表演可以一起看。」

海倫把筆記本和筆放到一旁的桌上。「好，我再回信給她。」

芙羅倫斯點點頭，闔上筆電。「海倫，我想問個很笨的問題……妳怎麼知道要寫什麼？」

海倫眉頭一皺。「我怎麼知道要寫什麼？我想妳說反了吧。我寫《密西西比狐步舞》，不是先立志當作家，才去想要寫什麼故事。我是有個故事想說，所以要把它寫出來。」

「噢。」芙羅倫斯其實沒有完全聽懂海倫的意思，但還是有點失望——海倫的故事是腦中的構思，還是發生過的眞實事件？嗯，這兩者芙羅倫斯都沒有，還是算了吧。「那現在呢？」芙羅倫斯又問：「第二本書也是這樣嗎？先有了故事再寫？」

「嗯，沒有。不算是吧。」

海倫講完這句，好一會兒沒再開口，芙羅倫斯還以爲沒有下文了，然後海倫才說：「有時候妳得自己編故事。」

「妳是指？」

「所有的故事一定多少都有現實根據，否則感覺就不眞了。不過當然啦，現實也是可以操縱的。」

「是嗎？」

「妳問這什麼問題？當然可以啊。妳幫自己做決定，然後採取行動。我們大老遠走這一趟——」海倫比了一下周遭：「就是改變妳現實的一種方式。」

「我想是吧。」芙羅倫斯說。她想自己應該早就改變了自己的現實。要不是當初把那堆照片寄給賽門，此時怎會和海倫到摩洛哥來？這能算故事嗎？或許她從佛州到紐約又跑到摩洛哥的經過可以算是故事？雖然自己之前寫過「太太把先生一點一點吃掉」這種獵奇題材，她對那種人生又了解多少呢？她只知道自己的人生。也許她的人生終於開始變得有點意思，可以當成寫作素材了。

・・・

阿米娜把晚餐端到屋後的露臺，讓她們在沙沙作響的棕櫚樹下用餐。兩人又打開在里斯本免稅店買的威士忌，各自倒了一大杯。

菜一道接一道上來——內有鷹嘴豆和扁豆的哈里拉蔬菜湯；加了大量香料的南瓜泥、茄子泥、一小碟油漬橄欖、芝麻麵餅（芙羅倫斯覺得很像滿福堡底層的口感），最後是熱騰騰的梅乾燉羊肉塔吉鍋。兩人吃飯時不忘把餐巾壓在餐盤底下，免得被風吹跑。夜空高掛著一彎皎潔的新月。

「巴迪皇宮眞的好漂亮啊。」海倫說著，又幫兩人各倒了點威士忌。

「能說『漂亮』嗎？那是廢墟耶。」

「不過看了之後就可以想像，之前的全盛時期該有多富麗堂皇。那種規模，那種雕梁畫棟的氣派！三百六十間房間耶。義大利的大理石、蘇丹的黃金，多浩大的工程啊。它足以證明，民主制度的國家是蓋不出這種建築的。」

「怎麼說？」

「唔，這種事民主國家很顯然辦不到啊。埃及金字塔、法國凡爾賽宮，也都不是在民主體制下蓋出來的，但我們還是一樣欣賞啊。知道人類能在沒有框架的情況下成就怎樣的美，不是很棒嗎？我想民主追求的是所謂的『公平』吧——」海倫雙手比了個上下引號的手勢。「可是爲什麼老是要拿公平當目標？追求傑出不好嗎？只是有時候人沒辦法兩個都要。」

「不曉得耶。平等不是很好嗎？」

「什麼都可以講成很好，芙羅倫斯。不過要是人人都平等，人和人之間就沒什麼差別了，那就是扁平化。」

芙羅倫斯不知該怎麼回應。

「要不然這麼說吧——妳小時候眞的覺得，自己和身邊的人都是平等的嗎？」

芙羅倫斯不置可否，聳聳肩。

「妳不會，芙羅倫斯。我了解妳。妳覺得自己比他們高一等。」海倫頓了一下，又說：「而且我想妳也沒說錯。」

「大概吧。」芙羅倫斯低聲支吾了一下，又喝了一口威士忌，微微別過頭，免得海倫看出她在笑。

「聽我的不會錯。」海倫說：「假如妳這輩子什麼都要公平，注定會失望的。天下沒有公平這種東西。就算有吧，那也很無聊。什麼都公平，那還有什麼是妳想不到的？不過假如妳的目標是有一番了不起的成就，無論是追求美啦、藝術啦、超越所有人啦，那就是妳努力之後的獎賞，那才是值得活下去的理由！」海倫重重放下威士忌杯，潑了一點到桌上。「我相信我過去的那個生活圈，有些人看到我現在過得這麼好，覺得很不公平。誰曉得呢，搞不好眞的很不公平。可是我希望妳明白一件事——就算人生重來一遍，我還是會做一模一樣的事，一模一樣。」

芙羅倫斯很喜歡海倫對她講話的口吻，彷彿把她當成可造之材。海倫會帶她一起出國旅行，讓她受寵若驚。是，她來這邊只是當海倫的助理沒錯，可是其實沒什麼事可做。海倫爲了請她每天打一小時的字，可是花了大筆銀子。她暗想，海倫有沒有可能只是想要她作伴？有沒有可能是因爲海倫眞的喜歡她？

「海倫。」她忍不住開口，有股豁出去的衝動。

海倫正一邊哼歌一邊用手指在桌上輕輕打拍子。一聽到芙羅倫斯喚她，抬起眼。

「唔？」

「有多少是眞的？」

「什麼有多少是眞的？」

「《密西西比狐步舞》。」

海倫搖搖頭。「這很重要嗎？我實在搞不懂，大家幹麼那麼在乎是不是『事實』。」

「我也不知道。」芙羅倫斯聳聳肩。「是不是事實也沒什麼影響，我只是好奇而已。」

海倫凝視她好一會兒，一聲不響。芙羅倫斯正在擔心自己是不是做得太超過，海倫倒是開了口：「哎呀，算了，管他的。反正妳也不會說出去。」

「絕對不會。」

海倫好像有點被芙羅倫斯的反應逗樂了，望著她的同時，嘴角閃過一抹笑意。「露比。」她終於講了這兩個字。

芙羅倫斯以爲還有下文，但海倫沒再多說。

「露比？露比是眞的？」

海倫緩緩點頭。「露比是眞的，除了名字以外。」她扮了個鬼臉。「眞要命，我其實很討厭這個名字。眞不知道當時在想什麼。跟她一點都不配。」

「那她本名是什麼？」

海倫的臉龐閃過飄忽的笑，宛如進入另一個遙遠的時空。「珍妮。她是我最好的朋友。」說到這裡打住，點起了菸。「妳從書裡大概也看得出來，我爸是個沒用的廢人。至於我媽呢，不知道，人在跟不在沒兩樣，行屍走肉似的，只是等死而已，我覺得啦。結果到我八歲，她眞的死了。我就只剩下珍妮了。我和珍妮。」海倫長嘆一聲。「後來她殺了那個男的，什麼也都跟著沒了。」她邊說邊打了個響指。「我們的友誼、我們的童年，什麼都沒了。我的天也塌了。」

「真的有殺人？」芙羅倫斯問，眼睛睜得好大。

「唔，不過有些細節不一樣。那個男的不是剛好路過鎮上。他是我們老鄉，早在我們搬去那邊之前他就在了。珍妮滿十五歲之後，那個人不知道有什麼毛病，一直纏著她。成天跟著她、約她出去，還在她家外面堵她。珍妮最後覺得受夠了，用她爸的霰彈槍，一槍把那男的轟掉。」

「好恐怖。」

海倫抬起眼，很是驚訝。「是嗎？老實說，我一直都不覺得恐怖，而且還相反，我——怎麼說？我一方面覺得她幫我們爭了口氣，二方面應該也有點嫉妒吧。她去了我們這些人都沒去過的地方。她跟我說，從決定殺那個男的之後，到真正扣扳機之前，她所有的感官和情緒都變得特別敏銳。她聽得見那男的肺在擴張，聽到他血管裡的血嘩啦嘩啦流。自己也覺得有股神奇的力量從頭到腳不斷循環，好像電流那樣。我完全不知道這是什麼感覺，也沒辦法體會，只覺得和她好遙遠，好像有人找她加入某種特別的組織，但那裡面不會有我。我只覺得自己好假，一直努力裝成大人，裝得很明理、很冷漠、很厭世。但是她不一樣，她活得那麼真，這點反而讓我害怕。我再也沒辦法一路跟著她，她去了我去不了的地方，把我丟下了。」

海倫似乎有點出神，拿菸盒在桌上敲了敲，抽出一根，用手中的菸蒂點燃。芙羅倫斯則一直沒說話，希望海倫能說下去，但海倫就此打住，只是抽著菸發愣。

「那她後來呢？」

「她得坐二十五年牢。」

「可是在書裡……」

「妳講的是『小說』裡。」

「對，小說裡。小說裡去坐牢的是『妳』耶。妳寫的是莫德殺了人。」

海倫擺擺手。「噢，那只是爲了讓故事更好看而已。唔，大概也有一點嫉妒的成分吧。我想說她經歷的那種感受，假如我也能體會那麼一點點也好。」

「那，珍妮還在那邊嗎？」

「哪邊？」

「牢裡。」

海倫突然聚精會神起來，芙羅倫斯打破了她原先恍惚的狀態。「是啊，當然了。」

海倫講完這句，重重呼出一口氣，睜大了眼，喊了聲：「好啦！」意思是對話到此爲止。「還眞沒想到會聊到這些。」她輕笑幾聲，兩手按著大腿站起身來。「現在呢，我這把老骨頭得去睡了。明天早上見嘍？我們進城去四處走走。」

芙羅倫斯點點頭。

海倫走到門口又轉過身。「我不用提醒妳剛剛說的都要保密吧？」

芙羅倫斯忙搖頭。

「好乖。」海倫說完，頓了一下，才道：「有妳一起來眞好，芙羅倫斯。」

她沒等芙羅倫斯回應，逕自消失在黝暗的屋裡。

25

晨曦透過窗上交錯的藤蔓，在芙羅倫斯身旁的牆上灑落漣漪般的影子。她看看錶，八點出頭。她翻身下床，雙腳踩在涼涼的赤陶土地板上。

阿米娜在樓下露臺幫她們擺好了早餐。麵包籃中有整潔布巾裹著的新鮮布里歐許麵包；陶瓷盤上放了冒出水珠的奶油及三種果醬。另有一小碗蜂蜜，濃稠到碗中的小木匙居然屹立不倒。此外還有好幾碟椰棗、杏仁、石榴籽、甜橙切片，和三壺不同口味的果汁。

有隻很像麻雀的小鳥正在啄麵包籃，被芙羅倫斯坐下的動作嚇到，展翅飛到附近的椅上。

「對不起啊，小鳥。」芙羅倫斯說著撕了一小點布里歐許麵包給牠。她記得之前讀過，鳥的羽毛比骨架還重。

海倫過了一會兒也下樓來，先在門口停步，把臉轉向陽光。

「哇，好舒服啊。」她說。

兩人慢慢吃著，沒怎麼交談，而且都有點宿醉。飯後芙羅倫斯先去客廳，打開筆電看信。

「葛蕾塔寫信給妳。」她對海倫喊。海倫仍在露臺，邊抽菸邊凝視遠方。

「信上說什麼？」海倫問，但沒有轉頭。

「希望我們旅途一切平安順利之類的，又說等妳有空，想跟妳通電話。」

「談什麼？」

「信上沒說。她只說請妳打過去。」

「好。」

「那我要回她信嗎？」

「不用。我待會兒打給她。」

芙羅倫斯登入自己的帳號看有沒有信，結果只有一封，是母親寫來的。她很快看了一下就關上視窗，但有瞄到信上出現「背叛」兩個字。

・・・

兩人在十點左右準備出門進城去。海倫到了門口，又把自己的私人物品全交給芙羅倫斯。

「妳還帶著護照？」芙羅倫斯問。

「當然。出國的時候『護照絕對不能離身』，這是八字箴言。一來天有不測風雲，二來我不相信那個女的。」

「妳說阿米娜？」芙羅倫斯笑了。「不會吧。」

「妳以為自己很有同情心，其實是好傻好天眞。妳根本不知道她什麼來歷。」

芙羅倫斯翻了個白眼，但還是很不情願慢慢走回房間拿自己的護照。

西曼鎮區從她們住的別墅出發，大約十五分鐘車程，只是方向和她們的來時路相反。鎮區在海岸上方的小丘上，四周都是沙灘色的土牆。這土牆可以阻擋從海上吹來、激起泡沫般白浪的狂風。舊城區裡面的車不多，許多白色樓房錯落其間，襯著耀眼的青空。這個鎮在第一世紀由柏柏人創建，之後陸續被羅馬人、葡萄牙人、法國人占領過。旅遊指南說這裡是漁村，但如今旅遊業才是大宗。凡是沒被索維拉和阿加迪爾這種知名海濱渡假村拐走的觀光客，這兒樂於照單全收。

芙羅倫斯把車停在哈桑二世廣場附近，就在某棟有寶藍色拱門的樓房外。這裡離西曼鎮區中心很近，一邊是港口和海灘，另一邊就是鎮區。兩人一下車，芙羅倫斯就察覺鞋底有種踩到沙的感覺，往下一看，果然是海邊吹來的沙。

她問可不可以去市集逛一下，因為看到海倫買了新帽子後，她也想逛逛街。這裡的市集比馬拉喀什的小很多。陽光透過藤編的頂篷灑落，成了閃爍的光影。幾張桌上堆了高高的各式香料，光是芙羅倫斯看到的就有番紅花、孜然、哈里薩等等。還有一桌放的是五彩繽紛的塔吉鍋，整整齊齊放了好幾排。她晃到一個賣印花皮包的男人面前，男人後方的搭檔正在生皮上用刀刻著精細的花紋。芙羅倫斯拿起一個小小的紅色硬皮包，打開來看。

「兩百迪拉姆。」顧店的男人說：「就二十美元啦。」

芙羅倫斯翻來覆去端詳那個皮包，轉頭想問海倫的意見，不過海倫站在離她幾步之外，正在專心看一個男的拔死雞羽毛。

「好吧。」芙羅倫斯對那男的說：「我買了。」然後從皮夾掏錢。

她把包包裡的東西都放進新皮包，立刻正式啓用。她很高興這趟旅行終於有了一個紀念品，開始幻想他人讚美這個新皮包的畫面，幻想自己說明在哪裡買的場景。她走到海倫身邊，海倫這時已經到另一攤看塔吉鍋。芙羅倫斯把新皮包拿給她看。

「妳覺得怎樣？」

「多少錢？」

「二十塊。」

「原價呢？」

「什麼原價？二十塊感覺滿便宜的呀。」

「妳居然沒殺價？」

芙羅倫斯把肩一聳。「那個老闆應該比我更需要錢。」

「這不是重點。妳要懂得談判，他們才會正眼看妳。那老闆一定會覺得美國人都很好講話，就是因爲太好命，才搞不清楚狀況，讓他們隨便耍。」

芙羅倫斯在那一瞬間有點惱火，海倫怎麼老是把她當呆瓜？「就是啊。」她語氣很堅決：「怎麼可以給他這種錯誤印象呢？」

海倫笑出聲來，卻是不以爲然的冷哼。

兩人離開市集，再次穿過哈桑二世廣場朝港口走去。街上滿是賣烤鮮魚的小販，燒烤的煙霧蒸騰，隨即被風吹散。海面上有許多船隻起伏，大多是用槳划的破舊小船，船身漆成寶藍色，而且只有一人在船上負責捕魚。不過海面上同時也有好些高聳的木船，外加少數又小又醜的遊艇。這景象某種程度讓芙羅倫斯想起老家。她高中時常和惠特妮去港口，偷偷爬到別人的空船上玩，儘管無法進入船艙，但光是躺在甲板上，也可以暫時假裝那是自己的船。

她和海倫走著走著，看見有個男的抓著章魚朝地上猛摔，就停下來看。

「這是幹麼？」芙羅倫斯問海倫。

「讓肉變軟。」海倫答道：「要是不先摔個幾下，肉會很韌，咬不動。」

她們沒走到鎮上，就在港口這邊找了間海產店，坐在戶外座位吃午餐。海面雖然吹來陣陣微風，卻好像只是吹來同一批窒悶的熱空氣。兩人都點了（店家號稱的）現撈章魚，搭配綜合烤蔬菜和當地的「卡薩布蘭卡」瓶裝啤酒。等時間接近正午，烈日爬到最高點，陽傘的遮蔭角度也變了，陽光直射在海倫光溜溜的腿上。她要芙羅倫斯跟她換位子。

「妳年輕，比較耐曬。」海倫說。

這是哪門子理由？芙羅倫斯眉頭一皺，她也不過比海倫小六歲而已。不過轉念一想，要不是海倫，她怎麼可能會到摩洛哥來？於是迅速起身。

只是被陽光這麼一照，芙羅倫斯覺得自己快要曬乾了，便拿起啤酒瓶冰鎮一下額頭和脖子。眼前的章魚突然讓她倒盡胃口，腦中只浮現章魚在地上活活摔死的畫面。她把盤子推開。

「妳不吃了？」海倫問。

芙羅倫斯搖頭。

海倫把她那盤拉到自己這邊。「我可餓死了。」

海倫吃完午飯抽起菸來，菸灰就點在盤中完全沒碰的章魚觸角上。芙羅倫斯頓時一陣反感，別開視線。

兩人在烈日下走回廣場，這條上坡路比芙羅倫斯印象中還陡。她想起自己原本想買頂帽子。「都熱得可以煎蛋啦。」她輕聲對自己說。

「妳說什麼？」海倫問。

「沒事。」

芙羅倫斯之前沒想到把車停在遮蔭處，等兩人回到車旁，還得把洋裝撩起來充當隔熱手套，才握得了門把。車上的空調依然故障。

⋯

下午兩人各自回房。芙羅倫斯想睡個午覺，但睡睡醒醒，起床後反而比午睡前更累。她們過了八點才出門吃晚餐。芙羅倫斯穿了件白色棉質洋裝，背著下午新買的包包，腳上的眞皮涼鞋是之前在哈德遜谿出去買的。她的臉經過中午那麼一曬，此刻泛著粉紅。

她敲敲海倫的房門。「要走了嗎？」

「等一下。」海倫在房裡喊：「我有工作要收尾。」

芙羅倫斯只聽見抽屜猛然關上的聲音，海倫開了門，身穿一襲海軍藍的前扣式洋裝，藍白條紋絲巾搭在肩頭。「走吧。」海倫說著，嘴角還叼著快燒到盡頭的菸蒂。她的房間全是菸味。芙羅倫斯暗想，租約中明明有禁止吸菸的條款，是寫好玩的嗎。

海倫暈著墨跡的手指一彈，那菸蒂越過欄杆，直下四公尺半，朝一樓中庭的磁磚地板墜落。芙羅倫斯想到阿米娜之後彎腰來撿的畫面，蹙起了眉頭。等兩人走到大門口，海倫又把私人物品全交給芙羅倫斯。

夜裡和白天幾乎一樣熱，空氣中飄著茉莉花的清香。兩人敞開車窗，任海風吹打臉龐。目的地是西曼北邊一間在小丘上的餐廳，海倫一個朋友推薦的。

「哪個朋友？」芙羅倫斯實在很想問海倫，卻沒開口，改問的是：

「妳還沒說妳想幫這本書做哪方面的研究。」

「唔？」海倫望向窗外。

「就是說，趁我們在這裡，妳有什麼要我做的嗎？像是找人採訪？去什麼特定的地方？我還是不太確定我在這裡要幹麼。」

「噢，沒那麼多規矩啦。我只想熟悉一下這裡的環境，有個體驗，就這樣而已。」

路面逐漸轉為上坡，她們這輛車的引擎嗡嗡作響。西曼鎮區和石榴別墅漸漸在後方退去。這條路緊鄰海岸線，底下就是波濤洶湧的大西洋，高度從離海三公尺、六公尺、九公尺不斷攀升，芙羅倫斯握緊了方向盤。這晚風又很大，突如其來的狂風不斷朝她們的車進攻，她只得盡量遠離崖邊。

「還滿危險的耶。」海倫說。

芙羅倫斯只是點點頭，仍然緊盯著路面。她可不想表現出緊張的樣子，免得海倫抓到把柄，她覺得海倫一定會笑她。

十五分鐘後，兩人平安抵達餐廳。海倫頂著強風使勁拉開餐廳大門，芙羅倫斯則揉著僵硬的肩膀。

餐廳只剩一對六十來歲的英國夫妻，已經在吃甜點。

領班親切地用法語和英語講了「歡迎」。

「兩杯威士忌。」海倫比了個「二」的手勢說道。

芙羅倫斯把這一趟行程該訂的都訂完之後，才發現差幾天就會碰上穆斯林國家的齋戒月。萬一海倫沒酒喝，麻煩可就大了。

有個年紀很大的男侍帶她們入座，看樣子可能將近九十歲。威士忌過了一會兒也端了上來，只是玻璃杯沾了好些指紋印。

芙羅倫斯見狀也只能聳聳肩，拿起酒杯道：「既來之——」

「——再髒也喝之。」海倫接話。

兩人碰杯。「敬『新開始』。」海倫說。兩人各自喝了一大口。

・・・

當日特餐是駱駝肉，海倫幫兩人各點了一份，只是等菜上桌，芙羅倫斯一看堆得高高的肉便覺倒胃。她感到白天曝曬加上高溫的後座力逐漸發作，外加剛剛不知是不是空腹喝太多酒，感覺不太對勁。她們桌位上方有個壁掛的音箱，放著刺耳的阿拉伯音樂，而且似乎越來越大聲，和頻頻閃爍的燈光一同向她進攻。

海倫講著不知什麼，只是那聲音似乎從好遠的地方傳來。周遭的一切彷彿都離得好遠。芙羅倫斯只覺整個自己、全副的意識，都縮得好小好小，變成一塊小石，在她腦裡猛敲。她的內裡成了無邊無際的黑暗空間，外在世界則遙不可及，宛如電影投映在遠方的銀幕上，與她再也不相干。盤中的駱駝肉彷彿淌著汗。人死後還是會流汗嗎？不對，不對，死後會繼續長的是腳趾和頭髮。繼續長。

樂聲漸漸變小，周遭靜了下來，彷彿置身水底。水把聲音吸走了。她只覺有股激流沖刷著，令她昏昏欲睡，一會兒像是被海浪沖走，一會兒又有結實的大手拉她回來，然後又被浪沖走。這過程中海倫低沉的聲音一陣陣徐徐傳來，像鯨魚吟唱，像回聲，像聲音中的暗影；那聲音像以前早就出現、以後也會重複，只是更低沉、更渾厚，但越變越小聲，終於完全消失，只剩下一波又一波的浪拍打著、沖刷著，柔柔的、輕輕的、柔柔的……

Part 4
第四部

26

「衛爾—寇克女士？」

等芙羅倫斯再次醒來，神智已稍稍清楚些，想起醫生之前說她出了車禍，也想起那醫生叫她「威爾考克斯女士」。不過這是什麼意思？海倫人在哪裡？海倫會不會躺在另一張病床上，或在另一間病房，大家叫她「達洛女士」？

芙羅倫斯趁護士回來，忙問：「有個女的和我一起在車裡，她也在這兒嗎？」

護士一臉茫然望著她。

「是不是還有個美國人也住了院？女的？」芙羅倫斯拚命轉著混沌一片的腦袋，拼湊出幾個最基本的法文字：「Autres américaines? Ici? A l'hôpital?」（「另一個美國人？這裡？在醫院？」）

護士搖搖頭用法語說：「只有妳而已。」

「有個女的和我同一輛車。妳知道她怎麼了嗎？L'autre femme（另一個女人）？」

護士無奈笑笑，把肩一聳。

「有人來看過我嗎？Quelqu'un visite（有人來看），呃，moi（我）？」

護士繼續搖頭，用法語回答「沒有。」說完就走了。

芙羅倫斯盯著天花板。沒人。沒人來看過她。

她轉頭望向窗戶，這才注意到床邊的桌上有個皺巴巴的塑膠袋，伸手去拿，倏地一陣劇痛穿過肋骨。她扭曲著臉，忍痛把塑膠袋拿來放到腿上。

袋中裝著她前一晚穿的衣服：白色洋裝、內衣褲、那天新買的包包，無一倖免全部濕透。包包的側袋上了拉鍊，裡面是海倫的護照、皮夾、手機、濕漉漉的香菸。嗯，難怪大家都叫她威爾考克斯女士。除此之外包包裡就沒別的了。她自己的皮夾、手機、護照都不見了。

她按下海倫手機的電源鍵，毫無反應。

27

芙羅倫斯猛然驚醒，上氣不接下氣，心臟狂跳不止。她揉揉眼，發現有個人在房間裡，是她在醫院頭一次醒來時那個穿制服的男人，後來被護士趕走了。這人爲什麼總是趁她睡覺時出現？好似她的夢境會把這個男的召喚出來。

「衛爾－寇克女士。」男人對她說：「還記得我嗎？我叫哈密．伊德里西，是摩洛哥皇家警隊的人。我得問妳一些關於車禍的問題，這很重要。」他的英語不算靈光，但她沒預期摩洛哥小鎮警察的英文有這麼好。

芙羅倫斯環視四周，想說那護士會不會再次現身解救她，但這次沒有援兵了。她只好對這警察點點頭。

男人朝全身上下口袋拍了拍，終於找到一本淺褐色的小筆記本，又抽出一枝已經咬爛的筆，動作生硬又突兀，彷彿全身關節都是新的，他還不太適應，正在磨合。

「首先，妳記得昨天晚上做了些什麼事嗎？」

芙羅倫斯搖頭。

伊德里西把筆記本翻了幾頁，又說：「妳的車在晚上十點半左右衝出巴德路，掉進海裡。幸好有個漁夫很晚還在海上，看到了，把妳從車裡拉出來，救了妳一命。妳晚上十一點進了醫院，是昏迷的狀態。」

芙羅倫斯臉上莫名浮現一絲微笑，儘管實在不是當下情況該有的反應。她只覺自己成了眾人笑話的對象。

「我的車掉進海裡？」她半信半疑問道：「車沉下去的時候，有人把我拉起來？」

「事情的經過是這樣，對。」

芙羅倫斯一直盯著他瞧，等著最關鍵的一句，但男人只是回望著她，眼神帶著警覺與疲憊，笑容漸漸淡去。芙羅倫斯努力消化著剛剛聽到的這些訊息。出了這種事，她卻一點都不記得，未免太詭異了吧。這輩子最驚心動魄的時刻，她居然錯過了。她總是錯過。

男人說的巴德路，就是她和海倫開去餐廳走的那條路。她記得開著開著，路肩就突然消失了。不過幾小時之後，她們那輛生龍活虎的福特 Fiesta 就躍向夜空，墜入藍黑色的大海？怎麼想都覺得太離奇，難以置信。

她努力想像和海倫身在半空，陸地已遠，尚未落海的狀態。當時的她們知道出了什麼事嗎？

更重要的是：海倫現在在哪兒？

她開口要問，但警察同時也說話了：「女士，妳對那一晚最後的記憶是什麼？」

芙羅倫斯拚命回想。駱駝肉，刺耳的音樂。「吃晚飯。」她回道：「餐廳。」

「哪間餐廳？」

「在山上。叫『達阿莫』還是什麼的？」

男人在筆記本上寫著。

「妳當時有喝酒嗎？」

芙羅倫斯強忍著不動聲色。「對不起，你說什麼？」

「妳晚餐有喝酒嗎？」

芙羅倫斯一語不發。難道這個男的是說，這場車禍全都是她的錯？只是從男人的表情，什麼也看不出來。

「衛爾—寇克女士？」

「我不記得了。」芙羅倫斯終於回道：「我想不起來，對不起。」她搖搖頭。

「妳知道在摩洛哥酒駕是犯法的嗎？即使只喝一杯也算？」

芙羅倫斯記得有兩杯威士忌，杯子上還有油油的指紋。她也記得在一路戰戰兢兢開到餐廳之後，第一口入喉的酒是多麼暢快。然後呢？第一杯酒之後發生了什麼事？她記不得了，那部分的記憶一片黑暗。

然後，那個一直沒有答案的問題回來了：海倫呢？

更多的問題冒了出來：海倫為什麼沒來看她？為什麼海倫的護照和皮夾還在她這邊？海倫怎麼可能不在車裡？她們在飯後肯定會一起開車回去啊。

好，那海倫人呢？

她把這個問題慢慢想了一遍又一遍，即使中間出現了答案，她還是繼續想著有沒有別的可能，彷彿只要還有一些不確定的疑點，結果就會改變。

那警察還是意味深長地望著她。

有可能嗎？海倫因爲這場車禍死了嗎？

「衛爾—寇克女士，我再問一次：妳了解酒駕是犯法的嗎？」

芙羅倫斯很勉強才開口：「我了解。要是我知道是我負責開車回去，一滴酒也不會碰。」

男人一邊緩緩點頭，一邊仔細觀察她。

「那……」她想開口問男人，只是不知道要問什麼。這男人爲什麼絕口不提車裡的另一個人？

「等等，是誰？誰把我救起來的？」

「漁夫。」

「是誰？」

「妳想知道他叫什麼？」

「叫什麼？嗯，大概吧，我總要謝謝他，對吧？」

這警察揉了揉太陽穴，把筆記本上寫的名字和電話抄到空白頁，再撕下來交給芙羅倫斯，不忘提醒一句：「只是我想他應該不會講英語。」

芙羅倫斯連看都沒看，只把那張紙放在床上，緊緊閉上眼。眼前的黑幕宛如投影銀幕，播放著海倫瘋狂搥打車窗、眼睜睜看著芙羅倫斯平安脫險的畫面。事情的經過就是這樣嗎？那漁夫把海倫拋下了嗎？他難道沒看到海倫？還是漁夫的體力和時間都有限，只能救一個人，而選擇了芙羅倫斯？老天啊，他眞笨，怎麼選到不對的人？

她猛搖頭，想甩開海倫溺水的畫面。萬一她殺了海倫，她肯定會知道的。

她眞的知道嗎？

她原本很篤定的事情，開始一點點動搖。她記得前一天午飯和晚飯都沒怎麼吃；也許她眞的喝醉了，把車開下海去。只有這樣才說得通。假如不是這樣，海倫應該也會躺在醫院才對，或是不知爲何居然毫髮無傷，來探她的病。

芙羅倫斯感到淚水刺痛了眼，硬是用眨眼把淚逼了回去。

那警察一會兒蹺腳，一會兒放下腿，問她從哪裡來。

「蛤？」她很意外，問題怎麼突然變得這麼簡單。

「妳從哪裡來？」

「美國。」

警察接著問了一連串滿制式的問題。來摩洛哥多久了？住在哪裡？這趟旅行的目的是什麼？

「來做研究。」她說。

警察一聽頓時抬眼，眼神一凜。「妳是記者？」

「不是。」警察的語氣讓她暗暗吃驚，馬上回道：「不是，我幫一本書做研究，是小說。」

警察的語氣似乎緩和了些。「妳寫小說？」

芙羅倫斯垂眼望向自己的手，點了一下頭。

警察在她床邊待了快半小時，但完全沒提到海倫，最後起身離開時說：「妳還真走運。」語氣卻很像責怪。他轉身拉開簾子之際，芙羅倫斯叫住他：「等等。」

男人回過頭。

「那車子呢？」芙羅倫斯問：「撈起來了嗎？」

「撈？」

「就是從水裡拖出來。」

「喔，有有有，只是車子也完了。」男人的語氣像是把她當小孩。「引擎都濕了，擋風玻璃也不見了。」

「喔，我不是要……」芙羅倫斯說到一半打住。

擋風玻璃不見了，那一定是落水的時候震碎了。海倫，海倫從來不繫安全帶……

男人仍凝視著她。

「那，那車裡……沒有別的了？」

「別的什麼？」

她沒講話。

「我的鞋。」她好一陣才開口：「我一直念著我那雙鞋，很貴的。」

伊德里西哼了一聲，從口袋拿出手機撥號，用阿拉伯語很快說了些不知什麼，收線後對她說：「沒找到鞋，不過找到一條絲巾。」

「絲巾？」

「對，藍白條紋的。妳當時身上有絲巾之類的東西嗎？」

芙羅倫斯腦中浮現海倫把菸蒂朝欄杆外一彈，條紋絲巾隨之從肩頭滑落的模樣。

「對，那是我的。」她輕聲說。

「那好，我幫妳拿回來。」

「謝謝你。」她定定望著腿上蓋著的薄毯，一心只想要這警察快點離開。對方也很配合似的，猛地拉開布簾走了。

她強迫自己放慢呼吸。

這警察不知道車裡還有人，也不知道她殺了人。這警察什麼都不知道。海倫肯定是……漂走了。

芙羅倫斯雙手掩面，維持了這姿勢好幾分鐘，然後才發現這舉動其實是某種表演，只是沒有觀眾，於是又把手放回床上。

28

隔天一大早，護士拿了一堆表格來讓芙羅倫斯簽名。她可以出院了。表格上全是阿拉伯文，但芙羅倫斯無所謂。她在護士指著的欄位一字字寫下海倫·威爾考克斯，然後在下方簽了名，只是從筆跡根本看不出是什麼字。

就這樣，芙羅倫斯其實曾經有機會表明她不是海倫·威爾考克斯，但如今這機會也在轉眼間消失。

她一起身就腿軟，還好有護士一旁扶著，才能去走道上的公廁，只是廁所又小又髒，芙羅倫斯頭一次覺得之前用的床上便盆真是太棒了。

上完廁所，她手腳不太聽使喚，勉強穿好衣服，小心避開水泥地上的一灘汙水。然後她在鏡子前站了很久，望著鏡中的自己。她的臉整個腫起來，瘀青的色塊還沒消，而且這樣盯著鏡子，有種把自己抽離的怪異之感，彷彿這鏡子其實是窗戶或某人的照片。還記得大學時代若有朋友醉得不省人事，總有愛鬧的人會用簽字筆在他們臉上亂畫。芙羅倫斯現在就是這種感覺——有人趁她睡著，幫她畫了滿臉瘀青和血漬的舞臺妝。

只是這當然不是妝，是如假包換的傷，而且還沒癒合，隱隱作痛。泡過海水又乾掉的洋裝沾滿了鹽，硬邦邦的，掠過身體時有點刺痛。她上半身纏了厚厚的繃帶，移動時可以感覺到繃帶扯著瘀青的皮膚。

她轉開洗手臺的熱水龍頭，把手放在下方，只是水流不太穩定，流了幾分鐘，溫度還是半冷不熱，感覺很不舒服。她一陣氣惱，關上水龍頭。

院方在她出院前遞上帳單，九十美元，她用海倫的信用卡刷卡。之後那個姓伊德里西的警察現身，說要載她回「石榴別墅」。芙羅倫斯還眞寧願自己叫計程車回去，但又不想讓對方起疑。有哪個無辜的單純老百姓會拒絕警方送你一程？何況還是沒鞋穿的人。

芙羅倫斯在路上問他：「我是不是有麻煩了？」

「我說了，酒駕是違法的。」

「可是你爲什麼覺得我有喝酒？你們是不是給我做了呼氣測試？」

「什麼東西？」

「我是問，你們有證據說我喝酒嗎？」

「餐廳說有。」

「你問過餐廳了？」

「我當然會找他們談。」

芙羅倫斯坐得很不舒服，調了一下坐姿，安全帶勒得她肋骨很痛。「那接下來呢？」她問。

他們前面的車忽地停住，伊德里西狠狠按了喇叭，頭伸出車窗朝那個駕駛痛罵。

等車終於又可以正常行駛，他才倒向椅背做了個深呼吸。到了下一個紅綠燈，他才轉頭對芙羅倫斯說：「接下來？接下來八成什麼事也沒有。觀光業對這裡太重要了。妳懂嗎？」

芙羅倫斯點頭，只覺無地自容，她很肯定伊德里西這麼說是故意給她難堪。

「我侄子因爲酒駕坐了六個月牢，不過當然啦，我侄子又不是美國人。」

「對不起。」芙羅倫斯的道歉有點彆腳。她好奇但沒開口問的是——他既然在警界，難道不能動用關係把侄子弄出去？或許這一套在這兒行不通吧。

「你英語說得眞好。」她說，希望拍拍馬屁能讓他態度軟化一點。

「是啊，所以我被選上了新的『觀光警察隊』。」他這句話講得咬牙切齒。「警察。就爲了觀光客。」

「恭喜啊。」芙羅倫斯其實不確定該不該恭喜。

伊德里西不以爲然哼了一聲，加重了踩油門的力道。

到了別墅，阿米娜走過小徑來迎接，但一看到開車的是警察就停步了。伊德里西朝她點頭招呼，阿米娜只是回望著他。

芙羅倫斯握住門把正要開門，伊德里西突然問：「妳朋友呢？」

芙羅倫斯猛然轉頭：「什麼朋友？」語氣有點衝。她覺得似乎看到伊德里西臉上閃過一抹笑意，彷彿他伺機而動，就是等著問這個問題。

「和妳一起在『達阿莫』吃晚飯的朋友。」

沒錯。他跟餐廳的人談過。

芙羅倫斯納悶著，現在坦白一切是不是太晚了？是否還來得及跟他說那晚喝了威士忌、那條絲巾，還有自己的記憶黑洞？她嘴張開又閉上。

「她搭計程車先回去了。」芙羅倫斯講得太小聲，伊德里西還得湊過去聽。

「爲什麼？」

「她不太舒服。」

「計程車是餐廳叫的嗎？」

芙羅倫斯搖頭。「她用手機叫的。」

「那她人現在在哪裡？她沒來醫院看妳嗎？」

芙羅倫斯聳聳肩。「她打算隔天一早就回馬拉喀什，我想她應該還是照計畫走了。她搞不好根本不知道我出車禍。」

伊德里西只是望著她不說話。

芙羅倫斯帶點遲疑又去握門把，這次伊德里西沒有阻止她，她便開門下車。

她正要往屋裡走，伊德里西降下副駕座的車窗，對她喊：「衛爾─寇克女士？」

芙羅倫斯轉過身。

「妳要是打算離開西曼，記得跟我說一聲。」他把名片伸到車窗外。芙羅倫斯接過來，放進還泛著微濕的包包，打著赤腳小心翼翼越過車道，走到阿米娜身邊，兩人一起看著伊德里西把車開下坡離去。

等到他的車遠到看不見了，阿米娜才轉頭，指著芙羅倫斯臉上的瘀青和腕上的石膏。「妳還好嗎？」她問。

「還好。」芙羅倫斯答道，頓時覺得回到熟悉的地方，不禁大大鬆了口氣。跟伊德里西的火爆脾氣和多疑一比，阿米娜如此親切和藹，讓她分外感激。

她跟著阿米娜進屋上樓，全身痛到實在很想趕快躺下，可是在回自己房間之前，她先到海倫房間仔細觀察一番。海倫帶來的衣服依然掛在衣櫥中，首飾配件散亂擺在梳妝臺上，連牙刷都好好放在洗手臺的漱口杯裡，彷彿這些東西的主人隨時都會回來。芙羅倫斯心底的某個角落，一直盼望海倫或許真的自己離開了西曼，只是此刻她才明白這想法何其荒謬。海倫怎麼可能連衣服、牙刷、護照都沒帶，就一走了之呢。

芙羅倫斯伸手輕拂掛在衣櫥裡的那幾件洋裝，搖晃的衣架發出細微的互碰聲。她重重倒在海倫的床上，從包包拿出醫院給的止痛藥。床頭櫃上放著半杯擱了兩天的水，她就用那半杯水吞了兩顆氫可酮，隨即往後一倒，望著天花板上舞動的影子。她實在不該騙那個警察，但也沒法坦白說車裡還有另一個人。一般觀光客酒駕，警方或許還會睜一隻眼閉一隻眼，但要是她酒駕期間還害死一條人命，警方絕對不可能就這樣算了。過失致死就是過失致死。

再說，現在坦白還有什麼意義？很顯然海倫已經走了，也不可能還抱著什麼漂流物在海上等待救援。她死了，這已經是無法改變的事實。

芙羅倫斯思索著這件事後續的影響。她這輩子再也看不到海倫，不僅工作沒了，住的地方也沒了。莫德・迪克森再也不會有作品問世。芙羅倫斯等著淚水衝出眼眶，但止痛藥開始發揮作用，頭有點昏昏的，周遭的一切也朦朧起來。

她的思緒卻始終繞著海倫的屍體打轉。屍體現在在哪？她想起母親最愛看的灑狗血新聞節目，那種節目都會說屍體在海裡待不到幾天就很難辨認，一是會整個浮腫，二是因爲被魚吃得面目全非。她知道有些文化（或者說大多數的文化）覺得死者爲大，處理屍體的態度極爲愼重，只是她自己始終無法理解，也猜想海倫應該不會認可這種繁文縟節。人死了就是死了，儀式只是給活著的人一種慰藉。

她翻過身側躺，一邊掃視海倫的房間。這兒比她的房間大多了啊。

她隨即墜入夢鄉。

29

隔天芙羅倫斯一直待在床上。儘管身上還在痛，倒也沒痛到下不了床、做不了事的地步，但她依然心煩意亂，完全提不起勁。腦子只反覆轉著一個念頭：她到底幹了什麼好事？她怎麼可能在過去這六十個小時之間，殺了自己的老闆（而且是美國數一數二的知名小說家），還對警方隱瞞事實？這感覺像是別人的遭遇，不是她的。

她努力了一遍又一遍，回想車禍那晚的經過。她閉上眼，看到她們開車前往餐廳、威士忌、駱駝肉。

然後呢？

故事總是接不下去。她總要從頭來過，一鼓作氣想下去，想到記憶斷片的那一刻爲止。開車。威士忌。駱駝肉。開車。威士忌。駱駝肉。然後呢？然後……沒有然後。一片空白。

她眞的喝了那麼多嗎？過去她是有喝到斷片的經驗，但那是很多年前。大學畢業以後就不幹這種事了。對了，那晚她是空腹喝酒，笨啊。

她再次緊閉雙眼。開車。威士忌。駱駝肉。

她忽地想起水大量湧入的場景。那是她的幻想嗎？不對，那場景又出現了——冰冷的水，急速上升。

而且——有隻手緊緊抓住她上臂。那是誰的手？漁夫嗎？

她睜開眼，挽起袖子，仔細觀察上臂。她上半身大部分皮膚都是青一塊紫一塊，但她看得出有四小處瘀青特別不同，都是指紋大小。

就在這時阿米娜敲了門。

「請進。」芙羅倫斯嗓子都啞了。

阿米娜端了吐司和蛋進來，一會兒又拿來一個很大的黃銅茶壺，幫芙羅倫斯倒了杯熱騰騰的薄荷茶。當然她在廚房先倒好再端上來比較方便，但依然堅持端上來現倒現喝，讓芙羅倫斯的謝意油然而生。由於母親工作的關係，她小時候即使生病，母親也很少請假照顧她，但此刻她可以盡情享受阿米娜的悉心照料。

阿米娜心滿意足看著芙羅倫斯喝茶。「妳的朋友走了嗎？」她問。

芙羅倫斯一直沒說爲什麼她住進海倫的房間，也沒提到海倫怎麼了，甚至沒解釋過身上那堆瘀青是怎麼回事。她大可以怪止痛藥害她昏頭昏腦忘了說，但實情是——萬一阿米娜知情後，也用那個警察的那種眼光看她，她會無法承受。此刻她只用點頭代替回答。

「那她會回來嗎？」

「我想不會了。她回馬拉喀什去了。」

「可是這些都……」阿米娜指了一下海倫散落四處的東西。

「她有打包一件小行李。這些東西我走的時候再帶走。」

阿米娜點點頭。

那天接下來的時間，芙羅倫斯大多睡睡醒醒，醒時總是驚惶失措，腦中一片混亂，急著想找個可以擺脫責任的解釋。她想過，會不會自己是食物中毒？或者海倫不知用什麼方法灌了她太多酒？海倫原本對酒就不手軟的。

黃昏終於來臨，芙羅倫斯這次吃了雙份止痛藥。再醒來時已是隔天早晨。

・・・

氣溫一夜之間變得窒熱許多，像是幫芙羅倫斯多蓋了一床被子，照這感覺應該有攝氏三十幾度。她踢掉被子，拿了兩個枕頭靠著床頭板，努力扭動身子坐起來，盡可能把動作放到最輕。全身雖然還是痛，但痛得沒之前那麼厲害。她伸手想拿手機，才想起手機早已不見，接著望向床頭櫃的氫可酮，決定今天不吃了。她認定昨天情緒之所以那麼混亂、鬱悶又慌張，多少是因為止痛藥的作用。她不想再來一次。

早晨的房間已經很熱，滿室燦亮。芙羅倫斯在床上坐了一會兒，漸漸聞到身上發出的酸臭味。已經超過兩天沒洗澡了，那噁心的氣味格外鮮明地鑽入鼻孔——那是肉體浸在自己分泌物中的氣味。我們為了掩蓋自己的味道，得花多少工夫啊，她想。

她撐著發抖的腿，慢慢走進海倫的浴室。那浴室很大，鋪滿了美麗的磁磚。她花了很久時間沖澡，同時還要小心不讓打了石膏的手腕碰到水。水沖到身上的傷難免刺痛，感覺卻很舒服。身上的痛反而讓她精神一振。此刻的她一點都不想動腦。

芙羅倫斯沖完澡，裹上毛巾，從洗手臺旁的玻璃罐裡挖了好些保濕乳霜來擦，然後梳好頭髮，望著鏡中的自己。

這一看，她終於明白為何在醫院大家都誤以為她是海倫，最起碼從海倫泡了水的護照照片來看，她和海倫有些特徵還滿像的——身材都算苗條，同樣的金髮，同樣的深色瞳孔。加上她的臉又青又腫，五官的特色一時顯不出來。她想起海倫給過她關於寫作的建議：描寫人物外表不必著墨太多細節，寫一、兩項就好，剩下的交給讀者自己去想像，寫多了就岔題了。

芙羅倫斯穿上海倫的灰色絲質內褲，又打開衣櫥，挑了件淡褐色亞麻洋裝，正面有一整排獸角製成的鈕扣，然後選了幾個海倫的手環套上。

她猛然想起車禍那晚，海倫也戴了幾個粗大的手環。海倫當時有沒有設法游出車外？會不會因為手環的重量往下沉？

芙羅倫斯輕拍雙頰。這都無所謂了，她對自己說，無所謂了，不要再鑽牛角尖了。

她在樓下露臺開懷大吃，把布里歐許麵包抹上厚厚的奶油和果醬，又請阿米娜幫她做炒蛋，還喝了三杯加鮮奶油的咖啡。飯後她找了張躺椅坐下。阿米娜幫她端來加了薄荷葉和檸檬的冰水，杯身已不斷冒出水珠。芙羅倫斯閉上眼，感受熱浪襲來的威力。

海倫死了。

芙羅倫斯翻來覆去想著，彷彿拿起這個念頭對著光，用各種不同的角度審視。海倫死了。

芙羅倫斯再一次等著，看會不會有什麼感覺——哀傷，或者內疚也好。只是這兩種感覺都沒出現。

她想，無論對誰而言，死亡都是能徹底改變一個人存在狀態的事件。只是死亡一旦發生，對死的那個人已經無所謂。死的那個人就此徹底消失。死亡的意義就在那個時間點灰飛煙滅；死亡的衝擊則影響著還在世的家人。

只是對海倫而言，還在世的家人有誰呢？她母親過世了，她和家裡也不親，那還有誰呢？海倫的編輯？照海倫的說法，她和編輯沒什麼交情。還是葛蕾塔？葛蕾塔失去了一個客戶，或許是會傷心，可是誰在工作上沒碰過傷心事呢。

說眞的，唯一該傷心的，應該是芙羅倫斯自個兒吧。受了傷的是她；讓人拋下，孤伶伶身在異鄉的是她。而且突然之間，工作沒了、家沒了、她仰賴的前輩也沒了。

可是她一點感覺也沒有。沒有自憐，沒有懊悔，什麼也沒有。

也正因爲沒有這些情緒（坦白說是完全不帶情緒），芙羅倫斯才能把這些事實看清楚，而且發現了很有意思的一點，簡直妙不可言的一點——那就是，沒有人知道到底發生了什麼事。這世上唯一知道海倫・威爾考克斯死了的人，就是她。

30

或許是芙羅倫斯聽到伊德里西在耳邊輕喚「衛爾—寇克女士」的那一刻，也可能是更早——五週前她首次踏進海倫那棟白得發冷的屋子，見到窗臺擺著陸蓮花、壁爐散發暖光的那時，芙羅倫斯心底的某個角落，就已經明白自己該做什麼。而在西曼那個熱得反常的上午，躺在烈日下的她拿定了主意。

她要變成海倫．威爾考克斯。

有何不可？海倫這個身分擺在眼前，好比一棟又大又空又沒人住的房子，而她住的向來是又小又簡陋的狗窩。既然主人拋下這麼一間大宅走了，她幹麼不搬進去？難道就這麼放著讓它年久失修？她可以住進去，好好整理一下，清理屋簷的雨水槽、洗洗地板，保持良好的屋況。

最妙的是她早就有海倫家的鑰匙。她早就很清楚怎麼變成海倫。海倫生活中的日常瑣事，她可比海倫本人熟悉得多，畢竟她住在海倫家，付帳單、寫回信都是她的事。至於外表，她也覺得扮成海倫不是問題，她已經成功一次。海倫的護照和駕照上的照片都很小，而且是很久以前拍的，照片上還有一層防僞圖樣，現在又泡了水，反正看不太清楚。海倫五官最明顯的特徵就是鼻梁上那個包，但從正面照看不出來。再說這種照片，誰會看得那麼仔細？

然後她才想起來，她連自己的護照都沒了，應該是和海倫一樣被大海捲走了吧。照正常程序，她應該去大使館辦一本新護照，但她這輩子乖乖走正常程序的結果只是一再失望。再說，她還要用芙羅倫斯．達洛的護照做什麼？

芙羅倫斯忍不住噗哧，發出近乎氣音的細微笑聲。現在這狀況實在太詭異也太反常，她隱約有種感覺：這肯定是某種更高的力量賜給她的禮物，甚至可能眞應了母親多年來一直說的，她一定會有出頭之日。這，就是她闖出一片天的大好機會。她只要去塡海倫留下的那個空缺就好，而這一切都取決於她不公開海倫已死的消息。

芙羅倫斯用單臂遮住雙眼，就這樣靜靜躺了好幾分鐘。

她覺得一陣輕飄飄，骨架輕巧起來，靈魂變得輕盈。過去如影隨形的懷疑、不安、焦慮，那都屬於芙羅倫斯．達洛，她終於可以全部拋開，也不必費那麼大勁兒改變自己。改變？騙誰啊？狗改不了吃屎。很多人費了好幾年工夫，逐漸調整自己的習慣，逐步嘗試微小的改變，日積月累，希望就此轉運，哪次眞的有用呢？沒有。你只要知道什麼時候該停手，不再白費力氣。而芙羅倫斯．達洛呢，不用說，早該報廢了。她在這世上無依無靠，也沒發表過作品，還有什麼留存的價值？她應該改頭換面，乾淨俐落褪去芙羅倫斯．達洛的那層皮，換上海倫．威爾考克斯的外衣，那才是了不起的人生，身爲藝術家、身爲作家的人生。

噢，還有莫德！她居然沒想到莫德．迪克森！這眞是買一送二，她一次得到兩個身分！海倫·威爾考克斯，外加莫德·迪克森。

她可以變成莫德·迪克森。

是嗎？

她絕對不能以莫德·迪克森（也就是海倫·威爾考克斯）的身分出現，這樣太引人注意，也經不起檢視，不過她肯定可以用莫德·迪克森的名字發表作品。莫德·迪克森的第二本書已經簽約，她只要寫完就好。說實話，葛蕾塔連稿子開頭都沒見過，芙羅倫斯大可從頭寫到尾。這代表她終於有機會親眼見到自己的作品出版，而且這不像她在凱羅寫的那些隨手筆記，不再是零星的隻字片語，這次會是完整的作品，而且完全是「她的」手筆。她甚至不在意是不是用本名發表。「芙羅倫斯·達洛」感覺已經像過往的遺物，和她毫無牽扯。她相信如果能用莫德·迪克森的名字發表，大家終究會發現她的才華。包裝才是重點——阿嘉莎不是一再對她說過嗎？

海倫說得沒錯。名聲無所謂，重點是爲自己的成就自豪。「她」會知道人人捧讀的書是她寫的。

儘管或許有一天，很多年之後的某一天，世人會發現她就是莫德·迪克森……

她搖搖頭。停，不要再想了。八字都沒一撇，未免高興得太早。她強迫自己做了個深呼吸。她得爲接下來的發展擬好計畫。

原定的行程還有一週，她會在摩洛哥待到該走的時候。她不想讓人有任何起疑的理由，原本該怎麼做就怎麼做。然後呢？她回美國，回到海倫的房子，那會是「她的」

房子。搬到主臥室，在大壁爐裡生火，把海倫書房牆上成排的書讀到爽，學燒菜，種番茄。

她的錢多到再也不必工作，何況海倫不是揮霍度日的人，她比照辦理就好。如此就可以全心寫作，還會在海倫樓上那間美麗的書房寫。先放歌劇來聽，等待文思泉湧。文思自然需要舒適的環境才能醞釀。從前在阿斯托利亞那個又小又暗的房間，只堆滿了廉價 IKEA 家具和優格空罐，哪來的靈感？

她忽地覺得精神百倍。是了！是了！這世界終於把欠她的還給她了。

芙羅倫斯這輩子始終小心行事、勤奮工作、循規蹈矩，因爲她知道這樣才有機會遠離佛州、遠離母親，結果也如願以償。她如此自律，才能先到甘斯維爾讀大學，再到紐約進了「佛瑞斯特」，最後來到海倫身邊。

一直到最近這幾個月，從首次遇見賽門開始，她才逐漸拋開自己給自己的束縛。而在這段風風雨雨的期間，她下定決心，過去這些規矩再也管不住她。

海倫有次對她說，重點永遠是讓劇情向前推動——雖然當時海倫講的是寫作，但用來形容海倫的處世之道也相當貼切。她說這股動力是最重要的關鍵，還說女人大半都花太多時間考慮後果，等到終於拿定主意，男人早就捷足先登、呼朋引伴、越過戰線、大肆破壞。

海倫也說，錯了永遠可以改。

嗯，好。要演，芙羅倫斯也可以演。她會大肆破壞，萬一真的有必要，之後再補救就好了。

她笑了。嗯，這計畫不錯，而且相當不錯。

芙羅倫斯隨即起身，拂去黏在背後的枯葉。她到廚房去找阿米娜，說要叫一輛計程車。她已經把自己關了太久，不單是車禍後窩在屋裡兩天，還有整整二十六年，窩在芙羅倫斯·達洛綁手綁腳的渺小人生裡。

「感覺好點了嗎？」阿米娜問她。

芙羅倫斯嫣然一笑。「好多了。」

31

芙羅倫斯搭計程車到了北端一處新月形的長灘。這片海灘的北邊，就是不過四天前，她和海倫看漁夫猛摔章魚的港口。

下車處附近有一道往下通到沙灘的階梯，鋪得不太平整。她暫且不往下走，先站在階梯頂端眺望大海。這天的浪並不高，規律地捲向岸邊，好似用勺子挖冰淇淋捲起的線條。風吹過沙灘，偶爾颳起散落沙灘上的雜物，又吹向不知何處。階梯底有三匹駱駝坐在豔陽下，身上蓋著色彩繽紛的毯子，旁邊一個男人握著駱駝的牽繩，正在打盹。

芙羅倫斯好多年沒到海邊了，上一次還是在佛州念大學的時候。當時她自個兒在海裡游泳，結果被水母螫了。她踉踉蹌蹌走上岸，海灘上有個女人把冰涼的愛維養礦泉水倒在毛巾上，讓她冰敷發紅的皮膚。

「其實水母有百分之九十五都是水。」芙羅倫斯對那女人說，一副洩漏天機的口吻，儘管正痛得頭暈眼花。

「可是妳怎麼知道哪些水是水母身上的，哪些是海的？」女人問，這問題還問得眞好。

芙羅倫斯脫了涼鞋，走下階梯到海灘。等走到一片還算開放的空間，便攤開之前從別墅拿的舊毛巾，把四角埋進沙中固定，儘管不算平整，偶爾會被風掀起，但至少固定住了。

隔著薄薄的毛巾，還是可以感到沙灘的熱度。青空無雲，只有早飛遠的飛機留下的白色長尾。芙羅倫斯脫下外衣，身上只剩海倫的黑色比基尼，就這樣走向大海。水比她想得還冷。她慢慢往海裡走，讓水淹到腰際，儘管實在很想一頭鑽進水裡，但醫生叮囑過她石膏不能碰水。這石膏之後要怎麼拆下來？看來得等回紐約再說。她只好把頭埋進水中，上了石膏的那隻手腕舉得老高，再抬起頭時，只覺神清氣爽。

芙羅倫斯走回鋪在沙灘上的毛巾，有些人紛紛轉頭打量她腹部和胸口的斑斑瘀青，但也只是瞟了一眼就尷尬地移開視線，彷彿她肆無忌憚展露人體的脆弱面，是很不檢點的行爲。其實她出門前還用海倫的化妝品極力遮掩臉上的傷，只是對身上的傷就沒轍了。她從包包中拿出《奧德賽》，小心翼翼躺下來，不過她暫時不想看書，只用臂枕著頭，感受皮膚在陽光的炙烤下越來越燙，散發的氣味像是海倫的保濕霜。她閉上眼，把這飄著麝香味的濃郁香氣吸進體內。

她不知自己是不是睡著了，但感到有片陰影擋在眼前，睜眼一看，是個大約二十出頭的女生朝她湊過來。橘色比基尼的下半身因爲放了手機，拖得有點下垂；腹部有個海豚圖樣的刺青。

「嗨。」女生向她招呼，半抿著下唇，只是嘴唇有點脫皮浮腫。

芙羅倫斯只看著那女生。

「不好意思來煩妳，不知道妳介不介意，可以幫我在背上擦防曬乳嗎？」

芙羅倫斯不語，打量她一會兒才說：「妳怎麼知道我說英語？」

「妳的書。」

芙羅倫斯瞟了書一眼，原來是它洩漏了自己的行跡。「噢。」

「可以嗎？」女生拿著油油的防曬乳瓶在她眼前晃。

芙羅倫斯勉強坐起身，緊蹙著眉，端詳著女生染黑的髮根、腹部的贅肉、胸口的點點雀斑，然後搖搖頭。「不要。」

女生有點疑惑，輕笑一聲：「蛤？」

「我不想在妳背上擦防曬乳。」

「噢。」她的笑容只消失了一會兒，隨即又堆了滿臉。「ＯＫ。」說著正要走，骨碌轉的眼睛卻瞥見芙羅倫斯上半身的瘀青。

「哇噢，這怎麼回事啊？」女生蹲下來指著那斑斑青紫，只是手指並沒碰到芙羅倫斯，在半空中微微抖動。

芙羅倫斯眉頭一皺，她身上的傷翻轉了自己與這女生之間的權力關係，一如遠古的基本法則——她是受傷的動物，因此根本不具威脅性。而對這女生來說，這傷是引誘、是示弱，會引來無關痛癢的客套，也在無形間確立了階級高低。

「我出車禍。」芙羅倫斯答得簡短，想儘快打發掉這女生。

女生頓時睜大了眼。「那就是妳喔？」

「什麼意思？妳聽說啦？」

「有輛車衝出巴德路掉到海裡？對啊，大家都知道，超可怕的對吧？」

芙羅倫斯不禁笑出聲來。「超可怕」？

「老實說我記不得了。」她回道。

「這邊的外國人我大概都認識，這個鎮本來就不大，我在這兒也住了一陣子——不過還眞沒人聽過妳耶。我們想說妳應該才來沒多久吧。妳叫海倫什麼的，對不對？」

芙羅倫斯一時說不出話。嗯，事情總得有個開始。「對。」她說：「我叫海倫，海倫·威爾考克斯。」

「我叫梅格。妳是才剛到嗎？」

芙羅倫斯點頭。

「喔，歡迎歡迎！要是有什麼地方需要幫忙的，跟我說一聲就好，我是這裡的榮譽居民，大家都這麼說。」

梅格還是維持蹲姿，重重壓著芙羅倫斯用來當地墊的小毛巾。

「那妳是來度假嗎？」

「算吧。出差兼度假。」

「怎麼說？」

「我來幫一本小說做研究。」

「欸，眞的嗎？妳是作家啊？好酷喔！我最愛看書了，我小時候最愛《哈利波特》，眞的超迷的喔。我還收集他們的圍巾、眼鏡，全套都有耶。」梅格專心看著芙羅倫斯，等她反應。「還有魔杖耶。」梅格刻意加重語氣。

「很酷啊。」芙羅倫斯最後只回了這幾個字。

梅格興奮得直點頭，接著冷不防換了姿勢，費了好一番力氣才起身，翻起許多沙。

「嘿，妳抽菸嗎？」

「抽。」芙羅倫斯果斷回道，出門前她在隨身袋子裡放了一包海倫的香菸。想到要在這樣的大熱天抽菸其實很不舒服，但這包菸有點像某種護身符，就像演員會透過手杖或菸斗這類道具，來表現劇中人的個性。

梅格自己鋪的地墊就在不遠處，她三步併兩步跑回去，在髒兮兮的托特包裡翻找，又跑回芙羅倫斯身邊，得意洋洋遞給她一支大麻菸。

「噢。」芙羅倫斯沒想到是大麻菸，她這輩子根本沒碰過，足以證明自己高中時的社交地位何等低落，大學時代又是多沒人緣。但她還是接過梅格的菸，用拇指和食指小心翼翼夾著。抽又怎樣？海倫那句法語浮現腦海：哈囉，冒險要開始啦。

梅格點了打火機移到芙羅倫斯面前，她把菸的一端放進火焰中，學電影那樣深深吸了一口，隨即咳得上氣不接下氣。她把菸還給梅格，眼淚直流。

「是啦，『基輔』是滿猛的。」梅格邊說邊笑。

「『基輔』？」

「就這草啊。」

「嗯，我想我不太習慣這種。」

「妳抽的八成是哈利波特的草吧。」

芙羅倫斯哈哈大笑。「什麼跟什麼啊。」說著往自己的毛巾上一躺，伸臂放在臉上遮陽，同時發現梅格一屁股坐在她腳邊。

「妳從哪兒來呀？」梅格問。

「紐約。」芙羅倫斯隨即補了一句：「但我老家在密西西比。」

「眞的啊？妳沒什麼口音。」

「我很早就離家了。」

「噢。」

「那妳老家呢？」

「托雷多，在俄亥俄州。」

這句話似乎有點難接，芙羅倫斯沒再說話。沙在她身下緩緩移動，宛如吊床，帶她進入完全鬆弛的愉悅狀態，她已經好幾個月沒這麼舒坦過。

遠處有隻鳥兒不斷叫著。

「我喜歡這種鳥，聲音很像貓頭鷹。」梅格講得暈陶陶。

「妳是說——貓頭鷹？」

梅格開懷大笑起來，旁若無人的那種笑。「那就是貓頭鷹啊？那種鳥其實是貓頭鷹？」

芙羅倫斯沒回答，她不知道梅格在說什麼。梅格的聲音似乎在好遠好遠的地方。梅格一直重複「貓頭鷹」這個詞，只是把字的順序換來換去。「貓頭鷹。頭鷹貓，鷹頭貓。好奇怪喔。到底是貓還是鷹？我不會分耶。」

「蛤？」芙羅倫斯根本不知道話講到哪裡了。

「是貓吧，我猜。貓，鷹，貓，鷹。」

芙羅倫斯先前的那種幸福感慢慢消失，她睜開眼看著身邊的女孩。梅格一狂笑，腹部的海豚圖樣就抽搐似地抖動，而且梅格的腳趾還長出參差不齊的黑毛，好像倒過來的蚊子腳。芙羅倫斯只覺自己赤裸裸的毫無遮蔽，覺得自己好髒。她想回家，想回海倫的房間，看到海倫的東西。海倫不會交這種朋友。不對，不對，就是不對。

芙羅倫斯猛然站起，收拾東西。「我得走了。」她說，硬抽起梅格身下的毛巾。這一抽，梅格也很配合，像根圓木滾到沙灘上。

「喔好。」梅格開心回道：「嘿，今天晚上我們開趴，妳也來嘛。」

「開趴？」

「喔，不是搞得很大的那種趴啦，就是幾個外國人在這裡聚聚，很多很好玩的人也會一起來，他們都很厲害，很有想法的喔。妳一定會很喜歡。」

芙羅倫斯完全沒想到梅格怎麼知道自己喜不喜歡什麼，一聽有人居然想到邀請她，就已經樂得飄飄然。她幻想自己身邊都是詩人、藝術家，穿著五顏六色的卡夫坦長袍，燭火在黃銅燈籠裡搖曳。

「好。」芙羅倫斯點頭。「我去。」

她說自己沒車，梅格說晚上八點到「石榴別墅」來接她。

芙羅倫斯一步步吃力越過滾燙的沙灘，走回馬路。她原本打算到鎮上吃午餐，但這會兒決定走進放眼望去的第一間餐廳。那地方一看就知道是騙觀光客的，招牌上還寫著「美式熱狗」。她點了可口可樂來喝，請餐廳幫忙叫計程車回別墅。烤架上的熱狗淌著油轉動，讓芙羅倫斯想起伯拉希姆說的，他們會把犯人的頭醃起來。

32

芙羅倫斯邊看筆電邊撥弄嘴唇。她坐在飯桌前，身上沾了沙的半濕衣服還沒換，聚精會神盯著葛蕾塔・弗洛斯特寫來的電郵。儘管已經看了好幾遍，字還是一樣的字。

嗨，M。我又來了。回電給我，我想進一步討論TPR的細節。G。

芙羅倫斯想從螢幕上的字句看出些許端倪，只是實在沒有頭緒，便搜尋起TPR到底是什麼，但只查到某大型服飾公司的股票代號，要不就是某種兒童外語教學法的縮寫，總之和這封信講的事毫無關聯。芙羅倫斯用手指反覆輪流輕點鍵盤，想了片刻，點選「回覆」鈕，寫下：

發生倒楣事，我碰上嚴重的食物中毒。

她重看一遍自己寫的句子，決定全部刪掉，最後寄出去的版本是：

我想今天沒辦法通話了——我吃了不新鮮的章魚，食物中毒。結局：我還真沒想到，我現在對摩洛哥的各式馬桶可是觀察入微……

M.

回信馬上就來了：

真不巧。祝早日康復，保持聯絡。

芙羅倫斯抹去螢幕上的一塊汙漬，輕輕闔上筆電。嗯，她開始用海倫．威爾考克斯的身分和關鍵人物互動，這代表偽裝已然啓動。她當然明白總有一天還是得面對葛蕾塔，但在這節骨眼上，她只希望能把這天盡可能往後延，最起碼等她比較清楚怎麼應付葛蕾塔的時候再說。

葛蕾塔是她偽裝計畫中最大的絆腳石。畢竟葛蕾塔和海倫時常互動，對海倫的寫作過程參與也很深，再說她早就一直想和海倫通電話。

芙羅倫斯暗忖，或許可以試試說服葛蕾塔也來參一腳。葛蕾塔爲了業務考量，必然得繼續供著莫德．迪克森這塊招牌，只是，儘管她和海倫合作三年，名利雙收，但這好處有大到讓她可以不追究海倫的死嗎？能讓她願意串通，由自己冒充海倫？可能嗎？實在很難說。芙羅倫斯該怎麼在不坦白招認的情況下，向葛蕾塔提議這件事？眼下看來只有兩條路，要麼就一五一十全招，要麼就什麼都別說。

唔，除了和葛蕾塔串通，一定還有別的路可走。芙羅倫斯有的是時間，有的是選項。她很肯定一件事：如今天賜良機在握，沒有人，沒，有，人，可以從她手裡奪走。

．．．

芙羅倫斯那天下午睡了很久，而且很沉。待她起床沖澡，已是夕陽西斜。她正在化妝，門上傳來阿米娜的輕叩聲。

「進來！」芙羅倫斯在浴室裡喊。

阿米娜卻仍站在門口，拿著疊好的藍白條紋絲巾，正是海倫的那條。芙羅倫斯頓時愣住，拿著睫毛膏的手僵在半空。

「妳怎麼會有這條絲巾？」

「警察。」阿米娜用法語回答。

「伊德里西？他來了？」

「他已經走了。妳那時候還在睡。」阿米娜的神情有些不安。「他問到妳朋友，問說她什麼時候回來，什麼時候離開。」

「妳怎麼跟他說的？」

「就說實話。我晚上不住這裡。」

「好。」芙羅倫斯輕聲道：「謝謝妳。」

阿米娜像是沒聽到芙羅倫斯的話，把絲巾放在床上，順手撫平床單上的皺褶。這時門鈴忽然響起，把芙羅倫斯嚇了一跳，看看錶，離八點還差幾分鐘，肯定是梅格來接她了。

阿米娜先去應門，芙羅倫斯幾分鐘後也下樓來。梅格正在中庭看手機，一見芙羅倫斯便驚呼：「哇！妳好美喔！」芙羅倫斯今晚的裝扮是絲質洋裝和法式草編鞋，還擦上海倫慣用的大紅唇膏。她在房間穿戴妥當後對鏡望去，只覺像戴了面具，變成全然陌生的自己，她還揮了揮手，看看鏡中的那個人會不會做一樣的動作。

「謝謝。妳也很美呀。」她回道。梅格穿的是波西米亞風刺繡上衣，配刷破牛仔短褲；騎的是好像隨時會解體的本田速克達。芙羅倫斯跨上後座，帶點遲疑環住梅格柔軟的腰際，右手則輕輕抓住左腕的石膏。

「妳這樣坐沒問題嗎？」梅格問。

「沒問題！」芙羅倫斯用法語喊：「哈囉！冒險要開始啦！」

「石榴別墅」座落在一條七彎八拐的窄路上，若從高空看，這條路應該很像一根飄落地上的長髮。梅格的速克達在這條路上拐過一個又一個彎道，引擎發出的尖鳴隨之起起伏伏，車身也跟著左傾右斜。儘管看似危險，芙羅倫斯卻覺得非常過癮。她想起開車到西曼的路上，踩下油門飆車帶來的快感，只是當時她也幻想著海倫的頭像足球在擋風玻璃上彈跳。她猛甩頭，想甩掉這段記憶。

大約十五分鐘後，她們到了舊城區的城牆外，梅格騎進一棟外觀實在不怎樣的公寓，把速克達停在附設的停車場。她跟芙羅倫斯說這裡是四個澳洲男生合租的，每隔幾週就會有些外國人搬進搬出，大多是來這裡玩風箏衝浪的追風族。說著按下對講機，一串活潑的鈴聲響起。

「誰啊？」對講機發出喀啦喀啦的聲響。

「是我。」梅格高聲回道，一抹唇蜜印在對講機上。

對方沉默片刻，對講機又發出喀啦聲：「誰？」

梅格大笑說：「梅格啦！」一邊打趣似地朝芙羅倫斯翻了個白眼，好像早就習慣別人忘記她是誰。

好一陣子之後，對講機終於響起，大門隨之發出巨響開了鎖。兩人往三樓爬的路上，芙羅倫斯順口問梅格幾歲。

「我九月就滿二十二了，妳呢？」

芙羅倫斯決定在海倫和自己的歲數之間找個平衡點。「我二十九。」

到了三樓，有個只穿了衝浪短褲的金髮男子幫她們開門，一句話也沒說，隨即轉身進屋，芙羅倫斯也跟著梅格走進去，四下張望，但越看心越涼。屋裡大概有八、九人分據不同角落。一張超大的黑色皮沙發幾乎占據整個空間，但沙發上有好幾塊用遮蔽膠帶貼的補釘。髒兮兮的桌上凌亂擺著幾個塞得滿滿的菸灰缸，還有一堆空啤酒罐。沒有人穿五顏六色的卡夫坦長袍；沒有燭火搖曳的燈籠。

「嘿，大家好。」梅格開心和眾人招呼，帶著芙羅倫斯在屋內走了一圈，向每個人介紹她，只是現場的氣氛和這種正規社交禮節並不相稱。「海倫是作家喔。」梅格見人就這麼形容：「她寫小說耶。」

現場大多數人都和方才開門的那個男生一樣，擺出一副無趣又冷淡的表情，不過芙羅倫斯注意到，梅格介紹她是作家的時候，這些人的表情似乎有那麼點變化，心中不禁暗暗得意。他們的眼中似乎閃動著什麼——就算不是敬重，最起碼也有幾分好奇。

「我也是作家耶。」有個穿著比基尼上身的骨感女生，邊抽電子菸邊說：「我現在是寫旅遊部落格啦，不過我希望這些文章可以出書。」

「那很好啊。」芙羅倫斯說。

「是啊，妳應該可以給我一點建議，像是怎麼找經紀人之類的……」

芙羅倫斯露出前輩般大器的笑容。「當然好。」

「那妳呢？寫什麼樣的東西？我搞不好看過呢。」那女生問。

「嗯，我不知道妳看過哪些東西。」

那女生笑著搖頭。「不好意思，好像該換個方式問，我應該問的是妳寫過哪些書？」

芙羅倫斯想著，假如有人這樣問海倫，她會怎麼回答？芙羅倫斯很少有機會看到海倫和人互動。搞不好海倫根本不會對外說自己是作家，只是現在要這麼做已經太遲了。

「老實說，我是用筆名，我不太公開說這件事。」她答道。

先前幫她們開門的那男生原本在捲菸，這會兒也抬頭加入話題：「喂喂喂，妳該不會是莫德・迪克森吧。」

芙羅倫斯放聲大笑。「最好是喔。」

「喔我老天，我好——愛莫德・迪克森喔。」沙發上有個曬得紅通通的美國女生嚷嚷著，雙腿搭在一旁某個男生的大腿上。「小傑，我不是一直跟你講到她嗎？」只是這男生顯然沒有在聽，女孩雙腿抖啊抖的，嬌聲道：「寶貝——就是我一直在講的，有個鄉下老土殺了人嘛。」

「喔。」小傑邊回邊滑手機。

「你再這樣我要捅死你喔！」女孩興高采烈演起來，裝出拿刀往他肚子刺下的動作。

「不要鬧啦。」小傑面無表情。

梅格從廚房拿了兩瓶「卡薩布蘭卡」啤酒，和芙羅倫斯坐在陽臺的白色塑膠椅上，那邊可以俯瞰停車場。

「乾啦！」梅格很開心的樣子。

「乾啦。」芙羅倫斯回得沒那麼起勁。

「很好玩吧。」

「嗯。」

「妳怎麼變成作家的呀？」

「我也不曉得。我平常就一直在寫，應該就是有一天機會來了吧。」

「好酷喔。我也很想當作家。」

「妳平常有在寫嗎？」

「不算啦。我這人左腦超級強，就是很理性，很講邏輯那種人。」

「那妳有什麼計畫嗎？」

「不知道耶。我爸媽是很希望我回去讀大學啦，只是我不知道自己是不是真的想讀。也許我會去演戲吧。」

「妳說演電影嗎？還是舞臺劇？」

「欸，我覺得我比較喜歡電影。不曉得耶，大概吧。搞不好去做精算師？就跟我爸一樣。」

「演戲，跟精算師？這兩個差很多耶。」

「就是啊，差很多對不對！」梅格講得眼睛都睜大了，從桌上的菸盒抽出一根菸，也拿了根給她，芙羅倫斯搖搖頭。

「那妳幹麼用筆名啊？」

芙羅倫斯拚命回想，她問了海倫同樣的問題，海倫當時是怎麼說的？是不是……講了條蟲之類的？「嗯，一言難盡。」她最後只這麼說。

梅格點點頭。「我懂。」

有個合租這間公寓的男生也晃到陽臺來，閒閒做了幾個伸展動作，說自己叫尼克。他個子很高，古銅膚色，若不是一頭金色長髮綁成雷鬼風的長辮，應該會帥到炸，不過好像只有芙羅倫斯對那辮子頭有意見。

「也給我一根吧，梅格？」他問。

芙羅倫斯覺得梅格遞菸過去的時候，似乎微微臉紅。這男生是今晚派對上第一個稱呼她名字的人。

男生點了菸，轉向芙羅倫斯問：「幾天前有個女的超狂，開車衝出巴德路掉到海裡，就是妳嘍？」

「我聽到的也是這樣。」

「欸，妳真想來點刺激的，我把衝浪板借妳就是了。」

芙羅倫斯微微一笑。「謝了，我會記得你這句話。」

尼克搖搖頭。「說真的，那條路很危險耶。幾個禮拜前，我的機踏車就是在那邊山上撞爛的。」

「今年那邊已經有四起車禍了耶。」梅格也附和。

芙羅倫斯聽到這裡心情稍微好了點，搞不好這場車禍根本不是她的錯。「你們怎麼知道這場車禍的？」

「我在《晨報》*上看到的。」尼克說。

譯註

* 當地法文日報。

「你會說法語？」芙羅倫斯很意外。

「一點點啦。」尼克用法語回道，但口音重得嚇人。

「我還要再來一瓶啤酒，你們要嗎？」梅格問，尼克和芙羅倫斯都搖頭。梅格一走，尼克隨即一屁股坐在她剛剛那張椅子上，邊揉著後頸邊問：「妳是作家喔？」

芙羅倫斯點頭。

「好酷喔。」

尼克讓芙羅倫斯想到某人，只是想不起是誰。

「那你呢？」她問尼克：「你做哪一行？」

「我還在念書。」

「真的嗎？你看起來不像學生的年紀耶。」

「我二十四了，中間休學了幾年。我今年秋天就要去加州大學聖地牙哥分校，把大學念完。」

「然後呢？」芙羅倫斯自己也不明白怎麼會在這裡演起生涯顧問的角色。但坦白說，就算她這會兒沒有假扮成別人，這輩子也不曾有過這種經驗——身在異國，參加一個又小又無趣的派對，身邊全是陌生人。

「應該會去做房地產吧。我哥史帝夫是房屋仲介，賺超多的。」

「我媽也是一直叫我去做房仲。」

「真的喔？」

「對啊。我媽的朋友有個女兒，在坦帕好像是什麼很厲害的房仲。你知道的啦，有老公、有四個小孩，還把自己的照片印在名片上。不過要我過那種生活，我還不如去死。」

「爲什麼？有幾個小孩，有海灘別墅，好像還不錯啊。」

「可是很沒意義啊。人生就只剩下每天開車去買菜，買完菜開回家，這樣重複個八十年，有什麼意思？人不能做點更有意義的事嗎？」

「我講句不好聽的。當作家就比較好嗎？」

「創造藝術品本來就很棒，不是嗎？」

「是。但爲什麼比幫人找到一個家還好？幫人找家才實在。」

「藝術也很實在。」

「要選家還是選小說？我寧願選家。」

「好吧，不過你暫時不要用消費者的角度思考，想想你自己的人生好了。你眞的覺得大半輩子都在帶人四處看房子，自己會有成就感嗎？那就是你人生的目的嗎？」

「我人生的目的，只是想，嗯，做個好人。」

芙羅倫斯凝視尼克的臉，看他是不是在說笑，但他是認眞的。

「我想做好人也很重要吧。」她嘟囔道。

尼克搖搖頭。「妳別誤會，我不是說每個人都要把『做好人』當成目的。我覺得妳會想到這點很厲害，妳顯然也已經有自己熱愛的目標。我只是想說，每個人選擇的道路，本質上沒有誰比誰『好』或『不好』，妳懂嗎？」

芙羅倫斯單邊眉毛一挑，一臉狐疑，尼克看她這樣，呵呵笑起來，瞟了陽臺和客廳之間的玻璃拉門一眼。「好吧。」他壓低音量說：「妳別說出去喔，那裡面有些女生，滿腦子就是想當網美網紅。好啦，我說老實話，選擇這種道路，就『比較沒』那麼高尚，如果跟……跟甘地比的話。」

芙羅倫斯噗哧笑了。「唔，我的 Instagram 只有七個人追蹤，別擔心，我不會淪落到當網紅的。」

尼克一個勁兒點頭。「瞭了吧？我就是這個意思。誰管別人怎麼想呢，對吧？管人家是按讚、留言，還是成天在那邊擺 pose，統統管他去死。」

「沒錯。」芙羅倫斯附和，不過話出口的同時也意識到，她其實大半輩子都在擔心別人對自己的看法。

但海倫就不會。

芙羅倫斯朝尼克湊近了點，把他指間夾的菸抽了過來。「那你怎麼會來西曼？」她邊問邊深深吸了一口。

「風啊。」

「喔，你是玩風箏衝浪的？」

「對，妳呢？」

芙羅倫斯笑了起來。「不不不，當然不是。」

「我剛剛不是說要借妳衝浪板？我是認眞的喔。妳眞的可以試試看，有興趣的話我可以教妳。」

芙羅倫斯頭一歪，回道：「再說吧。」她好奇，倘若換成海倫，會接受他的提議？還是嗤之以鼻？無論碰上哪種狀況，要揣測海倫的反應都會碰上一個問題，那就是：芙羅倫斯始終覺得海倫非常難以捉摸。

唔，那她也可以讓人難以捉摸。她把手放上尼克的大腿，說：「過來。」

十五分鐘後的畫面是，她跨坐在尼克身上，兩人下方是沒鋪床單的床墊，骯髒不堪的睡袋堆在腳邊。她粗暴解開尼克的襯衫鈕子，尼克則坐起身，雙手捧住她的臉。「妳好美。」尼克說，芙羅倫斯的反應則是把他推倒。

「叫我名字。」芙羅倫斯說。

「海倫。」他喘著氣。

「再說一次。」

「海倫。」

33

芙羅倫斯把最後一小塊可頌在果醬小碟中沾了沾，丟進嘴，又在杯中倒了法式濾壓壺中的最後一點咖啡。她掏出下樓時從海倫房間拿的菸盒，從盒中抽了根菸點燃，把菸灰在餐盤邊緣彈了彈，望著香菸濾嘴上大紅唇膏的印子，笑了。這動作她不知看海倫做過多少次。而此時自己如法炮製，有種難以形容的感覺，彷彿自己看的是海倫的手。她有些不安，又吸了口菸，慢慢感覺那煙燒灼著肺，從裡到外把她一點點變成海倫。但菸造成的暈眩隨即襲來，她把菸蒂在果醬碟中擰熄。

昨晚實在太過癮，但倒不是因爲和尼克上床（尼克嗨過頭了，舉不起來）。過癮的是這一晚給了她意想不到的驚喜。她變成了海倫。她眞的是海倫了。

芙羅倫斯昨晚見到那間公寓破敗不堪，又窩了一堆很不怎樣的廢人，原本相當失望，但還眞沒想到，這裡竟成了孕育她新身分的完美環境。畢竟「輕視」始終是邁向「自信」的推手，這也正是此刻的她最需要的。她要展現近乎目中無人的霸氣，拋開過去畏首畏尾、自我懷疑的習性。從前的她在海倫和亞曼達這類型的人面前，總覺得自己微不足道、一無是處。然而昨晚她感覺得到，梅格、尼克，還有那個要問她寫作建議的女生，都覺得她很厲害。終於，這回輪到她大權在握。

海倫最喜歡以「力」取勝。這「力」不是體能上的（反正那也不重要），而是情緒和心理上的——這才是她的最愛。她熱愛運用這股力量，一如音樂家和舞蹈家單純、全然地熱愛自己的一身技藝。海倫喜歡在交談時主導對話的方向和基調，而且往往不知何故，有些話刻意留一手。她也很喜歡突然天外飛來一筆，未必有證據卻講得跟眞的一樣，讓芙羅倫斯不知所措。就連《密西西比狐步舞》也不例外，這本書說穿了就是在探討權力——起先是色魔法蘭克對露比仗勢欺人，接著是莫德對法蘭克施暴，把那權力又奪了過來。

芙羅倫斯始終對人際間的權力關係不怎麼在行。中學時期交朋友，多半是因爲大家都怕當邊緣人。大學時代雖然在英文課認識了幾個朋友，但也沒跟哪個人走得特別近。她和別人互動幾小時之後，總會需要獨處一陣子。

而此時，此地，她可以練習一種新的處世之道；她可以與人互動，但不再扮演巴望他人施捨友誼的角色，而換成別人向她乞求友誼。

光是換一個名字稱呼她，一個曾在她心目中那麼有魅力、那麼強勢的名字，就已然把她的自我重新洗牌，那感覺……只能用脫胎換骨形容。哪怕她身邊只是這些路人甲，根本不知道海倫曾是世界知名作家；又好比那晚散會她搭計程車回家，即使隻身坐在後座，她也覺得自己變了一個人。換上海倫的身分之後，好像無論在哪方面都更有架勢、更有魅力，也更有價值。而且很玄的是，她覺得這樣還更像自己——那個她始終覺得藏在內心某處的自己。

她甚至因爲只想試試自己的能耐，就勾引了尼克。過去的她只有當獵物的份，儘管次數也不多就是了。

芙羅倫斯喝了口柳橙汁，含在嘴中翻攪一陣子，好洗掉尼古丁的味道。之後她坐到屋裡的書桌前，打開筆電。葛蕾塔又來了一封信，這次是寫到芙羅倫斯的信箱：

嗨，芙羅倫斯：

莫德今天還好嗎？妳覺得她能通電話嗎？我實在不想在她生病的時候還來煩她，只是我剛得知TPR想在秋季號刊出專訪，所以我們時間有點緊。

芙羅倫斯頓時恍然大悟：TPR代表《巴黎評論》（*The Paris Review*），以深度專訪知名作家而著稱的文學季刊。

葛蕾塔之前的信提過想「進一步討論TPR的細節」，這代表海倫已經同意接受專訪嗎？芙羅倫斯眉頭一皺，這說不通呀。海倫沒必要對外界說明自己是誰，也犯不著解釋自己的作品，她不是那種人。難道她想公布本名，揭露自己的身分？《巴黎評論》確實刊登過不用眞名的專訪，用的是那位作家的筆名，但也就僅此一回而已。

芙羅倫斯很快搜尋了海倫的收件匣，沒有別的郵件提到《巴黎評論》。她又上樓到海倫房間翻箱倒櫃，想找出海倫的筆電。她記得在機場瞄過，那筆電在海倫的登機箱裡。結果一會兒就在床頭櫃抽屜裡找到了，但和之前在凱羅倫開海倫筆電的經驗一樣，她仍卡在那個輸入密碼的視窗。芙羅倫斯試了好幾種可能的密碼，好比「MississipiFoxtrot」（密西西比狐步舞）、「Jenny」（珍妮）、「Ruby」（露比），但都沒有用。

她回到樓下的筆電前，寫回信給葛蕾塔：

很不巧，莫德還是不舒服，但她說過對那個專訪有別的想法。

「她」當然不可能做專訪。

葛蕾塔的回信馬上就來了，芙羅倫斯瞟了手錶一眼，紐約時間是清晨五點，而且還是週日。

芙羅倫斯，妳能打給我嗎？

芙羅倫斯咬緊了牙。她很討厭講電話，不僅根本沒時間盤算要講的話，也來不及修飾文字。或許這就是有些人喜歡講電話的原因吧，不過葛蕾塔倒不像把話都想好才開口的人。芙羅倫斯很不情願地緩步走向廚房，拿起市話的話筒，撥了葛蕾塔在信中留的電話號碼。

「嗨，芙羅倫斯。」還是那個熟悉的沙啞嗓音。

「嗨，葛蕾塔。妳那邊還是清晨耶。」

「噢，我都是五點之前就醒了，這就是年紀大的壞處。海倫是怎麼啦？」

「她吃到不新鮮的章魚。」

「連電話都不能打嗎？」

「她這二十四小時都在浴室地上。」

「怎麼這麼嚴重，妳有找醫生嗎？」

「有，當然啦。他只說要讓她一直喝水。」

「二十四小時都是這種狀況，也未免太久了。我想妳們應該回馬拉喀什，我可以打給那邊的醫院先說一聲，讓他們曉得妳們隨後就到。我想妳們現在那個地方的醫療水準應該不怎麼樣，八成跟野戰醫院差不多吧。」

「也沒那麼差啦。」

「妳去過喔？」

「噢，對呀，我昨天帶海倫去的。」

「然後呢？」

「他們就說要一直讓她喝水。」

「唔。」接著是一陣沉默。「妳信上說海倫對《巴黎評論》的專訪有別的想法？」

「對。她說她改變主意了。她不想做專訪。」

「這倒妙了。」葛蕾塔又沉吟了一會兒。「其實她根本還沒答應呢，我還在想辦法說服她，說這是個好機會。所以假如我沒想錯的話，她的想法，應該說『根本沒變』吧。」

幹。「噢，眞的嗎？」

「眞的。」

「這就怪了。大概是她講錯吧，她狀況眞的不太好，話都講不清楚。」

「唔。」

又是一陣沉默。

「芙羅倫斯，我老實說，聽妳講了這些事，我眞的很擔心。妳說海倫連話都講不清楚、沒辦法通電話、一直待在浴室，這實在滿嚴重的。我勸妳們趕快回馬拉喀什看醫生。蘿倫會幫妳們安排。我可以叫車，今天就去接妳們。」

「我想不用……她應該沒問題了。我可以再問問她，不過她滿堅持要留在這裡做完研究。」

「聽妳剛剛說的情況，海倫現在病成這樣，應該不太能幫自己做決定。妳聽好，芙羅倫斯，妳還年輕，海倫個性強勢，妳怕得罪她，這我了解。不過現在最重要的是海倫非看病不可，才能恢復健康，就算沒照她的話做，惹她不高興，也不過是幾小時的事。」

「是，我懂妳的意思。讓我考慮一下，好嗎？」

「好吧。我今天下午再打來看妳們怎麼樣。噢，這倒讓我想起來了——我有打妳們兩個的手機，可是都打不通。」

「是啊，這裡的訊號眞的很差。」

「所以我之後就打這個號碼嗎？」

「對，這個是市話。」

「那好。再聊。」

芙羅倫斯狠狠放下話筒。可惡。她還是沒辦法變出海倫來，那幾小時之後，乃至幾天之後，她該怎麼跟葛蕾塔說？

「嗨，葛蕾塔，其實我殺—了—海—倫耶——不好意思喔，那，現在我可以當莫德·迪克森了嗎？」

還眞天才。

34

芙羅倫斯坐在海灘上，把腳趾埋進沙中。剛到海灘時的陣陣狂風此時竟無影無蹤。她四周的空氣宛如凝結，滯悶不已。無情的烈日劈頭蓋臉照下。

她努力不去想葛蕾塔的那通電話，想找回早晨起床時的那股狂喜、那種成爲海倫的醉人快感。一旦面對葛蕾塔，她就得回去當芙羅倫斯，她不喜歡，那總會留下一個疙瘩，黏黏的很不痛快，她只想刷洗得一乾二淨。她要那種輕盈、自信、力量的感覺統統回來。

芙羅倫斯拾起一把沙，讓沙徐徐滑過指間。豔陽把她的皮膚曬成粉紅。皮下的瘀青已經由紫轉爲黃綠。她把沙往腿上倒，想用沙蓋住腿。

和葛蕾塔通完電話後，她找了《晨報》那篇報導來看，用自己有限的法文努力翻譯。報導不過幾行而已，講有個紐約來的觀光客，名叫海倫．威爾考克斯，於週六晚間十點，駕著租來的車衝出巴德路墜海。當時恰巧有個本地漁夫因漁船引擎出狀況，深夜還未回港。漁夫聽見車墜海聲即前往尋車，發現車仍浮在海面上，便從敞開的車窗救出威爾考克斯女士，將她送醫。她僅受輕傷，可望痊癒。這是巴德路今年第五起交通事故，前年則造成兩人身亡。

這報導讓芙羅倫斯看得很是失望，悻悻闔上筆電。報導寫的她都知道了。她的記憶仍是黑洞，她生怕那個叫伊德里西的警察，會搶在她之前把那黑洞補起來。到那時，不但她當海倫．威爾考克斯的新生活就此破滅，原本的那個生活也會跟著完蛋。

她站起身，拂去身上的沙，同時發現有一群身材精瘦的人走向海灘，都是玩風箏衝浪的。她連忙把自己的東西收進袋中，朝那些人的方向走去。待走近了些，有幾個衝浪客轉過頭來看她，但視線都沒有在她身上停留太久。她的模樣確實和海灘不太相稱。陽光在她蒼白的皮膚上形成刺眼的反光。海倫的比基尼上身對她來說又有點太大，她根本撐不起來。

芙羅倫斯發現尼克坐在一塊餐墊大小的毛巾上，防寒衣拉鍊半開，衣服上半身攤開拖在背後，好似自帶陰影。他正狂舔一根不斷滴水的紅色冰棒。芙羅倫斯走到他身邊，開口招呼：「嗨。」

尼克抬頭一見是她，笑得很開心。「嗨！是妳啊！」他回道，一時忘了手上的冰棒，滴下來的水一路流到他前臂。「靠。」他邊說邊伸長脖子，從手肘舔到手腕。

芙羅倫斯終於明白尼克讓她想起什麼——海倫鄰居的黃金獵犬班特利。

「你在幹麼？」她問。

「沒幹麼。今天海上沒什麼搞頭。」他指向近乎平坦的海面。

芙羅倫斯順著他指的方向望去，若有所思點點頭。

尼克把吃剩的冰棒丟進沙中。「真要命，這玩意兒麻煩死了。」說著把手在防寒衣的大腿處草草蹭了兩下，對芙羅倫斯綻開燦爛的笑。「那妳呢？今天來這兒幹麼？」

「也沒什麼，剛剛在看書，後來太熱了，實在坐不住。我想說待會兒去城裡走走。」

她沉吟片刻，又問：「你要不要一起去？」

尼克毫不掩飾自己的喜悅。「好，一起去吧。」他立刻脫下防寒衣，在小背包裡翻找了一陣，撈出一件擠成一團的T恤，這一撈，一本書也跟著掉了出來。芙羅倫斯拾起一看，封面寫著：《遮蔽的天空》，保羅．鮑爾斯著。

「你在看這本喔？」

「我剛看完。想看的話我可以借妳，超好看。」

芙羅倫斯努力掩飾心中的訝異。她還眞沒想到尼克這種人會看海倫推崇的作家寫的書。她行前差點買了保羅．鮑爾斯的書來看，但海倫交代的研究功課太多，她終究還是沒買。她把尼克那本書翻過來，看書背上的文案，上面寫著這本書是講三個美國人在四〇年代橫越北非沙漠的故事，是保羅．鮑爾斯的第一本書，而且一炮而紅。她又看了開頭幾句，尼克說的沒錯，眞的很好看。

「要走了嗎？」尼克問。

芙羅倫斯點點頭，把書還給他。

「掰嘍。」尼克回頭對那群衝浪客喊，和芙羅倫斯一起離開。

兩人緩緩走上坡回到馬路上，尼克邊走邊解說風箏衝浪的事，但芙羅倫斯沒在聽，任憑自己的思緒四處飄蕩。

他們吃力爬上小丘，穿過哈珊二世廣場，往鎮中心走去。到了環繞舊城區土牆的大馬路，尼克長滿金毛的古銅色手臂一伸，擋在她前面，免得她走進川流不息的摩托車陣中。她抬眼瞅他，笑了。

兩人過街，忽然間芙羅倫斯發現一張熟悉的臉。在一棟華麗的樓房前站得直挺挺的正是伊德里西，她在醫院碰到的那個警察。芙羅倫斯的呼吸頓時急促起來，直對自己說沒關係，沒什麼好怕的，伊德里西只把她當成來這裡亂灑美元的腦殘觀光客，就因爲她是有錢老美，所以就算酒駕、把租來的車撞爛了也沒事。可是她記得伊德里西送她回家的路上，問到她一起去餐廳的那個朋友，也記得他當時的眼神。他想必是對什麼起了疑心。

伊德里西有什麼不起疑的理由？她確實有祕密瞞著他。這時她又想起葛蕾塔的那通電話，更是坐立難安，拚命想把這團思緒逐出腦海，卻見伊德里西把頭緩緩轉向不同方向，仔細觀察人群。芙羅倫斯出於本能緊貼著牆不動。

「怎麼了？」尼克問。

「沒事。我以爲看到老鼠。」

「妳眞可愛。」尼克說著把她摟過來，印下一個淌著口水的吻，她嘗到防曬乳和人工草莓香精的味兒。

「我們到這邊看看吧。」芙羅倫斯把他拉進市集。

市集裡陰暗了些，也涼爽得多。陽光透過草草搭起的頂篷隙縫灑落，映得光束間的塵埃閃閃發亮。

「妳覺得怎麼樣？」

芙羅倫斯轉過頭。尼克站在某個掛滿各色衣服的小攤前，拿著一件藍色長袍對自己比著。

芙羅倫斯笑出聲來。「不好啦。」

店主出來對他們說：「這是卡夫坦長袍，女人穿的。」接著從一疊衣服中抽出一件黑色束腰長袍。「這個，是男人穿的，試試看。」說著就把那衣服往尼克頭上套。尼克連忙搖手道：「不用了，謝謝。」但顯然無效，那衣服已經在他身上套了一半，店主又幫他拉平、順了順皺褶。「還有這個。」說著又把某種灰色的布捲成麻花狀，包在尼克頭上，原來是中東男子的包頭巾。尼克雙臂略略外張，很彆扭地站著，望向芙羅倫斯。

「怎麼樣？」

芙羅倫斯大笑搖頭。「不行，真的不行。」

「來，我來拍照。」店主說著伸出手，意思是可以把手機交給他。芙羅倫斯無奈兩手一攤。「我沒手機。」店主便轉向尼克。

「在我口袋裡。」尼克說。店主把手伸進那長袍口袋——其實只是兩道開口而已，好讓手可以透過隙縫伸進褲袋。

「噢，好酷喔！」尼克樂得對芙羅倫斯喊：「有開口耶！」芙羅倫斯又忍不住笑了。

店主幫他們拍了一張又暗又模糊的照片，畫面中兩人互望，開懷大笑。拍好了，尼克好不容易脫下那件長袍、拆開包頭巾，拿起一開始挑的那件藍色長袍，問店主：「多少錢？」

「買給這位漂亮的小姐嗎？算你兩百迪拉姆。」

「喔，不用了。」芙羅倫斯連忙對尼克說：「不用幫我買。」

「我們反正得買個東西。」

「不用，眞的不用，這種事他每天做五十次都不止啦。」可是尼克已經掏出錢來，給了店主一百五十迪拉姆。店主點頭表示成交，把藍色長袍裝進一個皺巴巴的塑膠袋，遞給芙羅倫斯。

「謝謝你。」芙羅倫斯很不好意思。

「幹麼那麼客氣。我買給妳，只是因爲以後可以跟妳借來穿。」

芙羅倫斯不禁翻了個白眼，忍著不顯露內心的喜悅。但這時尼克早已看中隔壁賣豆子的小攤，把手伸進一籃豆子。

芙羅倫斯則晃到某個魚販前，看他以俐落的專業手法揮刀，幫一條銀魚削皮去骨。海倫教她做菜時剁雞的畫面頓時浮現腦海。魚販把處理過的魚（已經不成魚樣）往一旁丟成一堆。有隻蒼蠅立刻飛撲過去，用毛茸茸的細手搓起魚肉來。

芙羅倫斯繼續往市集裡面走，這裡陳列的東西和馬拉喀什的市集差不多，集賞心悅目和實用之大成。

她忽地覺得有隻手搭上自己的手臂，連忙轉過身來，有個滿臉皺紋的矮個子男人連衣服帶手臂，把她拖向一個賣銀飾的攤子。「紫水晶。」男人低聲道：「品質很好，很漂亮的。」她使勁抽回手臂。

「不用了，謝謝。」

男人朝她走近一步。「那一邊都是假貨，這裡，是眞貨。」

「不用。」她這次回得不太客氣，講完便急急走開，轉進大路旁的一條小巷，這裡就更暗了。幾個男人圍坐在小板凳上，端著冒煙的杯子喝東西，見到她來，抬眼瞟了她一下，又別開視線，一臉漠然。芙羅倫斯伸手輕拂過一整排顏色豔麗的皮革拖鞋，這些拖鞋散發一種溫暖潮濕的氣味，像打濕身子的動物。她心跳得好快，卻說不上來怎麼回事。

突然間她又覺得有男人的手拉住她，要讓她轉過身來。她猛地掙開，回頭看這男的到底怎麼回事。

「芙羅倫斯！」

她往後退了一步，地面不太平，害她晃了一下。她仔細端詳眼前這張臉——一口大牙、桃紅色的馬球衫、整髮器拉直的乾燥髮絲。

「惠特妮？」

這正是她佛州老家的老友惠特妮，此時正一臉難以置信的神情，瞪大了眼望著芙羅倫斯。兩人尷尬地沉默了一會兒，才上前擁抱對方。惠特妮打從七年級起身高就固定在一百八十公分，芙羅倫斯還得踮腳才能伸臂環住她。芙羅倫斯高中畢業後就沒再見過惠特妮，這些年來兩人大概也只偶爾發個訊息，最多十幾二十封而已。芙羅倫斯搬到紐約後，就不再回信了。從惠特妮此刻的笑容看來，她應該沒把這件事放在心上，但也說不定因為在這兒碰上實在太巧，讓她暫時先把這疙瘩放在一邊。

「喔我的天！」惠特妮驚呼：「有沒有這麼誇張！」

「妳怎麼會在這裡？」

惠特妮忽然間倒抽一口冷氣。「哎呀這是怎麼啦？」她指著芙羅倫斯的石膏和有點瘀青的臉，問：「妳還好嗎？」

「前陣子出了個小車禍。看起來滿慘的，實際上還好啦。」

「哎喲眞是的，妳可要保重啊。」

「那妳怎麼會在這裡？」芙羅倫斯又問了一次，這次的語氣多了點不快。從葛蕾塔的電話，到碰見伊德里西，甚至那個推銷紫水晶的男人，都讓她心驚膽跳，變得草木皆兵起來。她得提醒自己，惠特妮就只是惠特妮，還是當年那個在學校連續四年才藝表演都唱《歌舞青春》主題曲的女生。但一想到自己可是從小就認識惠特妮，芙羅倫斯突然對自己現在的身分感到一陣驚恐，但這情緒一閃即逝。

「我跟大學朋友來度假。」惠特妮說：「今天早上才到西曼，之前有幾天在亞特拉斯山區。」

惠特妮高中時期非常用功，只是課業表現始終不及芙羅倫斯。芙羅倫斯至今仍耿耿於懷的一點，就是惠特妮的父親（也是芙羅倫斯的牙醫）可以幫惠特妮付全額學費，送她去亞特蘭大讀私立名校埃默里大學；芙羅倫斯只能和大家一樣念佛羅里達州立大學。

「那妳呢？妳怎麼會來這裡？」惠特妮問。

「算是因爲工作吧。」

「眞的嗎？什麼樣的工作？」

「我——嗯，說來話長，簡單說就是來做研究。」

「好酷喔！妳還在出版界嗎？」

「對。」

「太好了，我眞替妳開心。妳一直都那麼喜歡書。」

芙羅倫斯認爲文學和生物、物理這些學科一樣，都是生命的組織原則，但她也觀察到，有些人只把文學當成一些實體物的組合，也就是「書」。難道這些人也覺得，一根小提琴弦的樣貌和觸感就能代表音樂的力量？當然芙羅倫斯是愛書人——她愛書的外皮散發的氣味，愛內頁紙張纖維粗糙的質感，只是與書中內涵的重要性一比，這些外在事物都顯得微不足道。

「那妳呢？」換芙羅倫斯問：「妳最近怎麼樣？」

「我現在是 Verizon 在坦帕的專案經理，之前也試過在亞特蘭大找工作，但我還是想家，也想念佛州的海灘，而且 Verizon 又是一流企業。」

芙羅倫斯想起來，高中時期的惠特妮在社交上最大的缺點，就是在大多數人怎樣都不願顯露自己眞正的渴望時，她卻毫不保留展現自己的熱情。

惠特妮忽地閉上眼，深吸一口氣，伸出雙手去握芙羅倫斯的手（她向來習慣碰觸對方）。「其實呢，芙羅倫斯，我實在得說，我感覺在這裡碰到妳，是老天的安排，因爲有件事我一直想跟妳說，已經好幾個月了。」

芙羅倫斯實在想不出，她們倆六年來都沒什麼聯絡，惠特妮會有什麼事非跟她說不可？

「我現在和崔佛在一起。」惠特妮這幾個字說得飛快。

芙羅倫斯費了點勁才忍住笑意。「很好啊，惠特妮。眞的，我一點都不在意。我和崔佛是老早以前的事了。現在想想，感覺好像上輩子呢，那時的我們跟現在完全不一樣啊。」

惠特妮大聲吐出一口氣。「噢我的天，我這顆心終於放下來了。我們兩個一直很有罪惡感，好難過好難過。」芙羅倫斯可以相信惠特妮說的是眞心話，但她印象中的崔佛，生平最愛的就是「Minecraft」遊戲和艾茵．蘭德，這種人會內疚自責？她可要打個問號。

「嘿，寶貝。」她們倆同時應聲回頭。尼克熊掌般的大手抓著一袋亮橘色的薑黃粉。

「嗨。」芙羅倫斯猛然發現自己的處境相當尷尬，回得有點生硬。

「嘿，我叫尼克。」尼克一看芙羅倫斯沒幫他介紹，便主動跟惠特妮打招呼。

「我是惠特妮。我從小和……」

「惠特妮和我是從小一塊兒長大的朋友！」芙羅倫斯突然插嘴，嗓門也特別大。

「噢，哇。」尼克說：「世界眞小耶。」

「惠特妮和一個大學朋友一起來摩洛哥。」

「喔，很棒啊。」

「超——棒的！」惠特妮附和。

芙羅倫斯朝四周打量了一下。「妳朋友呢？」

「愛咪？喔，她在飯店睡死了。我們昨天晚上玩到超——晚的。」

「好喔——」尼克似乎會意，含笑回道。

三人隨即陷入沉默。

「那妳們今天晚上來和我們一起玩吧。」尼克說著，轉向芙羅倫斯：「怎麼樣，寶貝？」

芙羅倫斯眉頭一皺，這一連串的「寶貝」攻勢來得太急又太猛。「噢，惠特妮今天晚上應該會想好好休息吧。」她說。

「其實不會耶。」惠特妮說：「我們這麼久沒見，當然要好好聊聊呀。我等愛咪醒了，問問她的意思。」她拿出手機。「妳還是原來那個號碼？」

芙羅倫斯搖頭。她搬到紐約後，馬上就辦了紐約區碼的市話。她給了惠特妮917區碼的市話號碼，讓惠特妮加進手機通訊錄。

「等一下，可是妳沒有手機耶。」尼克突然想到了這點。

「噢，對耶。」芙羅倫斯對惠特妮說：「我出車禍的時候掉了手機。」

「那我給妳我的號碼好了。」尼克很快講了自己的號碼。

「太好了。我跟愛咪商量好再打給你。我想她已經訂了晚餐的餐廳，不過萬一她有興趣的話，我們晚飯之後再跟你們會合。」惠特妮講完又握住芙羅倫斯雙手，定定望著她說：「妳不知道，能在這裡碰到妳，我眞的好高興。」

「好。」芙羅倫斯的語氣有點言不由衷。

等惠特妮走遠了，尼克才轉頭問：「怎麼了？妳不喜歡她嗎？」

「不是，我只是……不知道。我眞的沒想到會在這裡見到她，就這樣而已。」

尼克和她手牽手走出市集，迎向正午耀眼的陽光。驟然間芙羅倫斯聽到背後有個熟悉的聲音響起：「衛爾—寇克女士。」

她迅即轉身。

伊德里西就站在市集入口處旁。難道他早就看見她走進去？莫非他在這兒等她？

「看樣子妳身體好多了，那就好。」他說。

「謝謝。」芙羅倫斯勉強回應。她還沒從巧遇惠特妮的震驚回復過來，現在這樣簡直是火上加油。

尼克先看看芙羅倫斯，又看看伊德里西，反覆看了幾輪才說：「嘿，我是尼克。」同時向伊德里西伸出手。

伊德里西不屑地瞟了一下尼克的手，轉向芙羅倫斯問道：「妳有妳朋友的消息嗎？」

芙羅倫斯把手放在額前遮陽。該怎麼做才能漂亮脫身？說「有」就代表又撒了一個謊，要圓的謊也多一個；但說「沒有」，只會讓他對這個神祕失蹤的女子疑點更多。她最後的回應是點頭。「有，她跟我之前說的一樣，現在在馬拉喀什。」

伊德里西盯著她看了片刻。「好。」他回得很乾脆。「妳知道嗎，有件事很妙，我一直找不到那天晚上去『達阿莫』載妳朋友回家的計程車。」

「這很重要嗎？」芙羅倫斯問：「她回馬拉喀什啦，沒問題啊。」

「只是想弄清楚一些還沒釐清的細節。警察的工作不單單是開車追人和槍戰而已喔。」他微笑道，只是笑得很僵。「妳有她電話號碼嗎？如果能跟她通個電話會很有幫助。」

「她的號碼啊？呃，我身上沒有，在我手機裡，但我手機掉了。」

「那也許妳們住的地方會有？既然妳們通過話。」

「噢，大概吧。不過其實是她打過來的，打市話。」

「啊，那就更好辦了，我可以查通話紀錄。」

芙羅倫斯的臉上頓時沒了血色。「好。」只覺陽光毒辣地烤著頭頂。「其實我身體還是不太舒服。」她忽地沒頭沒腦迸出這一句。「我回去休息了。」說著便轉往反方向，逕自走進大馬路的車流中。路上一輛行駛中的機踏車趕緊繞過她，駕駛還對她吼了些不知什麼。

尼克追上來扶著她手臂，帶她平安穿過馬路，等走到對街，才問：「剛剛是怎麼回事?妳朋友怎麼了?」

「那個男的不是我朋友!」芙羅倫斯大聲回道。

「那個男的提到有個朋友。」

「噢。我這一趟原本有個旅伴,不過她先回馬拉喀什去了。現在這個調查車禍的警察一直在問她的事,實在不知道怎麼搞的。明明就只是車禍而已,這個人卻一直來煩我。」她的語氣越來越歇斯底里:「我對他沒什麼好講的。我什麼也不記得嘛!」

尼克把手輕放在她手臂上,帶著安撫的意味。「嘿,嘿,別緊張。其實這裡的警察都很黑,出了名的。他可能只是氣妳還沒塞錢給他。」

芙羅倫斯頓時停下腳步。「什麼?真的嗎?」

「對啊。我朋友連恩有次身上帶了大麻,被警察逮到,連恩塞了大概四十塊給他吧,就沒事啦。」

「噢。」

芙羅倫斯回頭望向伊德里西站著的地方,他仍然一直朝著這邊看。難道這整件事只是一場誤會?她有可能現在就徹底解決,一勞永逸嗎?

芙羅倫斯看了下錢包,裡面還有海倫留下的錢,大約一千五百迪拉姆。她拿出兩張紙鈔,在手裡捏皺了,再次過街去找伊德里西。她可以感到伊德里西敏銳的目光一直跟著她,不禁笑得有點彆扭。

「嗨,又見面了。」她邊走向他邊說。

他只點點頭回應。

「我只想說，我出事以來，眞的很感謝你一直這麼幫忙。你不但載我回家，還幫我找到絲巾送過來，而且又這麼費心調查。謝謝你。」她帶點侷促地伸出手，掌心上是又軟又皺又有點濕的那團鈔票。她想起海倫說的那個不會給小費的男友，那男的當年想必就是這樣吧，在海倫嚴厲審視的目光下，戰戰兢兢把小費交給飯店人員。

伊德里西的視線先往下瞄了她的掌心，又回到她臉上，自己動也不動。

「這是給你的。」她把手又往前伸了些。「代表我的謝意。」

「我英文還是不太好。」他片刻後才開口：「這就是所謂的『賄賂』嗎？」他苦笑一下。「這個詞是這麼說的嗎？」

「喔不不不！這只是我送你的禮物。或者說……你想怎麼稱呼都可以。」

「那想必妳經常送美國警察這種『禮物』？」

「當然啦，偶爾嘍。」芙羅倫斯只覺得血液整個往臉上衝。

「是喔？我以爲這在美國是犯法的，在這兒當然也一樣。」

「眞的嗎？我不曉得。」芙羅倫斯把錢塞回包包。「對不起，我只是想……」

「說謝謝？」伊德里西幫她接話，露出得意的訕笑。

她點點頭。

「還是說，妳希望我別再調查車禍的事？」

「不是，不是。我只是覺得，眞的還有可以調查的事嗎？我以爲都很清楚了。」這顯然是睜著眼睛說瞎話，那一晚發生的事對她而言沒有一件說得通。

「是這樣嗎？衛爾－寇克女士？因爲『我』可搞不清楚妳和妳朋友幹麼要各自離開餐廳；我搞不清楚爲什麼找不到載妳朋友回民宿的計程車；我也搞不清楚她爲什麼車禍第二天就失蹤？還有妳爲什麼沒辦法幫我聯絡她，釐清這堆問題？」

「對不起，我不是有意惹你不高興。」芙羅倫斯低聲說道，轉身離開。

她急忙回到尼克身邊。尼克滿臉是幫她加油打氣的笑容。

「都沒事了嗎？」他問。

她強迫自己擠出微笑。「沒事了。」

35

幾小時後，芙羅倫斯在浴缸裡泡澡，把上了石膏的手腕擱在浴缸邊緣，又滑到水面下，任髮絲在水中宛如無重力狀態漂浮了一會兒，才又把頭伸出水面。她原本想說浸在水中應該多少可以喚起車禍那天的記憶，然而在腦海閃過的少許片段，只有抓住她手臂的那隻手，以及忽地湧上的冰冷海水，而且這些片段已經不像前幾天那麼鮮明了。

同時她要面對的難題也越積越多。

眼前最急迫的問題，幾個小時之後就會上門，惠特妮會去尼克那邊。惠特妮並沒把自己的手機號碼給尼克，也沒提到自己住哪間飯店，芙羅倫斯沒法聯絡她說晚上取消了。儘管芙羅倫斯想過可以謊稱自己不舒服，請尼克轉告惠特妮，只是這樣尼克和惠特妮就會講到話，而且會各自用不同的名字稱呼芙羅倫斯。尼克就會知道她的本名是芙羅倫斯．達洛，而惠特妮會發現她現在自稱為海倫．威爾考克斯。

芙羅倫斯整個下午都在想，萬一自己的真實身分曝光了會怎樣？難道她的天就塌了嗎？她可以想個說得通的理由，好比她爲了想「拋開一切重新開始」，就隨便編個名字出國旅遊——這藉口實在滿弱的，不過尼克和惠特妮應該沒有理由往更壞的方向想。

問題是有些人會往很壞的方向想，或至少開始有這種傾向。

伊德里西正在一點一點破解她的謊言；葛蕾塔越來越等不及跟海倫通電話。芙羅倫斯在這兩邊夾攻之下，更不能讓任何人（哪怕是尼克和惠特妮這種小角色）知道芙羅倫斯．達洛和海倫．威爾考克斯是同一個人，她擔不起那種風險。

她多希望時間能快轉到幾週之後，甚至幾個月後，總之不管需要多久，那時一切都會塵埃落定。她會在海倫那間屋子安頓下來，寫作、整理花園、燒菜，芙羅倫斯．達洛則成爲過去。只是她必須想清楚，要怎麼從現在這種狀況走到未來那理想的畫面？

她擦乾身子，穿上海倫的浴袍。芙羅倫斯從未想過自己會有件絲質浴袍，更別說帶這種浴袍出門旅行。她站在衣櫃前，伸手輕輕掠過那排掛得整整齊齊的衣服，挑了件奶油色底綴紅色刺繡花紋的洋裝，拿起來朝身上比了一下。那紅色刺繡和海倫的大紅唇膏非常搭。

她穿好衣服，對著浴室的鏡子仔細化起妝來。就在繫涼鞋鞋帶的時候，樓下的電話響了。沒多久阿米娜就來敲她的房門。

「怎麼了？」芙羅倫斯有點提防的語氣。

阿米娜把頭探進門縫，想盡量喊得清楚些：「葛蕾塔．弗洛斯特女士在電話上。」

「可以麻煩妳跟她說我不在嗎？」問題既然上門了，就一個一個解決吧。

「好，沒問題，女士。」阿米娜輕輕關上房門，芙羅倫斯隨即聽見她拖著腳步下樓的聲音。

過了一會兒，尼克來接她。

尼克一踏進這棟別墅的玄關，臉上的表情就說明了：他頭一次發現自己和芙羅倫斯旅遊花費的等級差距。

「妳一個人住這兒啊？這裡好大喔。」

芙羅倫斯聳聳肩。「比飯店房間大不了多少。你看，到處都長黴耶。」

「還是比我們那地方好太多了。」

這點芙羅倫斯無話可說。尼克說要參觀參觀，她就帶他繞了一圈，唯獨跳過自己在車禍之前住的那間房間。她回到這裡之後，只進過那臥室一次，拿了自己的牙刷就走。

「這裡也太屌了吧。」尼克發表參觀完之後的感想。

芙羅倫斯忽地心生一計。「你要不要乾脆就在這兒坐坐？」

「眞的嗎？耶，當然好。我應該跟大夥兒說一聲吧？」

芙羅倫斯把肩一聳。「好啊，你覺得好就好。」

「噢，我們應該也跟惠特妮說一聲。她之前有傳簡訊，說她和朋友十點左右會過來。」

芙羅倫斯勉強擠出笑容。「好啊，要不然我們還是照原定計畫去你那裡，你有興趣的話，明天晚上再過來這邊。」

尼克點頭。「OK，酷。喔對，反正連恩已經叫了披薩。」

・・・

那披薩乾到簡直無法下嚥。芙羅倫斯心不在焉，把自己的披薩在盤中撥來弄去。只要對講機響起，她就馬上轉頭看是誰進來，只是惠特妮目前為止尚未現身。芙羅倫斯喝了一小口啤酒——那罐啤酒她握在手裡一個多小時都沒怎麼喝，早就不冰，也走味了，難喝的程度跟直接舔罐頭沒兩樣。她提醒自己不能多喝，今晚每一刻都要保持警覺。

不單是今晚。她往後的人生都必須時刻警戒，要像海倫那樣敏銳，再也不可示弱，也不容半點馬虎。這幾天跟葛蕾塔和伊德里西交手都差點穿幫，讓她學到了教訓。她絕對、絕對不可以放鬆戒備。獲得新身分和獲得新器官沒兩樣，她這後半輩子都得服用抗排斥藥物。

十點半，對講機響起，感覺已經是今晚的第十幾次。芙羅倫斯一聽見惠特妮興高采烈的嗓門透過對講機傳來，隨即起身直奔廚房，在兩個空杯中裝了伏特加，再分別倒進雪碧，接著從口袋中拿出摺好的紙，小心翼翼攤開——裡面是她在出門前磨好的三顆氫可酮，她用海倫的面霜罐子充當磨杵，把藥磨成一堆白粉。

她的計畫是讓惠特妮喝下混了藥粉的酒，這樣惠特妮應該就會提前離開，而且在藥和酒的雙重作用之下，惠特妮就算講了「芙羅倫斯．達洛」的名字，大家也會覺得是她喝醉亂講話，不會眞的當一回事。芙羅倫斯自己也知道這樣做未免小心得過分，只是她希望自己的新身分不含一絲雜質。她就是海倫．威爾考克斯，簡單明瞭。

她輕點幾下裝著藥粉的紙，把藥粉徐徐倒進杯中，再用餐刀使勁快速攪拌幾下，然後把那張紙丟了，餐刀扔進水槽，拿著兩杯調酒走出廚房。尼克正帶惠特妮和她朋友進屋來。

「親親！」芙羅倫斯朝她們高喊招呼，同時遞上調酒。兩人露出略爲驚訝的表情，但仍接過杯子。

「啊哈。」惠特妮笑道：「今天晚上我們還是乖一點吧。」

「欸，我們可是在度假耶！」芙羅倫斯還是用喊的，而且嗓門拉得老高。

「好！說得好！喔對了，這是我朋友愛咪。」惠特妮比了比身邊的陽光型紅髮女生，又轉向愛咪，手臂朝芙羅倫斯一伸：「這位呢，是……」

「哎喲，這麼客套幹麼啊！」芙羅倫斯突然打斷她：「無聊死了，叫我埃及豔后吧！叫我伊莉莎白女王也行！」

尼克、惠特妮、愛咪一起望著她，露出不解而擔心的表情，只是誰也沒說話。最後尼克終於打破沉默。

「妳還好吧？寶貝？」他向芙羅倫斯湊近了些。

「沒事沒事！寶貝！來吧！開趴啦！喝喝喝！」她拿手中的啤酒罐朝他們的杯子揮了揮，自己也喝了一口溫溫的啤酒。三人便照辦，各自舉杯。

惠特妮喝下自己的調酒後扮了個鬼臉，芙羅倫斯暗暗希望是因爲伏特加的緣故，而不是藥粉的味道，但惠特妮就在此時開口：「芙羅倫斯，我從來沒看過妳這樣耶！」

「都那麼多年了，小惠。我現在可是全新大變身喔。」

「眞的耶。」

芙羅倫斯壓低了音量，湊到惠特妮身邊說：「妳有沒有空？我們私下聊一下？」

「呃……好啊。」惠特妮看了愛咪一眼。「愛咪，我先離開一下，妳自己一個人沒關係吧？」

「沒問題，小惠。有伏特加陪我，比妳陪我好得多。」

「噢，謝謝妳喔。」惠特妮刻意誇大了語氣。

「哪裡。」愛咪回道。

芙羅倫斯把惠特妮拖到尼克的臥室，關上門。她瞟了前晚和尼克睡過的床墊一眼，此時那床墊在燈光下更是不堪入目，但她還是逕自往床墊一坐，又拍了拍旁邊的位置，惠特妮也跟著有點彆扭地縮起身子坐下。

芙羅倫斯實在很不想安排這場談話，但她自認別無選擇。她的計畫是把惠特妮和外面那群人隔開至少十分鐘，等止痛藥的藥效發作。她希望惠特妮走出這個房門的時候，已是神智不清的狀態。

「是這樣，我知道我之前說過，妳跟崔佛交往，我完全沒問題，不過今天下午我還是一直想著這件事。老實說，我還眞的滿難過的。」

惠特妮雙手掩面，一個勁兒搖頭。「我就知道。」

芙羅倫斯咬住口腔內壁，強忍著同時湧上的兩股衝動——是該對惠特妮那張臉放聲大笑？還是在那張臉上甩一巴掌？崔佛身上老是有垃圾食物的味道，而且他當年發現自己是芙羅倫斯第一次的時候還哭了，不是流一、兩滴淚而已，是上氣不接下氣的那種大哭。還有，崔佛居然對她說過主修英文「超廢」。芙羅倫斯怎麼可能為這種人傷八年的心啊。

「那妳可以說說，你們是怎麼開始的嗎？」芙羅倫斯繼續追問。

惠特妮喝了一口手中的調酒。「嗯，他也在 Verizon 上班，妳知道嗎？」

「我媽好像提過。」

「他是系統工程師。」惠特妮說完這句，抬眼觀察芙羅倫斯的反應。

「是。」芙羅倫斯不知道系統工程師是什麼意思，也沒有搞清楚的興致。

「那一行競爭很激烈。」

「我想也是。」

惠特妮點點頭，又端起杯子喝了一口，講起和崔佛認識的經過——他們在公司附設的健身中心吵了一架，結果不打不相識，發現兩人有許多共通點。現在他們正考慮收養一隻貓。

芙羅倫斯最討厭貓了。

「眞的很抱歉。」惠特妮講完，說了這一句：「我打破了朋友之間最重要的規矩。」

芙羅倫斯心想，「打破朋友之間最重要的規矩」的人應該是自己，畢竟這些年是她主動切斷與惠特妮之間的聯繫，只是此刻她一聲不響，只揉揉眼，蹙起眉頭，望向窗外。

「噢我的天，我眞的好糟糕。」惠特妮說：「我該怎麼補救？」她邊說邊咬著杯口。

芙羅倫斯偷瞄杯子裡面——調酒已經去了半杯。

「妳會跟他結婚嗎？」芙羅倫斯問，因爲實在想不到這個話題該怎麼接下去。

惠特妮那張大嘴微微動了動，芙羅倫斯明白那是在忍笑。「不知道耶。」惠特妮說：「希望會。喔對不起，這樣講是不是很糟糕？」

芙羅倫斯不曉得自己還能撐多久。

「老實說，我替你們兩個高興，眞的。來，敬妳和崔佛一杯。」

「眞的嗎？」

「當然啦，大家都是大人了。」

芙羅倫斯舉起啤酒，輕輕碰了下惠特妮的杯子。惠特妮又喝了一小口。芙羅倫斯揮揮手慫恿她：「我們應該慶祝才對呀！喝！喝！」

惠特妮灌下一大口酒，隨即放聲大笑，咕噥了一堆不知什麼，用手背擦了擦嘴。

「妳眞是夠朋友，芙羅倫斯。」惠特妮講的話已經有點糊成一團，「芙羅倫斯」幾個字聽起來像「芙羅許」。

「欸，說到朋友——」芙羅倫斯刻意講得興致高昂：「愛咪一定在想我把妳帶到哪裡去了。我們出去吧。」

惠特妮起身沒站穩，稍稍晃了一下。芙羅倫斯扶住她，問：「妳沒事吧？」

「沒——事，沒——事。」

芙羅倫斯從惠特妮手上抽出杯子。「還是我來拿吧。我想我們應該喝夠了。」說著把杯中剩的調酒往窗外潑，再朝杯底一看，上面有些白粉結成糊狀。她索性把整個杯子扔出窗外，再握住惠特妮的手，帶她回到客廳。不過尼克和愛咪都不在客廳，芙羅倫斯看見他們在廚房水槽邊談笑。

「嘿。」愛咪開心迎上來，但一看惠特妮彷彿連眼睛都睜不開，驚呼：「哇噢，妳還好嗎？小惠？」

「噢，沒——事啦。」

愛咪望向芙羅倫斯，一臉問號。

「她一口氣乾杯了。」芙羅倫斯說：「眞對不起，我不應該把酒調這麼烈的。」

愛咪握住惠特妮的手，定定望著她。「小惠？」

惠特妮的視線好不容易才落在愛咪身上，牽動嘴角微笑卻撐不久，笑容一垮，變成微張著嘴。

「好吧。」愛咪說：「看樣子，剛剛這十分鐘顯然很瘋啊，我們得先走了。妳也太快掛掉吧，小惠。」然後對尼克說：「不好意思，可以幫我們叫計程車嗎？我手機沒有辦國際漫遊。」

尼克拿出手機。「沒問題。」

「我們住『蓮花花園飯店』。」愛咪講完，對芙羅倫斯說：「眞的很抱歉，小惠平常不是這樣的。」

「噢，出來度假嘛，本來就是要玩瘋一點，沒關係啦。」芙羅倫斯回道。

「車再五分鐘就到。」尼克說，把手機放回口袋。

他們三人一起扶惠特妮下樓，讓她坐進計程車後座。她一坐進去，頭就倒在愛咪大腿上。愛咪輕撫她頭髮，再次向芙羅倫斯致歉。

「真的沒關係。這種事難免的。」芙羅倫斯說。

「你們人真好。謝謝了。」

兩人目送計程車遠去，尼克伸臂環住芙羅倫斯肩頭，把她摟了過來。

．．．

那天深夜，芙羅倫斯依偎在尼克臂彎裡，尼克則上下來回輕輕按摩她的背。

「可以問妳一件事嗎？」尼克輕聲說。

「嗯。」

「愛咪一直叫妳芙羅倫斯。」

她原本閉著的眼頓時睜開。

「她聽到我叫妳海倫，好像滿臉問號。」

兩人有好一會兒沒說話。她發現尼克的手也停了下來。

她終於打破沉默。「我從小一直叫芙羅倫斯，大學才改成海倫。海倫是我中間名。」

尼克什麼也沒說。房間太暗，看不到他的表情。

過了半晌他才說：「噢，好吧。不過我喜歡芙羅倫斯這個名字。」

她放下心來，輕呼了一口氣。尼克最大的優點（至少對她的用處而言），就是完全沒有戒心。他好像總是看到人的優點，人家說什麼他都信。

「怎麼會，芙羅倫斯這名字好老氣喔。」

「哪有，很好聽。」

「好吧，謝了，不過我現在比較喜歡人家叫我海倫，好嗎？」

「妳喜歡怎麼叫就怎麼叫，沒問題。我不管妳叫什麼名字，我喜歡的是『妳』。」尼克說著把她摟緊了些，芙羅倫斯則眨著神采奕奕的雙眼，含笑望向滿室的黑。

36

隔天早晨，她比尼克先醒。一陣不安襲來，壓得胸口好緊，懊悔接踵而至。她爲什麼要讓尼克和愛咪獨處？早知道她就一併給愛咪下藥，理由現在很清楚了。她之前並沒打算把惠特妮和愛咪都搞到神智不清，生怕這兩人像可憐兮兮的小羊，找不到路回家。但現在一想，自己眞是笨啊。她們倆都是大人了，不過就是夜裡喝醉酒而已，想必她們這種經驗相當豐富。

她原本的盤算格局實在太小，現在她終於明白了。她不該再綁手綁腳，何不大膽豁出去——這才是她該做的。事情不要只做一半，她還得提醒自己多少次？

她很想翻身蜷在尼克身邊，把頭偎在他的胸膛，那是她昨夜棲息之地，是舒適暖和的溫柔鄉。只是她也知道那是個陷阱。她強迫自己坐起身，穿上衣服，走到廚房，扭開水龍頭，用手當勺子一直舀水喝，再用濕濕的手拍了幾下臉頰。繼續吧，還是照計畫走。她才不會因爲在不對的時間碰見老朋友，就放棄大好機會。

她忽地愣了一下。她這時才發現，自己對葛蕾塔也犯了同樣的錯。她就是太放不開。編個食物中毒的說詞，實在太小家子氣，也太沒說服力，眼光放得不夠遠，一點都不像海倫的作風。

芙羅倫斯回到尼克的房間，把他叫醒。

「嘿。」她輕聲問：「可不可以借你的筆電？」

他坐起身，揉揉惺忪的睡眼。「嗯，在那邊。」手指向一堆髒衣服。芙羅倫斯在那堆衣服裡翻找，終於在最底下找到一台很舊的戴爾筆電，上面還有裂痕。

她登入莫德．迪克森的Gmail帳號，另起一封信，開始打字，打完後自己讀一遍。

親愛的葛蕾塔：

我之前沒對妳說實話。我沒生病，要芙羅倫斯一直幫我撒謊，實在說不過去。坦白說，我是想消失幾天，好好想些事情。現在我把該想的都想過了，也做了一個重要的決定。

我決定換代理。很感謝妳這些年對我的照顧，但我需要一個能全心全意支持我創作目標的經紀人。我了解妳一直催我寫《密西西比狐步舞》續集的理由，但我真的想寫完全不同類型的作品，寫這樣的作品也需要一定的時間。既然妳無法給我這樣的空間，我會再找個能給我空間的人。

莫德

芙羅倫斯覺得這封信寫得恰到好處，既直接，又慎重。她把游標在「傳送」鈕附近兜了幾圈，再強迫自己按下滑鼠，然後登出帳號，「啪」一下闔上筆電，把它扔回那堆髒衣服裡。

搞定。

尼克又睡著了。房間一角有一疊破舊的二手平裝書，她一一細看，又發現一本保羅．鮑爾斯的書，便從書堆中抽出來，書名是《讓雨下吧》。書背的文案寫說這是鮑爾斯的第二本小說，講一個紐約的銀行行員拋下一切搬到摩洛哥的丹吉爾，卻一步步走上道德淪喪、自毀前程之路。她隨意翻看了一下，注意到其中一頁的標題寫著「野獸年代」幾個字，不由皺眉。這詞怎麼這麼眼熟？她繼續往下看：

她聽到有人把她和「強勢」這個詞連在一起，儘管明知說得一點沒錯，也沒有刻意損她的意思，還是馬上會覺得自己就像粗野的掠食性動物，這種感受讓她很不舒服。

她看到「掠食性」一詞，猛地恍然大悟。那正是在凱羅的時候，海倫要她打字的稿子。海倫在記事本上一字字手寫，說這是她第二本小說的草稿。她幹麼這麼做？難道這是對「男性主導經典文學」現象的某種表態？不對，這太扯了，這根本就是抄襲。

難怪海倫一直不給葛蕾塔看書稿，想必這就是答案。但海倫最後到底有何打算？這實在說不通。海倫應該知道抄襲絕對會有曝光的一天，甚至早在書印出來之前就會有人發現。難道她就是故意要砸掉莫德．迪克森的招牌？

「惠特妮剛剛傳簡訊來。」尼克在她後方說。

芙羅倫斯一臉疑惑望著他，一時忘了自己身在何處。「蛤？」

尼克全身光溜溜，盤腿坐在床墊上，把剛剛的話又說了一遍，還拿手機給她看，螢幕上的簡訊寫著：「嗨，尼克，請轉告芙羅倫斯，昨晚眞的很抱歉，我不曉得自己怎麼回事。今晚可以給我機會表示一點心意嗎？」

看到惠特妮沒事，芙羅倫斯著實鬆了一口氣。

她打了回信：「嘿，我是芙羅倫斯。昨晚的事不用放在心上，但我們今晚不太想出門。」她送出簡訊後，刪除整個信串，還封鎖了惠特妮的號碼，再把手機還給尼克。尼克看都沒看，就把手機扔到床墊上，朝她伸出雙臂。

「要不要吃早飯？」他問，芙羅倫斯點點頭。她感覺好多了，事情終於都在她掌握之中。

兩人去了附近的咖啡館，是一對紐西蘭夫妻開的。他們點了咖啡和酪梨吐司，邊吃邊看著天空從淡藍轉爲紫色。

「哇噢。」芙羅倫斯指向遠方。烏雲正在地平線上逐漸聚攏，蓄勢待發。風起了，別人扔在地上的餐巾紙和菸蒂在他們腳邊打轉。

「妳看那風。」尼克說。掛在樹梢的葉子不願脫離樹枝，奮力掙扎，但那風來勢洶洶，彷彿之前萬里無雲的好天氣，正是它養精蓄銳的時機，只等著在這一刻爆發。「我得去拿衝浪板。」

「變天了耶，你該不會想在這時候下水吧？」

「媽的當然啊，要不然來這裡幹麼？」

「這樣不是很危險嗎？」

尼克含笑望著她。「妳眞可愛。沒問題的，我保證。」

芙羅倫斯看到對街有個男人，在狂風中想幫一張擺滿木雕小動物的桌子搭個臨時雨棚，只是風勢太大，害他老是抓不住塑膠布。

「你有在這種天氣下過水嗎？」

「當然，不知道多少次啦。其實啊，我們到這裡的第一個禮拜，天氣眞的很誇張。風速有三十節吧，向岸風從側面掃過來，浪超大，媽的還把一條鯊魚沖上岸來咧，如假包換的鯊魚喔。」

芙羅倫斯頓時驚呆了。

芙羅倫斯一聲不響。

尼克大笑。「別怕別怕，我不會被鯊魚吃掉啦。」

「寶貝？怎麼了？」

芙羅倫斯猛然發現自己的計畫中有個天大的漏洞：海倫的屍體會沖上岸。屍體不都會沖上岸嗎？要是還沒沖上來，那只能說是走運。她望向遠方越來越厚的烏雲，只是這次的心情不同了，她害怕起來。自己怎麼會這麼不小心？

她收回視線，望向尼克。「我得走了。」語氣木然。

「蛤，現在就走？」

「我突然很不舒服。你想去衝浪就去吧。」

「好，那我們走吧，我載妳回去。」

她點頭。

她在回別墅的路上一直望著天空。那是一整片類似深色花崗岩的顏色，朵朵烏雲繞著彼此打轉，頗有一觸即發之勢。她想儘快離開西曼，趕緊打包、租輛車，搞不好還可以把回程的班機升等。她遲早得試試看海倫的護照能不能用。

萬一屍體沖上岸，警方會因此把這些線索兜起來嗎？伊德里西會因此釐清事情的經過嗎？

肯定會。這不就是伊德里西一直在等的破案關鍵嗎？鑑識結果會顯示屍體在水裡待了多久，或許還會根據潮汐和落水的地點，連落水的時間也算出來。

然後伊德里西就會來敲她的門。

尼克放慢車速，停在別墅的車道上。芙羅倫斯下了摩托車，卻站在原地凝視他，暗想這大概就是最後一面了吧。她想爲這個特別的時刻說點什麼，腦袋卻一片空白。

「那晚上見嘍？」尼克問。

她點頭。

如此尋常的對話，就是他們的道別。他踢了下打檔桿，騎走了，還行了個舉手禮。

「小心喔。」尼克已經消失在眼簾，她還是忍不住喊道。

她轉身向屋子走去。樹葉在風中瑟縮顫抖，不時掀起蒼白脆弱的底部。鳥兒已不見蹤影。碩大的雨點打在四周的石頭上，也在地面形成越來越多的黑點，地上逐漸泛起濕潤的黝黑光澤。她飛奔進屋。

進屋後第一件事是打開筆電看海倫的信箱。葛蕾塔仍沒有回信，好，很好。芙羅倫斯接著找到一間西曼的租車公司，訂了那邊僅有的休旅車，叫 Darcia Duster 什麼的，說可以在惡劣天候下行駛，而且馬上就有車。她望向窗外，大雨正猛敲玻璃窗，遠處雷鳴陣陣。沒過幾秒，一道閃電劃過照亮屋內。這種天氣，她能開車嗎？而且手腕上還有石膏？嗯，到時候就知道了。

她到廚房打市話給達美航空公司，看能不能改班機日期。只是才拿起話筒想撥號，就聽見話筒那端傳來有點刺耳的高喊：「哈囉？有人嗎？」

她把話筒拿到耳邊。「哈囉？」

「妳是哪位？」

「妳又是哪位？」芙羅倫斯懂了，一定是電話還沒來得及響，她就拿起話筒了。

「我是葛蕾塔．弗洛斯特。我要找海倫．威爾考克斯。」

「噢，嗨。」

「海倫嗎？」

芙羅倫斯頓了一下。「是。」

「海倫，我看到妳的信了。我們可以談一下嗎？」

「好。」

「海倫？」葛蕾塔又問。

「嗯哼。」

「還是，妳是芙羅倫斯？」

可惡。「唔？」

「妳是芙羅倫斯嗎？」

「對。」

「那妳幹麼說妳是海倫？」

「蛤？抱歉，這個線路實在很糟糕。現在這邊颳大風下大雨，眞要命。」

芙羅倫斯拿自己的襯衫蓋住話筒，想弄出靜電的聲音。

「妳可以請海倫來聽電話嗎？」葛蕾塔問得很不客氣。

「什麼？」

「我現在就要跟海倫講到話。」

「不好意思，她不在這兒。」

「她人呢？」

「老實說，我也不知道。她今天早上走的。」

「她去哪了？」

「我不知道。」芙羅倫斯講完這句，忽地靈機一動：「她把我開除了。」

「她把妳開除了？」

「對。」

「噢。」葛蕾塔沉默片刻。「她也把我開除了。」

「眞的嗎？」

「是。」

「這太扯了吧。」

「是啊，我也這麼覺得。」葛蕾塔回道，又問：「她有說爲什麼嗎？」

「有點複雜，我也不太明白。她一直說我跟妳一個鼻孔出氣，我不懂她什麼意思。然後又懷疑我暗中跟妳通風報信。」芙羅倫斯講到這裡頓了一會兒，才說：「她倒是有說，我才應該去寫《密西西比狐步舞》續集，這樣我和妳就稱心如意了。」

「什麼？」

「我想她是開玩笑啦。」

「肯定是。」

兩人都沉默了一會兒。

「她有說要去哪兒嗎？」葛蕾塔問。

「沒耶……只說什麼她要一個人踏上旅程。」

「什麼旅程？」

「我想是什麼藝術之旅吧？感覺是這一類的東西，就是……創意徒步旅行之類的。」

「海倫說她要去做創意徒步旅行？」葛蕾塔一副懷疑的語氣。

「嗯哼。」

「她有說這趟旅行最後會到哪裡嗎？」

「這種徒步旅行不是都這樣嗎？好像沒有具體的目的地。」

「她是不是——不知道，妳覺得當時她腦袋清楚嗎？聽妳這麼講，實在不像我認識的海倫。」

「她語氣倒是滿肯定的。」

兩人又陷入沉默，然後葛蕾塔才開口：「那妳現在到底在哪裡？」

「蛤？」

「怎麼了？」

「跟我說妳那個鎮叫什麼。」

「我過去妳那邊。」

「妳要過來這邊？妳要飛來摩洛哥？」

「我覺得有這個必要。海倫算是我最大的客戶，老實說我很擔心她，她最近實在太反常了。」

「葛蕾塔，我連她人在哪裡都不曉得。」

「那我們就一塊兒把她找出來。」

芙羅倫斯沒說話。

「芙羅倫斯——妳別擔心，我們一起把問題一個個解決。海倫的性子是會變來變去沒有錯，不過她最後總是會定下來。」

「嗯。」

「好，那我就叫蘿倫幫我訂機票。妳是先飛到馬拉喀什，對吧？」

「對。」

「然後轉去哪裡？」

芙羅倫斯一時語塞，慢慢把話筒放回話機上。

不到一分鐘，電話又響了。芙羅倫斯原地不動，手一直按著話筒，阿米娜則在一旁看著這一幕。

「媽的我最討厭講電話就是因爲這樣！」她想放聲尖叫。創意徒步旅行？什麼鬼啊？葛蕾塔要飛來這邊？不行，萬萬不行。

她滿腔怒火，卻只能低聲對自己不斷碎念。就在這時，屋裡的燈閃了幾下，不亮了。阿米娜用帶著戒心的眼神望著她，彷彿燈不亮是她害的。

37

芙羅倫斯上樓回房途中，才發現自己在咬指關節，馬上停了下來。海倫說的沒錯：緊張只是白費力氣。

她已經盤算好，今天就離開西曼，再儘快離開摩洛哥，然後就接手海倫．威爾考克斯的生活。沒人可以攔住她。伊德里西也好，葛蕾塔也好，誰都不許壞了她的事。

芙羅倫斯開始收行李。她原本想把自己帶來的私人物品都留下，但這樣反而啓人疑竇。兩個人一起入住，不應該只有一人離開才對，特別是萬一屍體沖上岸，更不能把她自己的東西丟了一走了之。於是她裝了兩包行李，一包裝海倫的東西，一包裝自己的，然後再輪流把行李拖下樓，手腕的痛也只好先不管了。

她在樓上整理東西的時候，雨停了。她把行李都放到玄關，再走到屋後的露臺張望。到處都在滴水，幾隻膽子大的鳥兒四處跳來跳去，看大雨有沒有帶來好吃的。果然有不少淹死的蟲兒，身體被雨水灌得浮腫，掛在草尖。芙羅倫斯深吸一口氣，原本的暑氣沖淡了不少。

她轉身往回走，待會兒就得跟阿米娜說她要走了，請阿米娜幫忙叫計程車，送她到租車公司。順利的話，她天黑前就可以到馬拉喀什，不過得訂一間不同的飯店，因爲今晚她要用海倫．威爾考克斯的名字登記入住。

忽然間她呆住了。屋裡傳來好幾個人的聲音，她探頭進去看。

玄關處響起男人的聲音：「看到她了。」

伊德里西站在門口，旁邊有個三十來歲的男子，看樣子是美國人，身穿卡其褲和淺藍色扣領襯衫。

阿米娜幫他們按著敞開的門，表情有點尷尬。兩人一起跨著自信的步伐，大步走向芙羅倫斯，鞋上的泥也在地板上拖了幾道汙漬。芙羅倫斯瞥見阿米娜臉一垮，盯著那汙漬看。

芙羅倫斯沒見過的那男人伸出手來自我介紹。「我是美國國務院的丹．梅西，目前在拉巴特的美國大使館服務。」

芙羅倫斯來回打量兩人，問：「怎麼了？」想必是他們發現了海倫的屍體。

「這樣，我們先坐下來吧，妳先請。」梅西說著伸手朝客廳比了一下。三人走過樓梯底階時，梅西瞟了芙羅倫斯的行李一眼。

「要出遠門嗎？」

「是。」芙羅倫斯只回了這一個字，沒再多說。

三人落坐後，梅西把公事包放到面前的桌上打開。「那，威爾考克斯女士——」說著抬眼瞄了她一下：「妳的全名是海倫．阿得雷德．威爾考克斯，目前住在紐約州的開羅，對嗎？」他把地名講錯了。

芙羅倫斯點頭。「對，『凱羅』。」

「好的。嗯，是這樣，凱羅警察局過去這幾天一直要跟妳聯絡。」

「我出車禍。」她舉起打了石膏的手。「手機也掉了。」

「妳知道他們爲什麼事找妳嗎？」

「還眞的不知道。」

「妳家那塊地上發現一具屍體。」

芙羅倫斯一陣暈眩之餘，有那麼一瞬想到：難道是海倫？不對，不對，這沒道理。

「一具屍體。」她訥訥地又跟著說了一次。

梅西點點頭。「是在妳家堆肥堆裡找到的。」說著從公事包中拿出一份檔案翻看，又道：「將近一個禮拜以前。」然後清了清喉嚨才說：「顯然屍體已經腐爛了好一陣子。是妳鄰居家的狗發現的。」

「班特利？」

「什麼？」

「發現屍體的狗，是不是叫班特利？」

梅西皺起眉。「我不知道那狗叫什麼名字，威爾考克斯女士。」

「嗯，我想那也不重要。」她沉默片刻後又問：「那具屍體，是誰？」

「是不是，這才是正常人聽到自己家冒出屍體之後，會問的第一個問題嘛！怎麼會問發現屍體的狗叫什麼名字？」他又看了一下自己的資料。「已經確認死者是珍奈特．柏德。」他把視線移回她臉上，觀察她的反應。「聽過這名字嗎？」

「沒有。」

「沒有？」梅西眉頭一聳。他的臉龐稜角分明，白皙的皮膚滿布雀斑。額頭那麼低，應該沒有長皺紋的空間吧。芙羅倫斯暗想，要這張臉顯露悲憫之心應該不太容易。

「沒有。」

梅西點了下頭。「照密西西比州傑克森有位萊斯麗．布萊克佛小姐的說法，妳們兩位今年初還聊過珍奈特．柏德的事。」他翻看放在腿上的文件。「具體日期是三月一號。妳有印象嗎？」

芙羅倫斯搖頭。她根本不曉得萊斯麗．布萊克佛是誰。

「而且珍奈特．柏德在塡資料的時候，把妳列爲緊急聯絡人。寫一個妳不認識的人當緊急聯絡人？這也太玄了吧？」

「什麼資料？」

「柏德小姐原本關在密西西比州中部矯正機構，今年二月二十四號獲准假釋，辦理出獄的文件有妳的名字。」

阿米娜偏偏選了這個時候用托盤端來三杯熱騰騰的茶。她小心翼翼把杯子一一放在各人面前的同時，三人彷彿心照不宣，誰也沒說話。她只有在放最後一杯時微微發出杯盤碰撞的聲響，隨即小步迅速離開客廳。

梅西繼續往下說：「萊斯麗．布萊克佛是柏德小姐的假釋官。柏德小姐第一次該去她那邊報到的時候沒出現。幾天之後，布萊克佛小姐接到柏德小姐的語音留言，電話是用妳家的市話打的。」

芙羅倫斯打從這兩人進門後，就一直努力保持鎮定的笑容，但她漸漸笑不出來。

梅西又說：「布萊克佛小姐隔天就打給妳，但妳的說法是妳沒見過柏德小姐，也沒她的消息。

「珍奈特·柏德違反了假釋規定，所以密西西比州在三月二十七號發出對她的拘票。她已經有三次沒跟布萊克佛小姐報到。這邊寫說凱羅警察局的麥可·雷多斯基警探去妳家找過妳，詢問柏德小姐的下落。妳還是說妳沒見過她。」他直視芙羅倫斯。「不過妳現在跟我說的是，妳不記得和萊斯麗·布萊克佛通過話，也不認識珍奈特·柏德。這女的屍體可是在妳家那塊地上發現的，而且已經是腐屍了。」

芙羅倫斯緩緩搖頭。「我不知道該跟你說什麼。」至少，這句是實話。

伊德里西微微俯身，打從坐定後終於頭一次開口：「很怪，這件事。這麼短的時間內，這麼倒楣。」

芙羅倫斯一語不發。

「對不起，我英文不好，這樣講對嗎？衛爾－寇克女士？先是車禍，然後有個女人……死在妳家。這叫『倒楣』嗎？」

芙羅倫斯臉一白。「倒楣，對。」她輕聲答道。

伊德里西還是盯著她不放，顯然是有什麼地方懷疑她，只是她也看得出，他腦中有些事情兜不起來。畢竟摩洛哥的一場車禍，和幾千哩外的一具屍體有什麼關聯？換成是她也兜不起來。

她也不甘示弱，極力裝出泰然自若的樣子，回望伊德里西。

梅西這時開口，打破這兩人之間劍拔弩張的氣氛。「好，那這樣——」他把姿態放得緩和了些。「我今天到這邊不是來問妳話，我不是警察。不過密西西比和紐約這兩州的警方都急著找妳談。我是來勸妳儘快回家，可能的話就今天吧。我可以幫妳安排。」

「我不能和他們電話上講就好嗎？」

「不行，威爾考克斯小姐。妳非回去不可。」

「我『非回去不可』？這是我被捕的意思嗎？」

「我沒有逮捕妳的權限，威爾考克斯小姐。我只是強烈建議妳最好回去。」

「美國和我國之間沒有引渡條約。」伊德里西插話進來：「我們沒有送妳回美國的義務。」

「他說得對。」梅西說：「話講是這麼講，但留在這裡對妳也不利。威爾考克斯小姐，妳現在被列爲殺人案嫌犯，要是妳拒絕回國配合調查，美國政府可以把妳的護照作廢，這樣的話，妳這輩子除了待在摩洛哥，哪裡也去不了。萬一妳在摩洛哥犯了法，嗯，根據我朋友的說法——」他朝伊德里西比了一下：「妳好像已經犯法了，這代表摩洛哥警方隨時可以起訴妳，美國大使館也沒法干預。我跟妳保證，威爾考克斯小姐，美國監獄可比摩洛哥的舒服多了。」

伊德里西笑了。「那我會說，摩洛哥監獄比你們國家最愛用的電椅舒服得多。」

梅西翻了個白眼。

「好，等一下，這太誇張了。」芙羅倫斯急道：「我沒殺人。」但話一出口她就發現這不是實話，不過眼前這兩人要談的並不是那場車禍。「二月，還是你們說的那個什麼時候，我根本不住在凱羅。」

梅西說：「根據妳報稅的資料，妳兩年前買了克雷斯比爾路一百七十四號的這棟房子，還把它列爲個人自住用房，到現在都還是。」

芙羅倫斯起身走到窗前，又開始下雨了。

幹。

幹，幹，幹。

到手的東西一個接一個沒了，這是必然的結局吧。她想要的一切從天上掉了下來，現在又被人奪走。這是開玩笑吧。老天來跟她握手，最後一秒又把手抽回去。

所有該做的她都做了不是嗎？認眞讀書、拿獎學金；一有空閒就寫作，儘管沒人支持鼓勵。明明沒什麼意義的工作，她還是不眠不休地做。花了這麼大力氣，結果還是一場空。但像亞曼達．林肯這種人，想要的東西（也是芙羅倫斯想要的）不費吹灰之力就能到手。自己熬了那麼久，現在終於苦盡甘來，如願以償，這種想法難道很過分嗎？

顯然很過分。

芙羅倫斯嘆了口氣。「好吧，問題是——」她回過身。「我其實不是海倫．威爾考克斯。」

伊德里西和梅西頓時互看一眼。

「妳說什麼？」梅西問。

「我不是海倫．威爾考克斯。」她又說了一遍，指指梅西那疊檔案。

梅西整理了一下腿上那疊文件，輕放到桌面。「威爾考克斯小姐，我相信妳對發生的這些事一定有很合理的解釋。妳只要和警方說清楚，就可以繼續放心過日子，搞不好以後還可以回摩洛哥來玩。」

「不是，我是說眞的，我叫芙羅倫斯．達洛，一九九三年在佛羅里達州的戴通納海灘出生，你可以去查。海倫是我老闆，可是她……她不見了。我只是假扮成她一陣子，好玩而已。」

「好玩啊。」梅西面無表情回道。

伊德里西又插嘴：「五天前妳還在醫院的時候，妳跟我說的名字是海倫．威爾考克斯。」

「呃，話也不能這麼說。是你先那樣叫我，我沒跟你改過來而已。」

伊德里西嘆氣道：「妳的信用卡、駕照、護照，上面寫的都是海倫．威爾考克斯。出車禍的那輛車，租車合約填的名字也是海倫．威爾考克斯。這棟別墅——」他朝四周比了一下：「也是用海倫．威爾考克斯的名字訂的。」停了片刻後他才問：「我想妳在這兒交了些朋友吧，他們怎麼叫妳？」

芙羅倫斯迅即抬眼，目光銳利起來。「你一直在監視我？」

「他們叫妳什麼名字？」

芙羅倫斯雙手一攤。「海倫！好嗎？他們叫我海倫．威爾考克斯！我知道，我當然知道你們會怎麼想，可是我發誓，我真的只是假扮而已。」

梅西開口了：「妳用我們的角度來想吧，威爾考克斯小姐。我們來二選一，一是妳從車禍住院到交朋友到簽合約，用的都是假名；二是妳現在一看苗頭不對，就編個說法騙我們。妳覺得哪個比較有可能？」

「你們怎麼想我不管。我是芙羅倫斯．達洛沒有錯。」

「好吧。」梅西說：「那妳有沒有什麼身分證明讓我看一下？」

「沒有。」芙羅倫斯聳聳肩，笑得有點刺耳。「講了怕你們不信，可是我真的沒有。出車禍的時候我的證件都在車裡，現在八成掉在大西洋吧。」

「是喔。」梅西故意拖長語氣。

「你不能查我的指紋嗎？」

「妳以前被警察抓過嗎？」

「沒。」

「那就沒有妳指紋的檔案。」

芙羅倫斯大聲長吁一口氣，但沒再說什麼。三人就這樣靜靜坐了一會兒。

「等一下！」芙羅倫斯突然叫道：「你們不要動，等我一下。」她衝上樓跑進房間，從五斗櫃上抓了海倫的護照，又跑回樓下，得意洋洋交給梅西。「你看，這不是我，看仔細一點。」梅西慎重地打開護照，看著裡面的照片，再拿給伊德里西。兩人仔細端詳那照片，又抬頭和芙羅倫斯對照。

「我不敢說。」梅西搖頭。

「不太清楚。」伊德里西也附和。

「你們看她鼻子。」

「鼻子有可能會變。」梅西說。

芙羅倫斯一把抽回護照，自己也盯著那照片瞧。

「明明就不是我。」她說，語氣沒剛剛那麼篤定了。

梅西朝她伸出手，她把護照遞過去。「哪一點像我嘛。」她說。

「嗯。不過有一點我想不通。既然妳不是海倫．威爾考克斯，怎麼會有她的護照？不過呢，這上面的人到底是不是妳，也不是我說了算。我剛剛也說了，這得由警方來決定。」梅西把那本護照放進西裝外套內袋。

「欸等等……你不能拿走。」芙羅倫斯喊道：「還給我。」

「威爾考克斯小姐，紐約州發生一樁殺人案，警方要找妳問話，所以我得跟妳說，我確實有權限可以扣留妳的護照。不過呢，我可以發給妳臨時證明，讓妳飛到美國，也只能到美國而已。那邊會有制服警察等妳，再帶妳到凱羅警察局問話。好，我再問妳一次：這樣子安排，妳願意接受嗎？」

芙羅倫斯沒回答，只盯著眼前的桌面。

梅西卻一副好似她已經回答的樣子，點點頭。「好吧，妳要是改變主意的話，請打到我辦公室找我。」說著在桌上放了自己的名片。「萬一妳不願意回去，嗯，那照我之前說的，我也不能逼妳。可是在這樁案子水落石出之前，美國政府不會發新護照給妳。」

梅西起身，把剛剛拿出的文件收進公事包。

「那現在怎麼辦？」芙羅倫斯抬頭問，滿臉無助。

「這就不歸我管了。」梅西說：「妳應該回家，回去紐約。這是我良心建議，希望妳能聽進去。」他指指芙羅倫斯放在樓梯邊的行李。「萬一妳打算離開西曼，我建議妳跟我保持聯絡，讓我知道妳的行蹤。往遠處想，這樣對妳也比較好。」

芙羅倫斯沒理他，轉向伊德里西問：「那你呢？」儘管伊德里西出現在她生命中之後，除了害她心神不寧外沒有別的作用，但她此刻突然很不希望他走。

伊德里西聳聳肩。「我不知道，女士。」芙羅倫斯認識他以來，這好像是他頭一次真的不知所措。

38

芙羅倫斯等這兩個男人一離開，立刻上網搜尋珍奈特．柏德，結果在密西西比州的大報《號角紀事報》發現一篇二〇〇五年的報導，說當地一名叫珍奈特．柏德的十七歲少女，在密西西比州海斯維爾的某汽車旅館房間中，殺害名為艾利斯．韋莫斯的男性，因而被判有罪。報導寫到珍奈特始終堅稱清白，並說她當天整晚都和一個朋友在一起，有不在場證明，但後來這位朋友改變說詞，不在場證明因此不成立。由於那位朋友尚未成年，報上沒提到名字，但芙羅倫斯已經猜到了，就是海倫．威爾考克斯。

珍奈特．柏德就是珍妮，也是書中的露比。

她二月就假釋出獄了，然後呢？在牢裡蹲了十五年，出來後當然要去看一下老朋友海倫吧？這說得通，但她怎麼會倒在堆肥裡，還是說不通。海倫固然是個自私的自戀狂，但肯定不會預謀殺人。

芙羅倫斯想到這裡，突然停了下來。

「肯定」？海倫的性子就像天氣難以捉摸，連葛蕾塔都說她變來變去，芙羅倫斯實在不敢用「肯定」兩字來形容海倫。

照梅西的說法，那屍體從二月就在堆肥堆裡了。這代表芙羅倫斯住在那兒的期間，珍妮的屍體正在離她住處不遠的地方腐化。她那時還把香蕉皮丟在那堆堆肥上哩。

梅西還說了什麼？海倫騙了珍妮在密西西比州的假釋官，也騙了凱羅的警察。芙羅倫斯腦中閃過幾個畫面：那個胖警察在海倫家車道上提了提褲腰；海倫站在門口臺階底，看他一步步走過來。芙羅倫斯看到了他們對話的整個經過。

芙羅倫斯覺得這可能有兩種解釋，一是海倫爲了幫珍妮而對警方扯謊；二是海倫其實殺了珍妮──那樣的話，就代表芙羅倫斯和凶手一起生活了好幾週。

她闔上筆電，卻一動不動，只覺千斤重擔壓在身上。之前想立刻離開西曼的衝動也消退了。此刻的她只想睡覺，想進入無意識的狀態。

反正她沒有護照也走不了。身上唯一的身分證明是海倫的駕照，但她顯然無法再假扮成海倫──海倫成了殺人嫌犯，警方在找她。只是自己身上沒有東西能證明自己是芙羅倫斯。她誰也不是，什麼都不是。

芙羅倫斯勉力起身，到飯廳拿了威士忌酒瓶，在茶杯裡倒了一點慢慢喝。屋外的樹葉仍在滴水。

她心裡清楚，自己終究還是得去說服某些人相信她是芙羅倫斯．達洛，她應該也辦得到才對。她可以打電話向一些人求助，請他們調出足以證明的文件。只是這麼想也沒能讓她好過些，反而感到深深的失落。海倫死後她從不曾覺得悲傷，但這會兒沒了海倫的身分，卻令她悵然若失。

再說，她還是得解釋海倫爲何失蹤，以及車禍以來她謊稱的一切。她固然沒預謀殺人、沒把人丟進堆肥裡，但她還是致人於死，即使是因為意外。她同樣犯了罪。無論是紐約或摩洛哥的什麼地方，總會有人要她為此付出代價，她很清楚。這就是芙羅倫斯．達洛的最佳寫照：她始終在付出代價。

她也稍稍想過，有沒有可能在她重拾「芙羅倫斯．達洛」的身分之前，把海倫所有的存款轉到自己名下，或甚至轉到不具名帳戶也行。這要怎麼做？不過這樣一來她就會背上偷竊的罪名，不是竊取身分，就是一般定義的那種偷竊。

阿米娜不知什麼時候走了進來，問她要不要吃晚飯，芙羅倫斯搖搖頭。阿米娜轉身正要走，芙羅倫斯叫住她：「等一下——阿米娜，妳知道我叫什麼名字嗎？」

「妳說，妳的名字？」

「對，我叫什麼名字？」

「威爾考克斯女士，不是嗎（法語）？登記的表格是這樣寫的。」

「妳說得對。表格是這樣寫的。」芙羅倫斯無可奈何嘆了口氣。「阿米娜，妳有沒有過一種感覺，就是……妳犯了很多很多錯，覺得再也回不去了？而且妳甚至不清楚，自己是不是真的想回去？」

「回去……回美國嗎？」

「不是。嗯，算了，無所謂，我也搞不懂自己在說什麼。對不起，阿米娜。」

「阿米拉。」婦人拍拍自己胸口，說：「我叫阿米拉。」

「阿米拉？我以為是阿米娜。」

阿米拉只聳聳肩。

「眞對不起。」芙羅倫斯忙道，阿米拉則走回廚房。

芙羅倫斯嘆了口氣，她以爲能從阿米拉身上得到什麼呢？解方？救贖？假如她眞想要解方或救贖，非靠自己不可。

她又幫自己在茶杯裡倒了點威士忌。

．．．

芙羅倫斯猛然睜開眼。有人在搥門。她倏地坐起環視四周，屋裡一片黑。原來她在客廳沙發上睡著了，身邊的桌上擺著近乎全空的威士忌酒瓶。她望望手錶，快十點了。

「阿米娜？」她高喊：「阿米拉？」

沒人回答。阿米拉想必回家了。

芙羅倫斯搖搖晃晃走到門口，對外喊：「哪位？」

「我！」

芙羅倫斯皺起眉。「誰？」

「梅格啦！」

她這才想起早上和尼克出門吃早餐前，她邀那邊的大夥兒晚飯後一起過來玩，感覺像是好久以前的事。她把大門開了一道小縫，梅格的圓臉隨即塡滿那空隙，先露出一隻眼睛，接著是另一隻。

「妳忘啦？」梅格興致勃勃問道。

芙羅倫斯點點頭，揉著眼。

「那妳要我們回去嗎？」

「不用，沒關係，進來吧。」她把門全部敞開。尼克站在梅格後面微笑，一進來便攬住她肩頭。其他人則跟著陸續進屋。

芙羅倫斯帶他們去屋後的露臺，之前的風雨已過去，點點繁星好似剛洗過般晶亮。梅格帶來一手啤酒，拿了一瓶伸向芙羅倫斯，她點頭接過瓶子。

大夥兒圍坐在露臺的桌前。芙羅倫斯明白，不久後的某天，這群人或許就會聽說有個叫海倫·威爾考克斯的殺人嫌犯逃到摩洛哥。那時他們會怎麼想呢？尼克知道自己和殺人犯上過床，會不會嚇壞了？那時他是不是就會知道，和他上床的這個女人，其實一直隱瞞自己的眞實身分？

尼克發現她一直盯著自己看，笑了。「妳還好吧？」

她點點頭。「就是累了。」

梅格提議來玩一個叫「我從來沒有」的遊戲。玩的人要輪流說自己從來沒做過的事，現場如果有人做過那件事，就要喝一杯。大夥兒講了好些事，有的引得大家訕笑，有人則故作羞赧，但這些事芙羅倫斯一件也沒做過。她從沒玩過3P，沒吃過迷幻蘑菇，也沒在飛機上的洗手間做過。

她頭一次強烈感受到自己和這群烏合之眾的年齡差距。她不過比尼克大兩歲而已，但不知何時起漸漸覺得自己反而更像海倫那年紀的人。誰管什麼3P和高空性愛？難道在這群人眼中，這種事才叫刺激？才是值得自豪的成就？

就算她得回去做芙羅倫斯．達洛，也絕不會容許自己淪落成那種庸碌之輩。她不要一般人的生活，那形同餐館端一盤沒煮熟的雞上桌，她會毫不猶豫退回去。她會——

「寶貝，輪到妳了。」尼克輕碰她手肘。

「噢抱歉。呃，我從來沒有……」大夥兒滿心期盼望著她，等下文。「我從來沒有……」（把香蕉皮扔在屍體上？對朋友下藥？冒名頂替我老闆？）

她猛然站起。「跳過我好了。我再去喝一杯。」

眾人鴉雀無聲。她已經把場子搞冷了。

39

芙羅倫斯宿醉得厲害，在床上翻了個身。尼克幾小時前出門衝浪去了。芙羅倫斯掃視空蕩蕩的房間，她的行李和海倫的行李都還放在樓下玄關。她只好起身，蹣跚走下樓，把海倫那箱行李拖上來，否則沒衣服可換。

她偷瞄了客廳一眼，整理得一塵不染。阿米拉已經把他們昨晚聚會留下的髒亂全收拾好了。

她走過門廳時忽地驚呆，很確定自己看到了海倫。一回頭，原來是自己在壁掛鏡中的身影。她湊近鏡子好看得清楚些。她的金髮在陽光下顯得更金。之前的暴風雨掃走了鬱積的濕氣，讓一頭鬈髮成了自然的大波浪。要是瞇起眼看鏡子，還眞會以爲自己看到了海倫。

她這才發現，要不是有人害得她的新生活泡湯，用海倫的護照出國應該不是問題。

「芙羅倫斯。」她對著鏡子低吼一聲。

然後她才察覺屋裡還有人，一看是阿米拉在廚房門口望著她，只好勉強擠出笑容。

「早啊。」芙羅倫斯盡可能裝出開朗的語氣。

「早安，女士。要喝咖啡嗎？」

「太好了，謝謝妳。」

芙羅倫斯換好衣服，努力把自己拉回昨天的思路。她知道海倫的屍體還是有可能沖上岸，只是此刻不再像之前那麼著急。她決定不再假扮成海倫的那一刻，就覺得放下了所有的罪責——彷彿一旦原本的獎賞飛了，她就沒做錯事。再說，萬一海倫的屍體眞的沖上岸，最起碼那些人就會知道殺珍妮的不是芙羅倫斯。

不對，她對自己說。不，對。萬一海倫的屍體沖上岸，那些人就會問她是怎麼墜海的？爲什麼芙羅倫斯從未報案說她失蹤？萬一他們能證明芙羅倫斯當晚喝了酒，她就會因過失致死而坐牢（搞不好就算他們無法證明，她也照樣會坐牢）。

結論就是：她完蛋了。芙羅倫斯・達洛完了，海倫・威爾考克斯也完了。不過至少海倫運氣好，死了一了百了。

她往沙發一撲，把臉埋進抱枕堆裡，以最大的音量放聲尖叫。要是沒來摩洛哥就好了。不對，倒帶。要是沒遇見海倫・威爾考克斯就好了。

待她坐起身，已是滿頭亂髮。阿米拉正在她面前的桌上擺咖啡杯碟。

「謝謝妳。」芙羅倫斯說，彷彿一切如常，彷彿阿米拉完全沒看到她崩潰的樣子。

「不客氣。」阿米拉用法語回道。

芙羅倫斯喝著濃濃的熱咖啡，這才覺得腦袋漸漸清楚了些。

第一步是離開摩洛哥。假如她一定得解釋海倫到底出了什麼事，那還是在美國解釋比較好。畢竟引渡條約是雙向的，摩洛哥同樣不能強迫美國把她送回去受審。

她上網搜尋在國外遺失護照後怎麼辦新的。結果顯示她得去拉巴特的美國大使館，或卡薩布蘭加的領事館，還得準備一張新的護照照片、舊護照影本及駕照。

嗯，這下可好，這些東西她一樣也沒有。她發現自己又在咬指關節，趕緊鬆口，拿起丹．梅西放在桌上的名片，用名片輕敲了幾下玻璃桌面。

她終於站起身。

要再變成芙羅倫斯．達洛，會是一趟不怎麼愉快的漫長旅程，但也是該出發的時候了。

她走到廚房，撥了名片上的號碼。

「我是梅西。」

「嗨，梅西先生，我是芙羅倫斯．達洛。」

話筒那頭一陣沉默。

芙羅倫斯心想，多說一點他應該會想起來。「昨天我們見過面，你來過我家。」

「我當然記得去過『海倫．威爾考克斯』家。妳找我有什麼事，威爾考克斯小姐？」

「應該是『達洛小姐』。」芙羅倫斯特地強調那幾個字。「我想回美國，可是沒有護照，也沒有含照片的證件。」

「妳護照在我這裡。」

「不對，那是海倫．威爾考克斯的護照。」

又是一陣沉默。梅西再次開口時的語氣，好似要拚命表現出自己是個非常講理的好人。「好吧，妳說了算，妳叫什麼？再講一次。」

「芙羅倫斯。全名是芙羅倫斯・瑪格麗特・達洛。生日是一九九三年十月九日。出生地是佛羅里達州的戴通納海灘。」

「妳手邊沒有寫了名字的證件？一張都沒有？」

「沒有，不過我可以把我媽的電話給你，讓她跟你說。或者，喔等一下，其實有個人現在在西曼，是我的老朋友，她從我六歲就認識我了。她可以跟你說我是誰。」

「嗯哼。不過是這樣，我沒辦法用『朋友』講的話當身分證明，還發官方文件給妳，對吧？妳懂吧？」

「我懂，不過……」

「妳能不能拿到出生證明？或者社會安全卡？」

「沒辦法耶。」芙羅倫斯在海倫家的衣櫃裡有個鞋盒，這兩種證件都在那裡面。「不過我可以跟你說去哪裡找。」

梅西嘆了口氣。「好吧。這樣吧，我再跟幾個同事談一下，看看還能怎麼辦。也許妳朋友可以過來簽個宣誓書也說不定。老實說，我還真沒碰過這種狀況。萬一之後要跟妳電話聯絡，應該打哪個號碼？」

廚房電話旁邊的牆上黏了張黃色小便條，芙羅倫斯把便條上寫的電話號碼讀給梅西聽。

「好。妳就待著別亂跑。我儘快回妳電話。」

「『儘快』是什麼時候？」

「快的話，今天晚點就回妳。再見——」梅西想必是不知該用哪個姓氏稱呼她，只好打住，又說了一次：「再見。」

芙羅倫斯放下電話，隨即拿出筆電。她可沒打算乖乖待著。

她先上網搜尋愛咪提到和惠特妮住的那間「蓮花花園飯店」，查到電話號碼後打了過去，說要找惠特妮．考森。時間是早上九點半，她希望這兩人還在房間，也還待在西曼。

「哈囉？」

芙羅倫斯放下心來，長長吁了口氣。「惠特妮嗎？我是芙羅倫斯。」

「芙羅倫斯，妳打來了，太好了！前天晚上我真的很過意不去，我實在不知道自己怎麼搞的。」

「沒關係——妳真的不用放在心上。好，我是想說，我們都沒有機會好好聊聊，不知道妳會在西曼待多久？」

「到明天。」

「妳明天就走了？」

「對，我們早上要搭巴士去馬拉喀什，晚上八點左右的飛機回美國。」

「好吧。那我晚點再打給妳，好嗎？我可能會需要妳幫個忙。」

「沒問題。妳儘管開口。」

「太好了，謝謝啊，惠特妮。」

「妳沒事吧？芙羅倫斯？」

「沒事沒事。或者應該說，一定會沒事的。」她講到這裡打住了。「眞的很高興在這邊碰到妳。」她不禁想到四十八小時之前的自己，怎麼可能講得出這種話？

「我也很高興。」

「喔還有一件事——眞的很抱歉，我搬到紐約以後，妳的電話和信我都沒回。是我不好，眞的很抱歉。」

「沒關係啦，人有時候自然而然就慢慢不聯絡了，我懂的。」

兩人收線後，芙羅倫斯還是站在電話機旁，頭抵著牆，實在很不想打下一通電話。不過最後還是拿起話筒，撥了那個她唯一會背的號碼。

薇拉接起電話，聽語氣應該是睡夢中被吵醒。芙羅倫斯看了下手錶，是佛州的半夜。

「對不起把妳吵醒，媽。」

「芙羅倫斯？怎麼了？妳人在哪？」

「我在外面旅行。」

「等一下。」

芙羅倫斯聽到被子窸窸窣窣，接著是床頭燈開關打開的聲音。她完全可以想像那房間的模樣：粉紅色床罩、牆上褪色的莫內畫作海報。等薇拉再次開口，語氣就比較像平常的樣子了。

「芙羅倫斯？妳還好吧？是不是受傷了？」

「我沒事。」

「妳沒事，那三更半夜打給我幹麼？」即使隔著大西洋，芙羅倫斯還是聽得到母親聲音中傳來的寒意。她完全沒料到母親是這種反應，這麼久沒聯絡，她還以爲自己主動打過去，母親會跪下來謝天謝地呢。

「妳怎麼這樣講話？」

「起先是妳跟我說永遠不想見我；現在半夜三點又把我吵起來。妳到底要怎樣？妳自己想清楚，小乖。」

「我哪有說我永遠不想見妳？我只說要出國幾個禮拜而已。妳講話怎麼老是這樣誇張。」

「妳絕對有說『永遠』好嗎？我有妳傳的簡訊可以證明。」

芙羅倫斯只覺一把火上來。她從來沒要求母親爲她做什麼，而就這一次，就在她需要幫忙的時候，母親居然還是一直翻這種雞毛蒜皮舊帳，連暫停一分鐘都不願意！芙羅倫斯氣得狠狠掛上電話。

她打開水槽的水龍頭，用滾燙的熱水猛沖雙手。水滲進石膏底部，沾了濕氣的紗布讓皮膚癢了起來。她死命猛抓，但手被熱水燙得太痛，只好停手。

她坐到廚房的桌邊，凝望那具電話機。除了等梅西打來，還能做什麼？在梅西打來之前，她只能卡在這個詭異的過渡狀態，既不是芙羅倫斯，也不是海倫。她誰都不是。

不過，這種狀態也代表某種自由。既然沒有自我可言，她也不必負起責任。

她再次拿起話筒，打給尼克。尼克幾乎是立刻接起電話。

「妳好嗎？」

「你還在海灘嗎？」

「對，不過要走也是可以。」

「那就過來吧。」

這樣就能進入無意識的狀態了。

40

芙羅倫斯躺在沙發上，枕著尼克的大腿，視線只集中在茶几的一角，那上面放了一小包透明塑膠袋裝的大麻，和一罐披薩口味的「品客」洋芋片，罐上還凹了一塊。時間已是晚上十點。阿米拉幾小時前做了烤綜合蔬菜和烤羊排的晚餐，大夥兒狼吞虎嚥，飽到不行，這會兒在客廳各據一方癱著。尼克哼著不成調的曲子。連恩倒在對面的沙發上，身上跨坐著一個芙羅倫斯沒見過的女孩。梅格則忙著滑手機。

芙羅倫斯硬是逼自己坐起來，尼克則趁這個機會俯身捲菸。她走到屋後的露臺，打了個寒顫，那場暴風雨之後氣溫就低了些。她找了張躺椅躺下，望向夜空。

梅西那天下午並沒打來，葛蕾塔倒是打了好幾通。芙羅倫斯早已交代阿米拉說她不在，她實在不知道能跟葛蕾塔說什麼。就算她腦袋清楚到可以好好講話的程度，也沒有心理準備向葛蕾塔解釋這堆事——海倫死了、她想假冒海倫不成、海倫在紐約的家冒出一具死屍。她只希望葛蕾塔永遠不要知道她假扮成莫德．迪克森的這一週。現在回顧那幾天，簡直是無地自容，再說她以後還得靠葛蕾塔幫忙出書呢。

芙羅倫斯回到廚房，從冰箱裡拿了瓶水，一口氣喝掉半瓶。無論之前喝的抽的是什麼玩意兒，它們的效力終於漸漸退去。

她回客廳時穿過玄關，梅格正扶著敞開的大門。「嘿，海倫，我來跟妳介紹。」梅格發現芙羅倫斯經過，喊住她。「這位是芙羅倫斯，她剛到。」

梅格把門又拉開了些，門後的金髮女子走進燈光下，一襲櫻桃紅洋裝，露齒而笑，朝芙羅倫斯伸出手。「哈囉。」女子說：「妳一定是海倫嘍。」

芙羅倫斯呆若木雞。有些情緒似乎能讓時間加速，好比憤怒，好比渴求。但震驚會創造停滯的時刻，在流逝的分秒之外另闢一段獨立的時間，在這段時間中，你的腦袋必須從原本的神經路徑上轉向，好開出一條新路。芙羅倫斯什麼也沒說，只專心望著那女子。

站在她眼前的是海倫．威爾考克斯，一週前車禍喪生的人。

41

「我和芙羅倫斯今天下午才認識的。」梅格對芙羅倫斯說，接著又照她介紹朋友認識的慣例，指了一下芙羅倫斯，對海倫說：「海倫是作家喔。」

「噢，是嗎？」海倫睜大眼道：「好厲害喔！」

芙羅倫斯的反應只是木然點頭。

「我一直想當作家，可是實在沒有那種想像力。要從零開始生出一堆人物來，還得寫一輩子？怎麼可能嘛！」海倫笑得很開心。

芙羅倫斯終於回復說話的能力：「妳來這兒幹麼？」

海倫頓時眉頭一蹙，很不安的樣子。「噢，眞對不起，梅格說我直接過來沒關係，但我絕對沒有打擾你們的意思。」

梅格滿臉疑惑，看了芙羅倫斯一眼。「妳來當然沒問題。」梅格以肯定的口吻對海倫說：「人多才好玩嘛。」

「妳跟我到廚房來一下。」芙羅倫斯說：「我幫妳調杯酒。」

「沒關係，我不喝酒的。」

「那我幫妳倒杯水。」芙羅倫斯伸手搭著海倫的上臂，彷彿要把她拉走。

海倫對梅格拋了個帶著問號的眼神。梅格則轉向芙羅倫斯問：「妳沒事吧？」

「沒事。」

芙羅倫斯至此恍然大悟，海倫顯然樂在其中。

「那我們都去客廳坐吧，好嗎？」梅格提議，順道拉著海倫的手臂往前走。芙羅倫斯跟在後面，好似上了牽繩的狗。

梅格向客廳中的大夥兒鄭重其事介紹了（現在叫芙羅倫斯的）海倫，就像上次她向大家介紹芙羅倫斯一樣。芙羅倫斯望向尼克，看他會不會注意到這就是上次愛咪叫她的名字，但尼克只是點頭招呼，說聲「妳好」。

芙羅倫斯侷促地在沙發上坐下。海倫則舒舒服服坐進一張扶手椅，點起菸，一派自在的模樣，除了膚色比之前和芙羅倫斯同遊時曬得更黑外，其他都沒變。沒瘀青、沒傷口、沒骨折。

芙羅倫斯儘管不情願，還是被迫回到了過去那個角色——巴望關注、畏首畏尾、處處包容海倫的尖銳。她暗想，要是海倫想玩這種遊戲，那好，她就玩吧。

「妳是哪裡人？」她問海倫。

「佛羅里達州。」海倫笑著回答。

「佛州哪裡？」

「橙港。」

「沒聽過。」

「不意外。不是什麼了不起的地方。」

「沒關係，所謂了不起的地方，也沒那麼了不起。」

海倫笑了，那笑中有種滿足的樂趣。芙羅倫斯覺得自己看到海倫眼中的什麼——或許是訝異吧。她感到臉上因喜悅泛起紅暈，儘管非她所願。

「妳在外面旅行很久了嗎？」芙羅倫斯又問。

「噢，一個禮拜左右吧。」

「去哪兒？就在摩洛哥嗎？」

「對，我最近去了拉巴特。」

「妳怎麼會來摩洛哥？」

「我來辦點事。」

「妳做哪行的？」

「製造業。」

「製造，做什麼？」

「主要是齒輪。」

芙羅倫斯放聲笑起來。「齒輪啊。」她實在忍不住。「我猜是船的齒輪？」

「噢，其實各種遠洋船隻都有。」

客廳的大夥兒聽著她們兩人你來我往，興致也來了，一會兒看看芙羅倫斯，一會兒看看海倫，頭左右擺動，好似網球賽的觀眾。

「妳們兩個是不是認識啊?」梅格覺得不太對勁,緩緩開口問道。

「哎喲,怎麼可能。」海倫說。

芙羅倫斯只是搖頭,臉上仍掛著微笑。

接下來的幾小時和之前的夜晚沒有兩樣。大夥兒沒再管海倫和芙羅倫斯,繼續喝得酩酊大醉。但芙羅倫斯滴酒未沾;海倫除了抽菸也什麼都沒碰。她們倆彷彿漸漸成爲畫面的前景,而且益發鮮明,其他人則緩緩退到後方,成爲模糊的背景。

近午夜時,除了她們倆之外的人合抽了一根大麻菸,全都變得暈陶陶。海倫終於在這當兒站起來,把手伸向芙羅倫斯。「我們走吧?」海倫問,彷彿這一切再自然不過。

芙羅倫斯點頭,握住海倫的手,渾身劇烈顫抖起來,自己也嚇了一跳——那就像摸到鬼的觸感。

42

海倫帶著芙羅倫斯走進樓上的第一間房間——那原本是海倫的房間，如今卻滿是芙羅倫斯住在裡面的痕跡。

「我看妳還眞把這兒當自己家了啊？」海倫邊問邊四處打量。

芙羅倫斯臉一紅，感覺就像偷穿海倫的內衣褲卻被抓包，而且此刻她還眞的穿著海倫的內衣褲。「我以爲妳死了。」她回道，好像這樣就可以當成理由。

兩人一時無語，這時樓下爆出一陣大笑。

「我死了，顯然對妳打擊很大嘛。」

「海倫——到底是怎麼回事？」

「坐吧。」海倫指著床道，一副命令的語氣。

芙羅倫斯很聽話地坐下。

「我得去拉巴特一趟。」海倫說。

「可是妳就這樣不見了，我還以爲妳死了。妳怎麼不跟我說一聲？」

「我沒辦法跟妳說。這是爲妳好。」

芙羅倫斯實在忍不住氣惱，長吁了一口氣。她再也不想讓海倫照自己的意思愛講不講，也不願再任人擺布。「這跟珍奈特．柏德有關嗎？」她問海倫。

海倫瞇起眼。「妳怎麼知道這個名字？」

「昨天大使館有個男的來過。珍奈特．柏德死了，埋在妳家的堆肥裡。他們顯然認爲妳殺了她。喔不對，更正一下，他們認爲是『我』殺了她。他們覺得我是海倫．威爾考克斯。」

「他們怎麼會這樣想呢？」海倫朝房間四周比劃了一下。

「是啦，妳肯定知道我這陣子都在冒充妳，但還是要聽我親口講，對吧？因爲跟妳要做的大事相比，這麼點把戲算什麼？」

海倫挑起一邊眉毛，但什麼也沒說。

「妳是不是殺了珍奈特．柏德？那個珍妮？」

「事情沒那麼簡單，芙羅倫斯。」

「很簡單，妳要麼殺了人，要麼沒殺。」

海倫坐到芙羅倫斯旁邊。「我會跟妳說怎麼回事，好嗎？只是……得給我一點時間。」說著從口袋拿出菸來，點了一根。芙羅倫斯注意到海倫的手微微顫抖。

「珍妮是今年初出獄的。我們後來一直沒有聯絡，所以她人到我門口，我才曉得她出來了。那是晚上大概七、八點吧，暴風雪大得要命。我在樓下壁爐邊看書，然後就看到有車在我車道上亮著頭燈。妳住過那兒，知道我家根本從來沒客人，也不太可能是走錯路才彎進來。所以我就上樓去拿槍──」

「妳居然有槍？」

「當然，一個女人家住在森林裡，沒有槍怎麼行？除非是太傻太天眞。好，總之，我拿了槍下樓，看到一輛計程車開進來。我想應該不會有殺人犯、強姦犯搭計程車來犯案吧，就把槍放下，去大門看是怎麼回事。

結果她就這樣出現了，我老天啊，起先我根本認不出是她。她以前長得多漂亮啊，芙羅倫斯，眞的是美若天仙啊。海斯維爾的男生全被她迷得團團轉，男人也一樣。以前有個老師還跟蹤她，好像把她當獵物，只是等機會下手而已。可是那天在我家出現的那個人不但一點都不漂亮，還一副毒蟲相。頭髮又長又髒，也全白了，還掉了幾顆牙。她明明和我同年，樣子卻像六十歲。」海倫講到這裡忽然停住，意識到她講的人已經不在了。「現在不能說她和我同年了。」

「總之她一把把我拉過去，抱住我。她身上那個味道，我簡直沒辦法形容，就像……貓的汗臭，積了很久那種又熱又黏的汗臭。但我能怎麼辦呢？只能抱住她，請她進來坐。她是我那麼多年的老朋友啊。

「我帶她到廚房，煮了咖啡，然後我們就坐著沒講話，感覺很彆扭。畢竟我們上次見面，都還是十七歲的孩子，但人生走到這裡，我們已經沒有半點共通的地方，完全沒有了。她一緊張就習慣摳手，指甲周圍的皮膚都磨光了，好像用鋼刷刷過一樣。後來我終於發現她一直在瞄冰箱上那瓶波本，就拿下來給她喝。我們倆都在咖啡杯裡加了點波本，氣氛才稍微緩和了點，她也打開了話匣子。她說在牢裡這些年，都是因爲我才熬了過來。因爲『我』啊。然後又說她明白我當年爲什麼那樣做，所以願意原諒我。她說我們是好姊妹——向來都是，也永遠都是。」

「原諒妳什麼？」

「蛤？」

「妳剛剛說的，她說願意原諒妳。」

「噢，那個啊。我拆穿了她的不在場證明。她原本問我說，可不可以說出事那天晚上她和我在一起，我說好。感謝老天爺，好在我爸跟我解釋，說千萬不能這麼做。那時候我哪知道什麼叫僞證啊，我以爲跟警察撒個謊，和跟老師撒謊差不多。所以後來我就跟警方說實話，說我那天晚上確實跟她在一起，但大概十一點左右，她又和艾利斯出去了。」海倫講到這裡沉默了一會兒。「所以她先前的說法不成立。」

海倫又吸了口菸道：「那天晚上在我家，她越喝越激動，到最後變得有點抓狂，一直繞著廚房走來走去，一會兒把我的杯子和花瓶拿起來看，問我多少錢買的；一會兒打開我的櫃子，又很用力把它關上。她火氣越來越大，接著突然說了一堆，說都是因爲『我』才害她坐牢，我卻在外面寫她的故事賺大錢。」

「她知道妳出書了？」

「對，我的書居然監獄裡也有，也引起一些議論。她一聽故事的內容，就知道是在講她。她說我偷她的故事。」海倫說著翻了個白眼。

「嗯，妳確實偷了啊，不是嗎？」

「哪個一流作家不偷啊。杜斯妥也夫斯基、莎士比亞，誰沒偷過別人的東西？反正，這是『我們』的故事，永遠都是我們倆的。」

「那後來呢？」

「後來？她整個抓狂，說我寫書賺的錢應該給她，那是『她的』錢，然後就這樣又叫又哭的，鬧了好幾個小時。大概搞到凌晨四點，我才帶她去睡後面的小屋。隔天我們都很晚才起床，而且其實處得還滿愉快的。我們一塊兒去散步、聊天，我還做了午飯。不過後來我跟她說，我覺得她應該回密西西比，不要違反假釋規定。我甚至還主動跟她說，她一個人剛開始重新生活不容易，我可以幫點忙。可是她……不知道。她突然又抓狂了，整個人衝著我來。」

「衝著妳來是什麼意思？」

「她從我流理臺的木頭刀架上抓了把刀，就朝我衝過來。我不曉得怎麼辦，只有靠本能。我拿了鍋子就使出全身力氣朝她砸。妳聽過這麼荒唐的事嗎？簡直跟報上的漫畫一樣。我以為她會像漫畫裡的人坐起來，頭暈眼花，眼珠繞啊繞，頭上還有一圈星星轉呀轉。可是她沒有，她只是躺著不動，就那樣死了。」

「我的天啊。」

海倫沒再說什麼。

「那後來呢？」

「我嚇死了，整個慌了手腳。妳得明白我當下是什麼心情。那時我馬上想到接下來會有什麼結果。大家會知道我的身分，也會知道是我寫了那本書。天啊，妳能想像媒體會怎麼報導這件事嗎？一定會寫得很糟糕，不知道會灑多少狗血。我想到這個就受不了。」

「海倫。」芙羅倫斯用難以置信的眼神望著她。「妳殺珍妮，是爲了要保護莫德·迪克森這塊招牌？」

「不是。」海倫說著瞇起了眼。「我殺她是出於自衛。埋了她，才是爲了要保護莫德·迪克森的招牌。說眞的，誰會管死人是怎麼死的？對她來說已經沒差了。」芙羅倫斯想起自己以爲海倫死了之後，也曾對自己講過同樣的話。海倫此時卻彷彿讀出她的心思，問：「妳以爲自己害死我之後，有跟誰提過『我的』屍體嗎？」

「那是兩回事。」芙羅倫斯回道，但語氣沒什麼說服力。

「當然是同一回事。總之呢，事情發生得太快了，怎麼可能做什麼理性的決定。我腎上腺素大爆發，只想到絕對不能讓人發現家裡有個死人。我受不了大家對我指指點點，也不希望別人問東問西。我這麼低調的人，芙羅倫斯，妳也知道。」

芙羅倫斯直點頭，彷彿海倫的說詞確實是埋屍的好理由。

「所以妳就把她埋在堆肥裡？」

「那時候可是二月，還下暴風雪耶！妳知道地有多硬嗎？而且把屍體放在堆肥裡分解，再好不過了。一頭牛不到六個月就可以完全分解，牙齒、骨頭，一點都不剩呢。在農場長大，總還學到一件有用的事。」

芙羅倫斯想起海倫說過自己八歲就學會剁雞頭，也許不是說假的。

海倫說下去：「當然，隔天早上我就知道自己眞是大錯特錯，可是都做到這一步了，我也沒辦法報警。難道要我把她從堆肥裡拖出來、清乾淨、放到廚房地板上？媽的人都埋了，還說自己是自衛？不太可能吧。」

芙羅倫斯沒作聲，努力轉著腦袋，幻想海倫鏟起廚餘、泥土、木屑，朝自己老友身上堆的畫面。不知怎的這不太像實際的經過，反倒像是海倫講故事。

「所以我就在那時候，開始考慮出走的事。」海倫說。

「出走？」

「就是不管海倫．威爾考克斯了，一走了之。我反正早就想做點改變。我很久都寫不出好東西了。妳看過那本新書，也知道它根本不如《密西西比狐步舞》。」

芙羅倫斯只能以聳肩做爲回應，儘管想到可以對海倫說她已經在保羅．鮑爾斯的書中發現玄機，只是海倫故事講到一半，她不想在這時打斷。

「我起先只是在腦子裡沙盤推演，就當是跟自己玩遊戲吧，像是我要怎麼消失？之後要去哪兒？怎麼拿到新身分？還能不能繼續用莫德．迪克森的名字出書？怎麼拿到版稅？該不該跟葛蕾塔說？

「我後來決定選摩洛哥，因爲它和美國沒有引渡條約，而且應該是個住起來滿舒服的地方，反正總比北韓好吧。天氣好、有文化、有美食、外國人又多，不過貪汙也滿普遍的，所以我想換個名字生活，應該不是問題。這些原本都只是我想想而已，但接到那通電話之後就不同了。」

「珍妮的假釋官打的電話？」

海倫點點頭。「她是三月初打來的，說珍妮第一次該報到的時候沒有去，問我有沒有她的消息。我說沒有。然後她說：『咦，這就妙了。』因爲她收到珍妮的語音留言，電話是從我家打的。」海倫猛搖頭。「眞要命，是有多笨才會幹出這種事？只有珍妮會從別州的市話打給自己的假釋官。」

「那個假釋官就叫凱羅的警察去妳家？」

「妳也知道這件事是嗎？嗯，當然啦，妳那時候也在。沒錯，他們最後發出對珍妮的拘票，接著那個警察就來了。珍妮已經好幾次沒去報到。那警察顯然覺得我在窩藏逃犯，可是他沒有搜查令，我就叫他回去。但他回去之後，我才發現我錯了，要是他帶著搜查令回來，大可把這房子拆了，搞不好連後院也不會放過，那堆堆肥應該也逃不掉。早知道我就乖乖合作，帶他到屋裡四處看看，只是我沒有。那時我就明白，我得眞的開始爲跑路做準備。記得嗎？我隔天就提議我們一起去摩洛哥。我希望萬一哪天那個警察回來，自己已經在國外用新身分生活。一旦他們發現屍體，我就啓動計畫。我會徹底拋下海倫．威爾考克斯，變成另外一個人。」

芙羅倫斯搖頭，有些事她還是想不通。「那妳幹麼帶我去？」

「要我說實話嗎？因爲我嚇死了。我沒把握一個人能不能撐過去。」芙羅倫斯仔細打量海倫的臉，只覺體內湧上一陣暖意，她硬是壓了下去。「妳少跟我唬爛，海倫。」

海倫輕笑一聲。「好，無所謂。我需要妳通報我失蹤，我總沒法人間蒸發，一點痕跡都不留。我知道他們會以爲我溜了，追到摩洛哥來找我。但要是妳因爲車禍報了案，他們至少不會那麼疑神疑鬼。我要妳眞心相信我已經死了。眞的，這也是爲了保護妳。我不希望妳變成幫凶。妳什麼都不知道，就是最好的不在場證明。」

芙羅倫斯倏地站起，那想不通的環節忽地打通了。

「那場車禍是妳早計畫好的？海倫，我差點死了耶！」

「芙羅倫斯，怎麼會呢？我怎麼可能計畫好出車禍？我怎麼可能這樣對妳？我的計畫是包一艘船，出海去游泳，然後就這樣消失。那場車禍就眞的——純粹是意外，我保證。不過既然機會送上門，我當然要把握。」

「『把握機會』是什麼意思？妳到底有沒有在那輛車裡？妳說妳的瘀青在哪裡？骨折在哪裡？」她打上石膏的手頻頻戳向海倫。

「我不知道，芙羅倫斯。」海倫回得倒是平靜。「我運氣好。事情發生得太快，我游出車外，游到岸上，就在那山崖底下。我們墜海的地方算是山崖的最低點，離海面只有三公尺出頭而已，再過去就不止這高度了。感謝老天，我在岸上看到那個漁夫把妳救起來。我等衣服全乾了才離開海邊，搭便車到公車站。我在馬拉喀什那個飯店藏了很多現金，我回去拿錢之後，就去了拉巴特，在那邊辦了新證件。」

海倫這番話講得臉不紅氣不喘，好似重述記憶中的千層麵食譜，彷彿要是芙羅倫斯還聽不懂，就是笨得可以。搞不好芙羅倫斯眞的就是笨，因爲她就是聽不懂，一點都不懂。這些訊息就是無法拼湊成可信的說法。

「那妳還回來幹麼？」

「車禍之後過了幾天，我坐在拉巴特一間咖啡館，正好瞄到旁邊的人看的報紙，上面是我的名字，海倫．威爾考克斯。我就請那人跟我說報上講什麼，這才明白發生了什麼事，原來妳冒充我。我那時候想說，不知道，也許是妳撞到頭撞昏了，自以爲是我吧。但妳完全不知道變成我會有什麼後果。我很清楚警方會去找妳，因爲珍妮的事，也因爲我留的這堆爛攤子。」

芙羅倫斯只覺一陣腿軟，又坐回海倫身邊。兩人沉默了片刻。

「妳聽我說。」終於開口的是海倫。「我知道，發生這麼多事，妳一時很難消化；我也知道妳應該會很火大。妳絕對有充分的理由發火。可是我眞的無時無刻在盡力確保妳的安全。我回來是爲了保護妳。我一直在爲妳著想。」

海倫的嗓音中有種陌生的語氣，滿是渴望和懇求。芙羅倫斯忽地明白這回換自己大權在握。她大可以把海倫交給警方；大可以現在報警。等她帶著眞正的海倫．威爾考克斯出現，她很想看伊德里西和梅西會有什麼表情。

可是，接下來呢？芙羅倫斯沒有別條路可走，只能飛回美國，沒有家，沒工作，也沒錢，而且還要面對自己害莫德．迪克森坐牢的事實。

芙羅倫斯不由把臉埋進掌心。

「妳太累了。」海倫說。「還是先睡吧，我們早上再談。」

芙羅倫斯點頭。「那我先把我的東西清出來。」她講得無精打采。

「沒關係，妳就睡這兒吧。我去後面的房間。」

「妳確定嗎？」

「沒問題。」海倫走到房間門口又回頭，嘴角浮起狡黠的笑。「妳想不想知道我在拉巴特看到報紙那篇報導之後，第一反應是什麼？」

「什麼？」

「我那時想的是『她還眞厲害啊』。我眞的很佩服妳，居然可以冒充我。當然，一般人發現助理假冒自己，不會有這種反應。不過我想妳也知道，我向來不理會什麼主流看法。」

芙羅倫斯露出疲憊的笑容。「我想我是跟高手學的吧。」

「這倒是，不過就連我也有失算的時候。這邊眞的沒人知道妳是芙羅倫斯．達洛？」

「唔……我有跟目前交往的一個男的說，算是吧。」

「海倫．威爾考克斯有男朋友了？」海倫興致來了。

「應該是吧。就是那個叫尼克的？綁辮子頭的那個。」

海倫扮了個鬼臉。「我還是得教教妳對男人的品味。」

芙羅倫斯笑出聲來。「他人很好啦。」

「『人很好』就是『很無趣』，只是講得好聽而已。」

海倫說完這句，把語氣放得柔和了些。「好了，玩笑歸玩笑，我知道我今天晚上講了這麼多，妳大概很難消化，要是一時承受不了，我也可以理解。妳只要記得，我們倆在同一艘船上。我還是打算人間蒸發，但妳不會有事，而且我會好好補償妳。好嗎？」她和芙羅倫斯互望了一眼。

芙羅倫斯點頭。「好。」

「好乖。」海倫輕聲走出房間，關上門，開關發出清脆的聲響。

．．．

芙羅倫斯睡睡醒醒。樓下傳來的樂聲不時把她吵醒，然後她想起海倫回來了，腦中隨即浮現一堆疑問——她當時很想問，卻沒開口。

她感到房裡有人，坐了起來。海倫站在離床約一公尺外凝視著她。一道月光照亮了她半身。

「海倫？妳沒事吧？」

「我睡不著，想說妳可能也沒睡。不過沒關係啦，很晚了。」

「不會。」芙羅倫斯坐直了身子。「過來坐吧。」

「不用不用。妳睡吧。」海倫走出房間。

幾分鐘過去，芙羅倫斯還是不確定這是不是夢。

之後她又醒來。屋裡仍是一片黑。空氣中有種緊繃的氣氛，好似有人撥弄刺耳的小提琴弦。

她踩在冰冷的地板上，走到房間外的走道。除了樓下庭園內噴泉的汩汩聲外，萬籟俱寂。

她走下樓，客廳亂成一團但不見人影。梅格那群人想必已經走了。露臺傳來拖著腳步走路的聲響，她打開屋後的落地玻璃門，只見海倫站在游泳池畔的側影，背景是黑暗的夜空。

「海倫？」

海倫驚得抖了一下，回過身來，捂著心口。「芙羅倫斯，妳嚇到我了。」

「妳在幹麼？」

「我睡不著，現在沒那麼熱了，這裡好舒服。」

「妳還好吧？」

「這幾天眞的好累。這幾週，這幾個月都好累。」

「妳要我陪妳嗎？」

「沒關係，回去睡吧。我過一會兒就進去。」

「妳確定嗎？」

「對。晚安。」

芙羅倫斯上樓回房，卻睡不著，就拿起書來看。半小時後，她聽見海倫上樓的腳步聲。那聲音在她房間外停了半晌，又繼續往走道移動，然後是海倫房間的門輕輕關上的聲音。

43

天亮沒多久，芙羅倫斯就下樓了。她打從半夜發現海倫在露臺池邊，就一直無法入睡。她想那時應該是清晨四點左右。

芙羅倫斯走進廚房，阿米拉正開始準備早餐。

「今天起得眞早啊。」阿米拉說。

芙羅倫斯點頭。「咖啡好了嗎？」

「我正在煮。」

芙羅倫斯不禁納悶阿米拉早上都是幾點到的，每每都是起床後才發現她早就在了。過了一會兒，芙羅倫斯帶了咖啡杯和布里歐許麵包坐到露臺上。天空好似在半夢半醒間逐漸亮起，棕櫚樹仍只見輪廓不見顏色。

她腦中盤旋著好多疑問，但只有一個是讓她失眠的主因，也讓她此刻反覆思量——她應該把海倫交給警方嗎？

畢竟海倫確實殺了人，儘管出於自衛，還是不能改變珍妮已死的事實。芙羅倫斯要是放海倫一馬，就會成爲協助犯人逃避追捕的事後幫助犯，她眞的願意冒這種險，爲海倫擔這種罪名嗎？

換個角度想，送海倫去坐牢，芙羅倫斯能得到什麼？海倫說過她要人間蒸發，但芙羅倫斯不會有事，而且還會「好好補償她」。這句話具體來說到底是什麼意思？芙羅倫斯應該有資格喊價吧。再說，她也不樂見海倫入獄，那就像把異國的珍稀鳥兒關在籠裡，多糟蹋啊。

「妳曬傷了呢。」

芙羅倫斯嚇了一跳。海倫站在露臺通往屋內的門口。

芙羅倫斯把雙手舉到眼前看了看。

「妳整個人都曬紅了，我昨晚沒發現。妳實在要多愛自己一點呀。我化妝包裡有防曬乳。」海倫邊說邊坐下。「妳昨晚後來有睡著嗎？」

「不算。妳呢？」

「睡了一會兒。不過我還好，沒什麼事是一杯咖啡解決不了的。」

阿米拉恰好在這時端著咖啡壺到露臺上來，以平和的語氣向海倫打招呼，彷彿一直都在等她回來。或許這也是阿米拉眞正的心情。

海倫等阿米拉進屋去了，才問：「妳跟阿米娜怎麼說的？」

「沒說什麼，其實。我只說妳去馬拉喀什了。」芙羅倫斯這才想到，她從沒向阿米拉解釋自己身上的傷，也沒說爲什麼有個警察送她回來，她還光著腳。這樣對阿米拉實在說不過去。「她的名字是『阿米拉』。」芙羅倫斯講完後又補上這一句，因爲實在想不到還有什麼說法，能向阿米拉解釋海倫爲何不在。

「是喔？」海倫淡淡回道，一邊撕開可頌塗上蜂蜜，對這個話題不感興趣的樣子。「跟妳說一聲，我今天早上得去城裡一趟。等我回來，我們再討論接下來該做的事。」

「妳進城要幹麼？」

「妳還是別知道比較好。」

「我們已經沒車了。」

「我有。」海倫喝了口咖啡。「噢對了，妳之前提到大使館那個男的，叫什麼名字？」

「丹什麼的。他名片還在客廳桌上。怎麼了？」

「我自有盤算。我先去把一些細節打理好，再詳細跟妳說。」海倫把杯中的咖啡一口氣喝完，站起身。

「妳現在就要出門？」還不到早上七點。

「人家不是說嘛，早起的鳥兒如何如何的。」

海倫說完便進屋做出門前的準備。

半小時後海倫走了，又剩芙羅倫斯一人。

電話響了，芙羅倫斯仍坐在露臺上。阿米拉探頭出來喊：「葛蕾塔女士又打來了。」

「麻煩妳跟她說我不在好嗎？」

阿米拉點點頭，但是過一會兒又回來了。「她說要是再沒人跟她通電話，她就要報警了。」

芙羅倫斯心裡有數，要是海倫回來時看到警察，絕對不會原諒她。但老實說，芙羅倫斯自己也還沒有選邊站的心理準備。

她勉強起身，跟著阿米拉回到屋內。

「嗨，葛蕾塔。」她語氣略帶猶豫。

「芙羅倫斯嗎？到底怎麼回事？我一直要跟妳聯絡，怎麼一天多了都找不到人？」

芙羅倫斯看了一下錶。「現在那邊幾點啦？」

「芙羅倫斯，我人就在這裡。我在馬拉喀什。」

「什麼？」

「我昨天下午就到了。」

「妳在馬拉喀什哪裡？」

「拉瑪穆尼亞飯店。」葛蕾塔答道。芙羅倫斯記得這名字。她訂房之前做過功課，知道這是很高級的飯店，房價一晚五百美金以上。「倒是妳又在哪兒？我不曉得去哪裡跟妳會合。」

「我快要離開這邊了。我去找妳。」

「那海倫呢？」

「我跟妳說過啦，海倫早就走了，不會回這邊了。」芙羅倫斯謊話才出口，就知道自己絕對不會把海倫交給警方。她若要忠誠，也絕對不會是對伊德里西和梅西這種墨守成規的公務員忠誠，甚至對葛蕾塔也不會。

「妳覺得海倫會回馬拉喀什嗎？」

「會。」芙羅倫斯說得很有把握。「我們回程的班機是禮拜三，我想不出她不回來的理由。」

「那好。我們就在我這兒碰頭吧。妳今天就出發嗎？」

「我先辦點事情，辦完就走。」

「好。那傍晚到我飯店喝一杯吧。大廳後面有個不錯的酒吧。我六點在那邊等妳。」

「好。到時候見。」

「萬一臨時有變動的話，再打到我手機。」

芙羅倫斯放下電話。和葛蕾塔碰面是個考驗，她不禁懷疑自己是否眞能順利過關。她該跟葛蕾塔說什麼？

問海倫吧。海倫應該早有計畫，她向來都有計畫。

44

過了半小時，遠方傳來速克達高八度的尖鳴，音量逐漸變大後戛然而止。芙羅倫斯望向窗外，只見梅格把速克達停在車道上，正跨下車。她忙去開門。

「尼克在嗎？」梅格劈頭就問。

「不在。怎麼了？」

「他有跟妳聯絡嗎？」

「沒有。怎麼回事？」

「他跟連恩和小傑約好今天早上去衝浪，大概兩個小時前要碰面的，結果人一直沒來，我們聯絡不上他，他也不在家。」

「他昨天晚上沒跟大家一起回去嗎？」

「沒。他們說尼克沒一起走。」梅格一臉不安。「他那時候在跟芙羅倫斯聊天。喔，就是一般朋友聊天那樣。」

芙羅倫斯微笑了。「沒問題。他當然可以跟別的女生聊天。」

「那，妳有他消息的話，跟我們說一聲好嗎？」

芙羅倫斯點頭答應。

等梅格走了，芙羅倫斯坐在客廳裡，直覺覺得有什麼不對勁，越想越毛，揮之不去。咖啡的效用發作，前一晚沒想通的疑問，此時茅塞頓開。

海倫經歷了車禍，怎麼會毫髮無傷？車都掉到海裡了，她到底怎麼游出去的？還有，難道她沒想拉芙羅倫斯一把？連試都沒試一下？為什麼那晚的經過，芙羅倫斯一點都想不起來？此外，她們還在紐約的時候，芙羅倫斯每天勤奮打字，但為什麼海倫要手抄一本早就出版的小說，還花錢請她把手抄的部分打成稿子？

海倫昨晚對她那樣掏心掏肺，感覺也不太對勁，太坦白了。海倫有頭腦、有魅力、有活力，但直率？坦誠？從來不是海倫的個性。

除非海倫根本就沒說實話。

如果海倫講的不是實話，那她仍沒曝光的是什麼？她都承認殺了自己的密友，還有什麼事那麼見不得人，講不出口？

芙羅倫斯突然想到可以去哪裡找線索。

海倫裝死之後，筆電還是留在別墅，因為她所有的東西理應維持原狀，不該不見才對。但是海倫幹麼把筆電帶到摩洛哥來？芙羅倫斯為了幫海倫回信、打書稿，本來就會帶筆電，海倫實在用不著再帶一臺來。

芙羅倫斯用自己的筆電上網搜尋「忘記 Mac 電腦密碼」。她之前怎麼沒想到這招？重設電腦密碼一點都不難。

她兩階併一階衝上樓跑回臥室，打開三天前發現海倫筆電的床頭櫃抽屜，拿出筆電。螢幕一片黑。她插上插頭，按下電源鍵，同時按住 Command 和 R 鍵，又在自己筆電的螢幕上把操作步驟看了一遍。海倫的筆電現在進入復原模式，她只要打「重設密碼」就行了。

樓下突然傳來一陣聲響，她頓時一愣，再側耳專心聽，原來是阿米拉邊工作邊哼歌。沒事。

她回到筆電前，把海倫的密碼重設成「zoodles」（櫛瓜麵）。做到這兒就不能回頭了。等下次海倫用這臺筆電，就會知道芙羅倫斯動了手腳。

海倫的桌面畫面浮現，芙羅倫斯凝神看著螢幕，滿心期盼頓時洩了氣。桌面上沒有檔案，也沒有資料夾。她點開文件夾和垃圾桶，空空如也。網頁瀏覽器的搜尋紀錄也全刪了。

芙羅倫斯用手指輕點鍵盤，思索著，然後上網搜尋「復原 Mac 上已刪除檔案」。最先跳出來的條目中有幾則廣告，宣稱某某軟體可以救回檔案。她選了第一則廣告賣的軟體，花了一點九九美元下載，然後看著那軟體搜尋整個硬碟。有道螢光綠的橫條顯示搜尋進度，一步步跑到百分之五十、百分之八十，但還是沒搜尋到什麼。

終於，進度跑到百分之八十七，筆電發出一聲響亮的「叮」。軟體找到了一個名爲「第二本」的資料夾。芙羅倫斯趕緊打開，裡面有幾個文件檔，檔名從「草稿一」到「草稿四」。她點開日期最接近的一個檔案，內容並不是她這幾週打的保羅．鮑爾斯小說，而是她從來沒看過的句子。

最上面的書名頁寫著：

摩洛哥交換

莫德．迪克森　原著小說

芙羅倫斯隨便挑了一頁看。

莉莉安瞟向艾芮絲。艾芮絲正在看那漁夫把軟趴趴的章魚活活摔死，白皙的臉在逼人暑氣中變得更白。莉莉安很清楚，艾芮絲對她最大的用處正是天真單純的個性，只是她對這點還是非常反感。她想一般人對凶殘或無禮的舉動應該都會很不齒吧；她對人的軟弱也同樣不齒。

芙羅倫斯看到這裡先打住了。她發現自己原來一直在憋氣，這會兒才終於一口氣吐出來。她把檔案頁面拉到最底下。

莉莉安偷偷把六顆克癇平放進洋裝口袋。醫生要她上機前吃半顆。她用手機再查了一遍去餐廳的路線。巴德路是唯一通往餐廳的路——回程也只有這條路。

她忽然聽見門上有人輕叩。艾芮絲就連敲門都猶豫不決。

芙羅倫斯猛然闔上筆電，強迫自己做了幾個深呼吸才起身，跌跌撞撞走到浴室。她抱住馬桶伸頭想吐，但什麼也吐不出來，又去洗手臺沖熱水，等手感覺到滾燙的刺痛，呼吸才緩和下來。她望著鏡中的自己，等到比較冷靜了，才關上熱水龍頭，回到筆電前。她沒再看檔案裡寫什麼便直接關掉，改上網搜尋凱羅警察局的電話號碼。

她到樓下廚房打電話，響了幾聲才有人接起來。

「凱羅警察局。」

「嗨，麻煩請雷多斯基警探聽電話。」

對方請她等一下，之後傳來另一人的聲音。「哪位？」

「是雷多斯基警探嗎？」

「哪裡找？」

「我叫芙羅倫斯．達洛。我是海倫．威爾考克斯的助理。」

對方片刻沒作聲。「希望妳是打來跟我說她坐哪班飛機。」

「她想先知道，你們是不是把她列爲珍奈特．柏德這個案子的嫌犯。」

「她想知道我們有沒有把她列爲嫌犯？」對方冷哼一聲。「不用『列』，她就是嫌犯，就是她。」

「珍奈特．柏德眞的是被謀殺的？有沒有可能是出於自衛才殺人？」

「後腦勺兩個彈孔？嗯，我會說是謀殺啦，就是所謂的『行刑式處決』。」

芙羅倫斯放下電話，把離自己最近的椅子拉了過來。

耳際響起海倫說的：「所以我就上樓去拿槍……」

她努力回想海倫昨晚的全套說詞。還有什麼是騙她的？全部都是嗎？這樣想好像比較保險。

她猛然想起半夜發現海倫站在池邊。不會，她想。不會吧。她狠狠搖頭，想甩掉已然竄出的恐怖念頭。

她還是站了起來。

下一步是跑到池邊。那池子早已浮了滿滿一層黑綠相間的髒汙，怎麼看也看不見池底。她在花床撿了顆石頭扔進池中，但水面只打開一個小洞，又很快回復原狀，石頭則不見蹤影。

芙羅倫斯回望了屋子一眼，決定捲起睡褲褲管，只是褲管一直往下掉，她索性把睡褲脫了。

「妳要游泳嗎？」

芙羅倫斯嚇了一跳，回過身。阿米拉拿著澆花桶站在露臺上。

芙羅倫斯點點頭。「是有點想。」她勉強擠出笑容。

「我拿毛巾來。」

「謝謝妳。」

芙羅倫斯小心翼翼踏下往池底的第一階，不覺皺起臉來。水比她想得還冷。水面上漂著一束束滑溜溜的水藻，許多腳很長的蟲在上面跳來跳去。

她咬牙一階階往下走。在水深及腰的這一端來回走著，沒發現什麼。

她接著往更深的那端走去，先抬腿，再大步跨向前，把整個池幾乎都走遍了。她開始覺得有點可笑。

但電光石火間，她感覺到了。有個東西。那是什麼？

她稍稍動了動腳，但水深到腋下，很難在一個地方站穩腳步。有了！她又感覺到了。

她深吸一口氣，潛入水下，睜開眼睛，只是什麼也看不見。那層髒汙擋住了光。她把手往前伸，觸到一個軟軟的東西——是布；手再往四處探——牙齒、鼻子。她繼續摸，摸到粗粗的辮子，雷鬼頭的辮子。

芙羅倫斯奮力往水淺的那端走，邊走邊喃喃道：「幹。」一遍，又一遍。

她爬出池子，抓過阿米拉幫她放在池畔的毛巾。

「幹。」

她裹上毛巾，衝進客廳。濕濕的腳在磁磚地板上打滑，她得扶著牆才能穩住身子。在哪裡？丹·梅西的名片在哪裡？不在客廳桌上。她看了桌下、幾張椅子底下，都沒有。

「幹。」

她打開飯桌上的筆電，搜尋拉巴特美國大使館的電話，再把筆電拿到廚房，害阿米拉嚇了一跳。芙羅倫斯撥了號，一個很開朗的聲音接了電話，她也顧不得禮貌，厲聲高喊：「我要找丹．梅西，梅西！」過一會兒梅西就來了。

「我是梅西。」

「她殺了他。」芙羅倫斯驚慌失措，尖聲說：「她殺了他。」

「蛤？妳是哪位？」

「我是芙羅倫斯．達洛。」

「啊。我正要打給妳。」

「海倫回來了。真的海倫。她原本還在這兒。她殺了我朋友。她殺了尼克。拜託拜託，你一定要幫我。」

「慢點，慢點，妳從頭說。」

芙羅倫斯吸了口氣。「海倫昨天晚上回來了。就是我老闆，海倫．威爾考克斯，你拿的那本護照就是她的。她殺人了。她殺了尼克。」芙羅倫斯哽咽了，腦中浮現尼克在市集穿著長袍、包頭巾，微笑臉紅的模樣。他才二十四歲啊。她幹了什麼好事？芙羅倫斯甚至不知道這個「她」到底是海倫還是自己了。

「尼克？哪個尼克？」

「尼克。就是尼克。」芙羅倫斯連他姓什麼都不知道。「他在池裡。」

「威爾考克斯小姐，我要妳仔細聽我說，好嗎？我會過去妳那邊，只是要幾個小時以後才能到。我會打給伊德里西警員，看他能不能先過去。不過我也要跟妳說一聲，我今天早上和芙羅倫斯談過。」

「什麼？」

「她跟我大概解釋了一下事情的經過。」

「你是指什麼？」

「她說妳一直有一些不太正常的想法，想自殺，想逃跑。她又說妳喝酒喝得很凶，也吸毒。她甚至提到，妳說要用一萬塊買她的護照。」

「不對，那個人就是海倫。她拿了你的名片，拿走了。」

「我們都想幫妳，好嗎？我們站在妳這邊。這樣，我們都先冷靜一下。我現在就出門，大概五個小時會到妳那邊。我放下這通電話，就打給伊德里西。要是我和他聯絡上了，他應該二十、二十五分鐘之內就會到，好嗎？我也會儘快過去。妳就先待在那兒，別做傻事。」

「好。」芙羅倫斯說：「請你儘快過來。」

她掛上電話，腎上腺素也如潮水退去。世界放慢了腳步。她這才發現自己是什麼模樣，阿米拉也在這時出現望著她。她腳下積了一灘汙水，光著雙腿，胸前抱著筆電，長長的充電線拖在地上。

「對不起。」她對阿米拉說：「對不起。」

芙羅倫斯走上樓，全身濕透，微微顫抖。髮絲和睫毛上都還掛著水藻。

伊德里西馬上就來了。她在腦中把這幾個字當咒語反覆唸著。眞沒想到，她居然會有感激他出現的一天。

車禍以來，她頭一次走進自己房間的浴室，鎖上門，打開蓮蓬頭，等熱水轉爲滾燙，才走到水柱下。這回她根本懶得避開石膏，反正早就濕透了。

伊德里西會來的。梅西會來的。她終究會讓他們看到眞相。惠特妮可以簽宣誓書；她可以請母親飛過來。他們不會眞的把她當成海倫．威爾考克斯關起來。她只需要耐心等。冷靜，耐心。

她走出淋浴間，用毛巾擦乾身體，門上傳來一陣輕叩。

「芙羅倫斯？」海倫語氣輕快。

芙羅倫斯愣住了。「等一下！」

「妳還好吧？」

「嗯，很好。」

「阿米娜把午飯做好了，換好衣服就來吃吧。」

「好，等我一下。」

芙羅倫斯聽到海倫漸遠的腳步聲，用毛巾胡亂擦了臉，隨便找了衣服穿上，從浴室窗子望出去，外面就是車道，只是還沒有伊德里西的身影。她畢竟不能在浴室裡躲一整天。目前她唯一的優勢，就是海倫還沒懷疑她起了疑心。

她一下樓就聽見海倫在露臺和阿米拉講話。海倫的包包放在大門口旁的桌上。芙羅倫斯瞄了一下通往露臺的門，隨即快步走到那桌邊。海倫的包包裡有一本美國護照，她抽出來翻開。

是她的護照，想當然耳。上面是她的全名，芙羅倫斯·瑪格麗特·達洛，還有她這輩子已經看過無數次、印在正式文件上的生日。但這些文字的旁邊，是海倫·威爾考克斯的照片。

她把這本護照偷偷塞進自己口袋。

海倫是怎麼變造護照的？難道她去拉巴特就是爲了這件事？芙羅倫斯做過功課，要辦新護照只需要芙羅倫斯的護照影本和駕照，外加新照片。

阿米拉已經在露臺桌上擺好午餐，海倫坐在遮蔭下，從一串葡萄上拔下一顆來吃，一臉神采飛揚。

「洗個澡很舒服吧？」

「是啊。妳進城裡怎麼樣，都好嗎？」

「很好，還碰到妳兩個朋友，梅格和那個男的，我想是尼克吧？」

「噢，那好。」

芙羅倫斯坐下後，拿起面前一杯果汁正要喝，才想起這杯子在她沒到之前就已經在桌上了，而且那時露臺上只有海倫一人。她假裝喝了一口果汁，放下杯子，只覺得想吐，根本吃不下東西。她發現自己手在發抖，連忙藏到桌下。伊德里西怎麼還沒來？

她甚至不知道梅西有沒有聯絡上他。

「妳臉好白喔。」海倫說。

「我有點宿醉。」

芙羅倫斯看著海倫在麵包上塗奶油，一邊吃一邊咧著唇，好似露齒而笑，這樣就不會沾到口紅。凶手。芙羅倫斯在和凶手一起吃午餐。她殺了兩個人，珍妮和尼克，搞不好還有那個艾利斯．韋莫斯——那個讓珍妮因謀殺罪坐了十五年牢的男人。更有可能的是，這兩個閨中密友從小就有殺人傾向；或者其中一人有心理病態人格和虐待傾向，嚴重到可以陷害另一人幫自己頂罪。能毫無顧忌奪走一條命的人，要害別人入獄，應該也不會內疚吧。哪怕陷害的是自己的密友，眼也不會眨一下。

而現在海倫偷了芙羅倫斯的護照。想當然耳，海倫既然要用這本護照，眞正的芙羅倫斯．達洛就得消失，而且永遠消失。

可是，芙羅倫斯除了坐在海倫對面吃午飯，假裝一切如常，還能怎麼辦？她無法和海倫對質。誰曉得海倫會做出什麼事來？畢竟她在凱羅有槍，而芙羅倫斯毫不知情。不，還是什麼都別做吧，只要等救兵趕到。

阿米拉把一盤雞肉沙拉放在桌上，轉向芙羅倫斯。

「剛剛游得還舒服嗎？」阿米拉問。

芙羅倫斯驚呆了，掃了海倫一眼。海倫則是先瞇起雙眼，再以陰沉的目光回瞪。兩人就這樣一動不動，沒等到芙羅倫斯答案的阿米拉則走回廚房。海倫右手一動，芙羅倫斯立刻驚跳起來，把椅子踢倒在地，發出很大的聲音。她衝進屋內，飛奔上樓，海倫的腳步聲在她背後重重響起。

芙羅倫斯跑到她之前的房間，進了浴室，迅速回身鎖上門，倚著門坐下，喘個不停。

海倫沒多久就來輕敲浴室的門。

「芙羅倫斯。」海倫提高聲調，把這幾個字講得像唱歌，又敲了敲門。「芙羅倫斯，妳還好嗎？」

芙羅倫斯驚跳起來，躲進浴缸，蜷起身抱著膝，把腿緊靠胸口。

海倫轉動門把，起先有點猶豫，然後越來越用力，最後索性開始撞門。這扇木門老歸老，卻很厚實，應該擋得住吧，芙羅倫斯心想。笨重的黃銅門鎖看來也滿牢的。門終於不晃了。芙羅倫斯聽得見海倫在門外喘氣。有好一會兒，當下就只有她們兩人大口吸氣的聲音。

「妳幹麼非殺他不可？」芙羅倫斯終於問道：「他人那麼好，那麼單純。」

讓海倫講話是拖延時間最好的方法，可以拖到伊德里西出現。不過芙羅倫斯這一問，純粹是想聽海倫解釋。

「殺誰？」海倫一副不知情的語氣。

「妳明知道我說誰。尼克。妳幹麼要殺尼克？」

海倫語氣一變。「罵別人的時候，也別忘了照照鏡子，芙羅倫斯。是『妳』殺了他。妳跟他說妳叫芙羅倫斯．達洛的時候就殺了他。壞了整件事的人是妳。妳既然要演，就該一直演下去，妳原本演得不錯啊。妳想當海倫．威爾考克斯嗎？很好啊！儘管拿去吧。但妳不能兩個都要，妳不可以當了海倫之後，還想繼續當芙羅倫斯，這叫貪心。現在『我』才是芙羅倫斯．達洛。」

「我根本沒告訴他我叫芙羅倫斯．達洛！」芙羅倫斯大喊：「我只說我眞名是芙羅倫斯，但現在對外都用我的中間名海倫。我從頭到尾都沒說自己姓什麼。我沒那麼笨好嗎。」

「芙羅倫斯，妳跟我講的是他知道妳本名，我只能假定妳指的是全名。我一點險都不能冒。妳實在應該把話說清楚的。很遺憾啦，不過話又說回來了，錯在妳，不在我。」

「他還那麼年輕，人那麼好。」芙羅倫斯又說了一遍，這次的語氣輕柔許多。

「噢，眞是夠了。」海倫厲聲道：「他根本就是毒蟲好嗎，只是外表像大人，骨子裡根本是小屁孩，裝純潔只是爲了找妹而已。」

芙羅倫斯沒說話。

沉默片刻後，海倫忽地說：「等等——我馬上回來。」然後發出欣喜若狂的一串笑聲。「別亂跑喔！」

芙羅倫斯聽見海倫的腳步聲迅速遠去，等了一會兒才把門打開一條縫向外望。海倫不在房間裡。芙羅倫斯趕緊跑到窗前看樓下的車道，伊德里西還是沒來。她回過身。該往哪裡跑才好？她已經聽見海倫上樓的聲音，於是又回到浴室鎖上門。

「好啦，剛剛講到哪裡？」海倫問。

「海倫，拜託，就跟我說怎麼回事吧。這次講眞話。」

門外靜默了半晌，海倫才說：「來，妳看。」說著把一張折起的紙塞到門下。「看了就懂了。」

芙羅倫斯半信半疑瞅著那張紙。那上面會寫什麼？她按著浴缸邊緣緩緩站起，卻聽見門上隱隱傳來裂開的聲音，門的下半部掉出碎片。這聲音不會錯，是海倫對門開槍，子彈卡在門中間。

「海倫！」芙羅倫斯驚呼：「妳瘋啦？」只聽見門的另一面傳來隱約的笑聲。

「總得試試看嘛。」

芙羅倫斯躲在浴缸裡，拿了馬桶旁用來通馬桶的工具，把那張紙拖過來。打開一看，只是白紙。

有好一陣子誰也沒說話。海倫反覆輕觸著門，芙羅倫斯心想應該是她覺得煩了，用槍來敲門。芙羅倫斯從厚重的黃銅毛巾架上拿了毛巾，折起來墊在自己身下。

「阿米拉剛剛一定有聽到槍聲。」芙羅倫斯說：「她搞不好已經報警了。」

「我叫她回去了。」

幹。

該是攤牌的時候了。「不過呢，我倒是報警了。」芙羅倫斯說：「午飯前的事。他們應該快到了。」

海倫沒作聲。「妳別跟我唬爛。」

「是眞的。妳打給大使館那個丹．梅西，自己問他。」

「不必，妳騙人。我看得出來。我呢，我就待在這兒，芙羅倫斯，我就等妳出來。妳最後總得出來的，妳知道吧。」

芙羅倫斯緊閉雙眼。伊德里西就快到了，等他到了，就會發現自己成了槍下人質，一切就眞相大白了。

「車禍是妳故意搞出來的吧。」芙羅倫斯終於開口：「我死了，妳就可以盜用我的身分了。」

「哎喲，妳好厲害喔。」海倫回道。

芙羅倫斯這才發現自己覺得很受傷，儘管這反應有點荒謬。過去這幾週她一心想討海倫喜歡，結果海倫想的居然是殺，了，她。一般人不會這樣對喜歡的人吧。

「妳怎麼弄的？」

「老天爺呀，芙羅倫斯，妳沒看過電影嗎？我給妳下了藥、把車打到空檔、推了車一把，就『劇終』啦。喔不對，不是『劇終』，還有個變數，對吧？就是那個什麼鬼漁夫。都晚上十點了，還在海上幹麼啊？」

「那妳幹麼不讓我當海倫．威爾考克斯就好？」芙羅倫斯問：「要是妳早就料準了我會冒充妳，妳又回來幹麼？」

「當然是爲了錢。」

「什麼錢？」

「我的錢呀。我指定妳當我的遺產受益人。因爲有芙羅倫斯・達洛，海倫・威爾考克斯非死不可。妳別忘了喔，這個『芙羅倫斯・達洛』現在是我。」

芙羅倫斯儘管心不甘情不願，也不得不佩服這個計畫眞是漂亮。海倫不但能以芙羅倫斯・達洛的身分活下去，而且還能以標準合法管道拿到自己的錢。

「那妳把我扯進來幹麼？妳不能買假護照什麼的嗎？」

「妳要上哪兒買假護照？芙羅倫斯？有這種店嗎？連社會安全號碼、信用紀錄都賣？我可不知道大家都去哪兒弄假文件。」

「妳眞的要殺我？」芙羅倫斯輕聲問：「妳都不會良心不安嗎？」

門外傳來一聲嘆息。「芙羅倫斯，我以爲我跟妳講得很清楚。人在世上從來都是一個人，只是盡可能想辦法活下去而已。」

芙羅倫斯無話可說。沒錯，海倫之前就講得很清楚了。

海倫把語氣放得柔和了些。「一開始我是沒必要非殺妳不可。要是能再撐個半年，等珍妮的屍體分解了，我就可以叫妳走路，繼續過自己的日子。可是那個叫雷多斯基的警探來過之後，我就得假定珍妮死的事遲早會爆出來，我們得出國才行。後來我在我的監控攝影機上看著他們找到屍體，就知道得啓動計畫了。」

「妳的什麼？」

「我的保全系統。我家整塊地四周都裝了攝影機。我們到西曼的隔天，警方就找到屍體了。」

「喔對，我們幹麼要去西曼？很顯然不是幫妳的新書做研究，再說妳的新書根本就是抄保羅．鮑爾斯。」

「妳發現了是嗎？呵，妳該不會以為我為了讓妳有稿子打，還要從頭寫本新小說吧？總之呢，我們去西曼，是為了那條巴德路。妳去搜尋『摩洛哥最危險的路』，第一個跑出來的就是那條路喔。」

芙羅倫斯想起她從海倫筆電中復原的那個書稿檔案。莉莉安在手機上把去「達阿莫」餐廳的路線（中間會經過巴德路）查了一遍又一遍。「我找到妳的新小說了。」芙羅倫斯說：「眞正的新書。《摩洛哥交換》。」

「寫得不錯，對吧？」海倫語氣中盡是得意。

芙羅倫斯沒理她。「我終於懂了，妳寫的不是小說，妳搞不好根本不會寫小說。《密西西比狐步舞》裡的每個字都是事實——妳殺了那個男的，珍妮什麼也沒做，妳還是讓她去坐牢。」

「她哪有『什麼也沒做』，她人在場耶。她負責把那個男的灌醉，也眞的把他灌醉了。我們只是想再教訓教訓他……只是我做了就沒法喊停了，就是沒辦法。我這輩子從來沒這麼痛快過。」

「所以為了再寫一本書，妳就得再搞一個故事出來。」

「是，我承認，我需要新材料。不過殺掉妳，也正好可以清掉珍妮在我家留的爛攤子，而且一勞永逸。再說，我對之前的生活也沒什麼留戀，我早就過膩了。」海倫突然壓低了嗓子。「我想妳也懂吧，芙羅倫斯——妳應該懂得好想變成另一個人的心情。世界上有各式各樣的人生，有那麼多種體驗人生的方式，要是只過過一種人生，尤其是妳跟我打從出生就得過的這種人生，不是太可惜了嗎？我頭一次見到妳，就感覺得出妳骨子裡也不安分。我會選擇妳，多少也是這個原因。我很清楚妳有本事丟掉過去的人生，跟丟件舊外套沒什麼差別。」

「選擇我？」

「選妳當我的新外套。」

芙羅倫斯就在那一刻豁然貫通。海倫會僱用她當助理不是偶然，是主動搜尋的結果。芙羅倫斯怎麼可能是最有資格的人選呢——她可是因爲跟蹤老闆一家人才丟了飯碗。海倫要的不是聰明能幹的助理，她要的是新身分。

芙羅倫斯想起自己曾在海倫電腦的搜尋紀錄上，看到她搜尋過自己的LinkedIn、Instagram、臉書帳號等等。海倫當然做了該做的功課——她要找一個長相和自己差不多的人，一個沒什麼存在感、消失也無所謂的人。還有誰比芙羅倫斯．達洛更適合當這件新外套？早在她們兩人碰面之前，海倫就計畫幹掉芙羅倫斯了。

芙羅倫斯也就在這時明白，她不可能說服海倫放棄計畫了。自己眼下只有兩條路可走，一是繼續拖延時間，二是和海倫拚了。她四下張望，找尋可以拿來當武器的東西。

「好，那現在要怎樣？」芙羅倫斯問：「妳是要開槍打我？還是把我也丟進池子去？」

「唔，我的計畫原本是給妳打過量的海洛因。我已經跟梅西說啦，妳，也就是海倫，本來就有這個癮頭。不過我猜，就算我好聲好氣拜託妳，妳也不會乖乖把手臂伸出來讓我打。」

「去妳媽的，海倫。」

「這個理由沒那麼糟糕吧，芙羅倫斯。我不是故意要講得這麼難聽，但是說眞的，妳這人生過得有什麼意義嗎？反正也是個空殼子，妳活著跟死了有什麼兩樣？我從妳寫的東西就看得出來。」

「呵，那我想我也應該去殺個人，才有東西可寫？難道這年頭殺了人，還可以用『寫書寫不出來』當理由脫罪？」

海倫大笑起來。「妳看看——妳連自己的想法都沒有，就是要來偷我的。不過這樣吧，如果妳乖乖出來跟我合作，我就匯十萬美金給妳媽當作補償。妳自己考慮一下。」

芙羅倫斯忍不住同樣以大笑回應。「海倫，我根本不管我媽死活。妳休想給我打海洛因。」

海倫嘆了口氣。「好吧。」

兩人又有一陣子沒說話，接著轟然一陣金屬聲在浴室中迴盪。芙羅倫斯朝浴缸底盡量壓低身子，等嗡嗡的殘響退去，才偷瞄外面的動靜。原來海倫剛剛是對門鎖開槍。門鎖有點歪，但沒掉下來。她在想海倫到底有幾發子彈。

又是一槍，把門鎖震得匡啷作響。海倫開始用力搥門，芙羅倫斯驚跳起來。眼看那門鎖就要掉下來，朝它再來一記，海倫就要進來了。

「等一下。」芙羅倫斯有氣無力喊道：「等一下。」

海倫踹開了門。

45

芙羅倫斯把背緊貼浴室門邊的牆，牢牢抓著方才拆下來的黃銅毛巾架充當武器。海倫一跨進浴室，她便使出全力，把毛巾架朝海倫的頭揮去。毛巾架觸到頭骨的那瞬間，芙羅倫斯感覺到有什麼「喀啦」一聲裂了。

然後她拔腿就跑。

她緊握著毛巾架朝樓梯衝，途中卻突然聽到浴室磁磚地板上一陣聲響。

海倫的槍。

芙羅倫斯瞬間拿定主意，急停轉身往回跑。

海倫雙手抱頭跪在浴室地上，鮮血從指間汩汩流出。那把槍掉在馬桶附近的地上，芙羅倫斯迅速撿起，拿槍對著海倫。

海倫抬眼望她，但沒動作。

兩人就這麼靜止不動對望了好一會兒。芙羅倫斯撿起一條掉在地上的毛巾扔給海倫。海倫把毛巾折成小團墊在頭後方，倚著門框。

芙羅倫斯跨過她，走到臥室窗前，視線和槍仍然對準她，同時很快瞟了窗外一眼，還是沒有伊德里西的影子。

芙羅倫斯轉向海倫說：「我還以爲妳都是裝的呢。一副鐵石心腸，說什麼『我誰也不欠』那一套。」

「我犯不著裝成別人。」海倫啞著嗓子回道：「不像妳。」

「我哪有裝。」芙羅倫斯回嘴。

海倫冷哼一聲。「妳敢說妳沒有？妳從到我家那天起就在演了。妳以爲我沒發現？突然之間妳對歌劇、葡萄酒、做菜都有興趣了？『熱得都可以煎蛋了』？我說芙羅倫斯呀，妳還眞的跟我『穿同一條褲子』哪。」

芙羅倫斯垂眼望向自己身上的洋裝。「那又怎樣？」她高喊：「我受夠了原本的生活！我想過好日子，有什麼不對？」

「那妳就靠自己的力量去過好日子。」海倫說：「妳不可以用『偷』的。」

芙羅倫斯沒說話，卻感到臉頰燒得發燙。海倫自己也在鬼扯。全天下哪個人不是用偷的？海倫也不例外，不僅從珍妮身上偷，之前不管是誰介紹她聽威爾第的歌劇，喝教皇新堡葡萄酒，她也從那人身上偷了。

不，芙羅倫斯才不要爲現在的自己覺得對不起誰。她已經受夠了這種內疚。她想當誰就可以當誰，她可以爲了目的不擇手段。她原本已放下舉槍的手，這會兒又再次抬起，把槍對著海倫，雙唇微啓，露出猙獰的笑。

「等一下，這樣吧。」海倫這次開口的語氣比剛剛更害怕了。「錢我跟妳分。」血從她右耳垂往下滴。

芙羅倫斯搖頭，仍掛著那笑容。

「那，錢都歸妳，連『莫德・迪克森』也可以給妳。我再從頭開始。」

芙羅倫斯還是搖頭。

海倫遲疑半晌，染血的臉龐漸漸浮現她慣有的抿唇笑容，雙眼一亮，放聲大笑起來，卻毫無欣喜之情。「妳下不了手的，芙羅倫斯。我太了解妳了，妳根本沒那個膽。」

海倫一邊說一邊倚著門框當支撐，搖搖晃晃站起身來。

「不許動。」芙羅倫斯說：「坐下。」

海倫跌跌撞撞穿過臥室，朝門口走去。「難道妳聽了我的故事，什麼也沒學到嗎？芙羅倫斯？」她回頭道：「妳在別人背後開槍，就不能說是自衛了。」

芙羅倫斯只能看著海倫和自己之間的距離越來越遠，卻無能爲力。「不許動。」她只能再說一遍。

才剛跨出臥室門口的海倫停了下來，微微側過臉卻不面向芙羅倫斯，這樣就算挨子彈，也是從背後射進體內。「眞是糟蹋啊。」海倫低聲道：「我大可以把芙羅倫斯・達洛過得風風光光的。但妳呢？妳簡直一文不值，一，文，不，值。」

芙羅倫斯深吸一口氣。

事情再也不要只做一半。

她邁開大步，不過快快三步就走到臥室門口。海倫離面向中庭的欄杆不過三十公分左右。芙羅倫斯把手放在海倫背上，一推，而且十分用力。

海倫搖搖欲墜，拚命揮動雙臂想穩住重心，接著整個人翻過欄杆。下方傳來一陣悶響。芙羅倫斯的視線越過欄杆往下瞄。海倫仰躺在中庭的磁磚地板上，睜著空洞的雙眼。

突然間，海倫發出一陣低低的呻吟。

芙羅倫斯飛快奔下樓。海倫頭旁邊逐漸湧出一圈血，好似光環。她看到芙羅倫斯朝這兒走來，眼中浮現真真實實的恐懼。

「救我。」她有氣無力，舔舔嘴唇說：「救救我。」

芙羅倫斯先去了客廳一下，才回到海倫身邊，說：「不會有事的。」

「叫醫生？」

「沒有耶，不好意思。我是說『我』不會有事的。」

芙羅倫斯拿起從客廳沙發上拿的抱枕，蓋住海倫的臉。海倫奮力想掙扎，卻虛弱得毫無還手之力，宛如肚子朝天卻拚命想翻身的甲蟲。芙羅倫斯一直維持著那個姿勢，感覺過了好久好久，越來越緊張，渾身越來越僵硬。伊德里西要是這時候趕到，可就不妙了。終於，海倫抽搐的掙扎漸漸停了，一動不動。

芙羅倫斯移開抱枕。海倫睜著的雙眼依然晶亮。

就在這時，芙羅倫斯聽見車輪輾過屋外碎石地的聲音。

46

伊德里西高大的身影一出現在門口，芙羅倫斯就撲到他懷裡。他顯然覺得彆扭，但還是讓她抱住。

「謝天謝地，你終於來了。」她喊道。

芙羅倫斯感覺得到，伊德里西一看到她背後的海倫一動不動躺在地上，渾身肌肉便爲之一緊。他穩穩地把芙羅倫斯輕輕推開，走向海倫，跪在她身邊，用兩隻手指去探她的頸間，就維持那個姿勢整整一分鐘，不時稍微挪一下手的位置，然後才緩緩回頭望向芙羅倫斯。她在伊德里西眼中看到了悲傷與驚恐。

伊德里西站起身打電話，三兩句便講完。他把手機放回口袋，對芙羅倫斯說：「這就是妳朋友，回馬拉喀什的那個。」芙羅倫斯分不清他是重複事實，還是要問她問題。

「她就是海倫．威爾考克斯。」芙羅倫斯回道。

他朝屍體再看了一眼，又看看芙羅倫斯。

「所以妳是？」

「芙羅倫斯．達洛。」她輕聲說，接著才提高了音量：「我是芙羅倫斯．達洛。」

・・・

那天下午大約有六、七名官方人員在「石榴別墅」進進出出。在伊德里西到現場幾小時之後，丹．梅西也從大使館趕來，還帶了海倫．威爾考克斯的護照，也就是兩天前從芙羅倫斯手上扣留的那本。

梅西在海倫身邊跪下，和護照上的照片做比對，膝蓋因這一跪發出響亮的「喀」聲。芙羅倫斯看著他啪一聲闔上護照、咬緊牙關的模樣，心知他想必是明白自己一直都誤會了芙羅倫斯。她終究不是海倫．威爾考克斯。

芙羅倫斯跟梅西和伊德里西在客廳坐了快一小時，解釋事情的經過。海倫知道紐約家裡埋了具屍體的事會曝光，便計畫殺了芙羅倫斯，再盜用她的身分。起先用的手法是故意設計車禍，發現她沒死後又回來收尾，而且差點得逞。

他們叫芙羅倫斯把整件事講了好幾遍，但她很清楚自己的說詞前後完全一致，因為她這次居然反常說了實話，只不過省略了一個地方，也改了一個地方。她始終沒提到「莫德．迪克森」這個名字，又說她們兩人為了搶那把槍，海倫在扭打中不慎翻過欄杆墜樓。

「這麼說，妳以為妳老闆出車禍死了，卻居然一個字也沒跟別人說？」伊德里西聽了這些經過，問她：「妳誰都沒說？」

芙羅倫斯聳聳肩。

「萬一她沒死呢？萬一她被誰救起來呢？」

「可是她根本不在那輛車裡呀。」芙羅倫斯回道，終於露出一絲平靜下來的笑意。

伊德里西只是瞪著她。

「妳再跟我說一次，妳們在二樓走道上吵起來的時候，到底發生什麼事。」他以命令的語氣對芙羅倫斯說。

於是她又講了一遍。「她拿槍指著我，我朝她撲過去，我們兩個就扭打起來，打到一半，海倫就翻過欄杆掉下去了。」她嗓子啞了，揉揉眼，揉到眼睛都紅了。

伊德里西還是沒好氣盯著她瞧。

「你要知道——」芙羅倫斯加重了語氣。「她已經想辦法利用那場車禍殺過我一次了，而且在這之前還殺了她最好的朋友。我沒有理由不提防她。」

梅西插話進來。「原來我們全被她耍得團團轉啊。」他喃喃道。

這一句，讓伊德里西和芙羅倫斯訝異得轉過頭望著他。

梅西在這段時間中，大多安靜聽著芙羅倫斯描述事情的經過，很少提問，頻頻點頭。芙羅倫斯心裡有數，這案子應該讓他很沒面子。他當初沒相信芙羅倫斯，而信了海倫捏造的說詞。

那就是芙羅倫斯跟他說有人死在游泳池裡的時候。

於是現場一陣忙亂，他們找到了尼克的屍體、打撈出來、拍了該拍的照片，然後，終於——移走了。這整個過程中，芙羅倫斯都別過臉去沒看。

相反的，她看的是梅西。從梅西表情的變化，看出他內心的轉折——倘若他當初相信芙羅倫斯，尼克就不會死。芙羅倫斯也就在那一刻明白，梅西和自己一樣，都想儘快結案。

只有伊德里西還是難以置信，氣得不斷對自己念念有詞。但他還能做什麼？他知道芙羅倫斯的說詞不太對勁，卻沒有證據證明她犯了法。

最後他們發給她許可，准她隔天早上回到馬拉喀什。畢竟也用不著上法庭，凶手已經死了。

47

二十四小時後，芙羅倫斯到了馬拉喀什，站在霍曼阿法圖阿奇大道上那雄偉的拱門下，門上用大字寫著飯店名稱：拉瑪穆尼亞。她穿過拱門，走進滿是橄欖樹與棕櫚樹的蓊鬱庭院。庭院另一端的樹叢後，隱約可見一棟立面雕刻得十分精細的樓房。

芙羅倫斯這次下榻的飯店，離上回和海倫住的那間只隔幾條街，走到這裡不過十分鐘。但此刻的她竟能安然在狹窄的街道迷魂陣中穿梭，自己也覺得意外。待轉到熙攘的大街，人車的紛亂非但沒令她茫然失措，反讓她精神一振。

她戴了墨鏡和當天下午才在市集買的寬邊草帽，儘管夕陽已逐漸西沉。

兩名披著紅斗篷、戴白色穆斯林毯帽的男性服務人員見她走近，幫她拉開對開的木門。上方吊著一盞耀眼的燈籠，令人有些目眩。

這飯店大廳頗有種高檔購物中心的氣氛，有聖羅蘭的精品店，也有巴黎來的知名馬卡龍專賣店，不過就是另一個鋪滿大理石的奢侈品購物殿堂。芙羅倫斯心想海倫說得對：獨處與自由是兩種更珍貴的奢侈。

芙羅倫斯在前一晚，也就是伊德里西和梅西終於離開「石榴別墅」後，打了電話給葛蕾塔，把原先約好的會面時間延期一天，但沒解釋理由。此刻芙羅倫斯走進大廳後方的「邱吉爾酒吧」，發現葛蕾塔坐在某個幽暗的角落，臉上映著手機螢幕的光，在陰暗的背景中顯得有點詭異；鼻尖則顫巍巍架著閱讀用的眼鏡。

芙羅倫斯向她招呼，她嚇得抖了一下。

「芙羅倫斯，妳嚇到我了。」她摘下眼鏡，迅速把鏡腳交疊收起。「請坐。」

芙羅倫斯在葛蕾塔對面的絨布椅上坐下。

「我叫服務生來。」葛蕾塔召來穿著酒紅色背心的侍者。「想點什麼跟他說。」

「我跟妳喝一樣的就好。」芙羅倫斯比了一下桌上快空了的葡萄酒杯。

「再兩杯一樣的。」葛蕾塔說：「黑皮諾。」那侍者點頭，隨即後退離去，一如來到桌邊時安靜低調，幾乎感覺不到他的存在。

「妳這傷是怎麼回事？」葛蕾塔看到芙羅倫斯身上的傷，皺眉問道。

「嗯，我得把整件事的來龍去脈全都告訴妳，我受傷是其中的一部分。不過有句話我得先講在前頭：最後的結局並不好。」

葛蕾塔有些驚訝，眉頭一抬。「好，我聽妳說。」

侍者端來她們的酒，還很仔細先放了白色網狀紙墊，才把酒杯放在上面。她們倆只是默默坐著，等侍者走了，芙羅倫斯喝了口酒，才開始娓娓道來。

「如果我跟妳說《密西西比狐步舞》是『非』虛構作品，妳會怎麼想？書裡面的殺人案是真的，海倫．威爾考克斯就是那個凶手。」

芙羅倫斯仔細觀察葛蕾塔的表情，看著葛蕾塔的臉龐閃過憂心與懷疑，彷彿決定不了是否該把芙羅倫斯的話當眞。不過芙羅倫斯可以肯定葛蕾塔顯然非常震驚。芙羅倫斯原先還有點納悶，葛蕾塔會不會始終都知道海倫的祕密。

「我就從頭講嘍。」芙羅倫斯說。

她接著向葛蕾塔解釋珍妮和海倫少女時代發生的事；海倫殺了一個男的，而讓好友頂罪；珍妮在二月假釋出獄後去找海倫；海倫殺了珍妮。

葛蕾塔大多時候都靜靜聽著，但在芙羅倫斯講到堆肥時忽然打斷了她，問：「芙羅倫斯，這是非常非常嚴重的指控。妳確定妳說的是眞的嗎？」

「妳可以上網查。」芙羅倫斯答道：「就Google『海倫．威爾考克斯、凱羅、紐約』。有些地方報紙已經登出來了。凱羅這種小鎭，在堆肥堆裡發現屍體可是大新聞。」

葛蕾塔猶豫了一會兒，才用手機上網搜尋。芙羅倫斯看著她的臉逐漸沒了血色。

「我的天啊。」葛蕾塔低呼。

芙羅倫斯又講了下去，說到海倫僱用她是爲了安排自己假死，再頂替她的身分，甚至爲此改了自己的遺囑，讓芙羅倫斯成爲受益人，海倫就可以用芙羅倫斯的身分保住所有的財產。

葛蕾塔聽了猛搖頭。「她跟我說要找助理的時候，我就覺得不太對勁，實在沒道理。她這人最重視隱私的。」

芙羅倫斯說起那場車禍。「我就是這樣受傷的。」說著舉起上了石膏的手。她講到海倫返回「石榴別墅」，只爲了替自己搞出的爛攤子收尾，不禁熱淚盈眶。

「她拿著槍，葛蕾塔。我不知道怎麼辦。」

「海倫從哪兒弄來的槍啊？」葛蕾塔不敢相信自己的耳朵。

「拉巴特吧，我想。她是在那兒弄到護照的。警方正在調查。」

芙羅倫斯自己也懷疑這後半段的話是不是眞的。梅西肯定不會調查了；也許伊德里西會吧。無論結果如何，她已經不怎麼在意了。警方無論在拉巴特查到什麼，都會證實芙羅倫斯的說法。海倫是罪犯；「她」才是被害人。

「那警方……」葛蕾塔問：「那，海倫現在是被警方帶走了？」

芙羅倫斯搖搖頭，淚珠滑落臉頰。「我這輩子還沒碰過有人拿槍指著我。」她低聲說。

葛蕾塔的語氣也隨之一沉。「芙羅倫斯，到底怎麼回事？」

「那眞的是本能反應。我趁她還沒來得及扣扳機，就朝她撲過去。我們搶那把槍的時候，海倫翻過欄杆摔下去，掉到中庭。照警方的說法，她當場就死了。」

葛蕾塔瞪大了眼。「海倫死了？」

芙羅倫斯點頭。

「我的天啊。」

葛蕾塔努力釐清狀況、消化海倫死訊的同時，芙羅倫斯只是靜靜坐著。

「我的天啊。」葛蕾塔又說了一遍，搖著頭。

「我眞的好難過，事情竟然變成這樣。」

過了一會兒，葛蕾塔才伸手覆在芙羅倫斯的石膏上。「我也很難過。妳看著海倫這樣走了，這陣子想必也很不好受吧。」

「我眞的好痛苦。我一直問自己爲什麼非那麼做不可，難道沒有別的方法？」

「不要這樣，妳不用自責。她都拿槍指著妳了，妳還有什麼選擇？」

「我不知道。也許我可以好好跟她講道理的。」

「跟海倫．威爾考克斯講道理？就算天時地利人和，都已經很難了吧。」

芙羅倫斯苦笑。「沒錯。」

葛蕾塔又搖了搖頭。「我實在不敢相信。」

「我知道，我也是嚇壞了，還沒回復過來。」芙羅倫斯頓了一下，才說：「我因爲這件事受的影響還沒有妳那麼大，都已經這樣了，何況是妳。」

葛蕾塔迅即抬眼盯著芙羅倫斯，目光犀利。「妳是指？」

「呃，這代表莫德．迪克森也死了。」

「芙羅倫斯，我跟妳保證，這可不是我現在最關心的事。」葛蕾塔說，不過語氣中少了點慣常的自信。

「我當然知道。海倫死了，眞的太令人傷心。我只是想說，全世界以後再也看不到莫德．迪克森的新作品，也是很大的遺憾。她那麼有才華。」

葛蕾塔點頭，輕轉著手裡的酒杯。「她是很有才華。」

兩人又靜靜坐了一會兒。芙羅倫斯環視人越來越多的酒吧，又喝了一口酒。她很喜歡這酒的味道，不像海倫偏愛的教皇新堡那麼厚重。

葛蕾塔又回到茫然凝視桌面的模樣。芙羅倫斯不由納悶她正在想什麼，因為從她的表情看不出來。

又過了半晌，芙羅倫斯清清喉嚨。「除非……」

葛蕾塔抬起眼。「除非什麼？」

「不不不，妳說得對。現在不是想這種事的時候。」

「除非怎樣？」葛蕾塔的語氣很不耐煩。

「我只是在想，我應該要跟妳提一下海倫的稿子——就是她第二本小說。那不是我在凱羅打的稿子，她在寫完全不同的另一本書，叫《摩洛哥交換》。故事寫的就是她在執行的計畫，她邊做邊寫。這個計畫就是殺了我，再盜用我的身分。」

葛蕾塔放下酒杯。「海倫把第二本書寫完了？」

「沒寫完。老實說，現在叫它『書』還太早。不過我看得出來，它和《密西西比狐步舞》是同等級的水準。」

葛蕾塔的雙頰總算有了點血色。「稿子在妳手上嗎？妳有帶來嗎？」她瞄了一眼芙羅倫斯放在地上的包包。

「沒有。我覺得帶著稿子跑來跑去不太好。稿子現在在我飯店房間的保險箱裡。」

「芙羅倫斯，我得看到稿子。」

「呃，我剛剛說了，稿子得大修才行。」

「那無所謂，我們可以找人幫忙。費茲傑羅還不是沒寫完《最後的大亨》就死了。」

葛蕾塔噗哧一笑。「這樣一想，這第二本書也是影射眞人眞事的小說嘛。」

芙羅倫斯也跟著她笑。「坦白說，葛蕾塔，我覺得我做得來。」

葛蕾塔眉頭一蹙。「做什麼？」

「把這本書寫完。我在海倫身邊工作，跟她比誰都親，當然，除了妳之外。我熟她的風格，也清楚她的思路。而且妳也說了我有才華。妳甚至還說過，我讓妳想到她。」

葛蕾塔緩緩點頭。「是，我是說過。」接著喝了口酒，瞟了一眼隔壁桌。鄰座是兩個年輕女子，正在擺拍自己點的雞尾酒。「而且我現在的想法還是一樣，妳確實很有潛力。不過這本書不容易，要相當小心處理，芙羅倫斯。我覺得考量到……現在種種情況，這樣的書……要不然這樣吧，在我們決定下一步怎麼做之前，先看看手上有的稿子再說。」

芙羅倫斯只盯著葛蕾塔，一聲不響。隔壁桌拍照的閃光燈亮起。葛蕾塔不由自主微皺了一下臉，芙羅倫斯卻毫無反應。

「葛蕾塔。」芙羅倫斯語氣平和。「我斷了手腕和兩根肋骨，沒工作也沒地方住。講句不好聽的，害我落到這步田地的人是妳。不管妳知不知情，都是海倫的幫凶。」

葛蕾塔頓時臉色再度轉爲慘白，但芙羅倫斯不打算善罷甘休。

「妳當然可以譴責海倫做的這些壞事，但妳也從中獲利不是嗎？妳從《密西西比狐步舞》上撈了多少？因爲這本書帶來的商機又有多少？她犯罪妳也有份，而且兩件案子都是。受害的是我。」

葛蕾塔回望芙羅倫斯，沒說話。

「我不是對妳獅子大開口，葛蕾塔，我只想要一個機會，如此而已，我要踏出那第一步。從各方面來看，我想這要求不算過分吧。」她喝了一口酒。「妳覺得過分嗎？」

「芙羅倫斯。」葛蕾塔終於開口：「我懂妳的意思，妳說得對——這些事我多少也有份，我當然知道事情的嚴重性。不過講良心話，我沒辦法只因爲海倫把妳害成這個樣子，就讓妳寫莫德．迪克森的新書。妳或許確實應該得到某種形式的補償，可是現在我不能說讓妳寫書就是補償。抱歉。」

芙羅倫斯一動不動坐著，半晌後才搖頭微笑說：「妳說得沒錯，葛蕾塔，一點都沒錯。我也不知道自己怎麼會講這種話。這幾天眞的太累了。」但她在桌下緊緊抓著包包的背帶，用力到指關節都發白了。

「我想也是。一下子要消化這麼多事，我也有點受不了。我們再坐一會兒，好好想想吧。妳要不要再來一杯？這種情況下，我覺得我們兩個眞的都該好好喝一杯。」

葛蕾塔四處張望找侍者，儘管兩人的酒杯都還是半滿。

芙羅倫斯點點頭，伸手去拿酒杯，卻不小心碰倒了杯子，把深紅的酒液潑在葛蕾塔的絲質襯衫上，也在她大腿間積了一小灘。

「眞對不起。」芙羅倫斯驚呼，拿酒杯下方的網狀紙墊輕拍葛蕾塔胸口的酒漬，只是沒什麼用。葛蕾塔一把推開芙羅倫斯的手。

「沒關係，不用擦。我說不用擦了。我去洗手間弄一下，一會兒就回來。」

葛蕾塔快步走出酒吧，提起襯衫濕了的部分，免得黏在身上。

芙羅倫斯又坐回座位。有個穿燕尾服的男人在酒吧一角的平臺式鋼琴前彈奏。她們隔壁那桌不知講了什麼笑話，爆出一陣笑聲。

葛蕾塔幾分鐘後回來了，只是那酒漬似乎變得更難收拾。

「眞的很抱歉。」芙羅倫斯又說了一遍。

「沒關係，眞的。我在曼哈頓的那間乾洗店很厲害，什麼都洗得掉。我們繼續吧。妳點好了嗎？」她把自己杯中的酒一飲而盡，微微皺了下臉。

「我沒點，我想說妳大概會想換件衣服。而且老實說，我身體不太舒服。這止痛藥吃了就有點昏昏的，顯然讓我昏到打翻酒。要不然我們去妳房間，叫客房服務的東西來吃好嗎？吃點東西應該會好一點。」

「噢。呃……好，也好。那我就跟他們說，酒錢算我房帳上。」

48

「不好意思啊，房間很亂。」葛蕾塔說著打開套房的門。

房間很大，採光很好，幾面牆上都鋪著馬賽克圖樣的磁磚，床是特大尺寸的雙人床，除了牆角有張椅子的椅背上掛了件針織衫以外，可說是百分之百的整潔狀態。

芙羅倫斯走到窗邊向外望。一樓是很大的花園，種了一排排的柳橙樹。暮色漸濃，已經看得到月亮。

葛蕾塔把客房服務的菜單遞給芙羅倫斯。「想吃什麼就點吧。冰箱裡有水，自己拿。」

芙羅倫斯找了椅子坐下，翻閱那本菜單。葛蕾塔則到浴室換衣服，出來後往床上一坐，揉了揉臉，說：「天啊，眞是累死了。」

芙羅倫斯點頭道：「不意外。」

葛蕾塔閉上眼，芙羅倫斯有那麼一會兒還以爲她坐著就睡著了，但葛蕾塔隨即睜開眼，講話變得很吃力。「我們剛剛是……」

芙羅倫斯在葛蕾塔身邊坐下，輕輕扶她往後仰，讓她躺在床上。「我知道妳什麼感覺。妳驚嚇過度了。」

葛蕾塔抬眼望她，湛藍的雙眼睜得老大，泛著傷感的迷惘。

「這叫氫可酮。」芙羅倫斯說：「我車禍住院後，醫院就給我吃這種止痛藥。我不喜歡吃了之後的感覺，就不吃了。頭很昏，對吧？」

葛蕾塔點頭。「昏……對……那妳……」

「要不然妳就睡一下吧？」

葛蕾塔像小孩一樣聽話，閉上眼。芙羅倫斯看著她睡去，還滿意外藥效如常迅速發揮作用。她之前在飯店把四顆藥磨成粉（比給惠特妮的劑量還多一顆），趁葛蕾塔去洗手間清理襯衫，把藥粉放進葛蕾塔的酒裡。

芙羅倫斯確定葛蕾塔已失去意識後，就從包包取出準備好的塑膠手套戴上，又拿出一個皺巴巴的紙袋，裡面裝了全新針筒、一小包灰色粉末、一段橡皮管。這些是在伊德里西趕到前不久，她在海倫身上發現的——偽裝成注射過量海洛因的必備工具，是海倫爲了殺她準備的。

芙羅倫斯在西曼必須就地取材、隨機應變，但如今在葛蕾塔的飯店套房裡，她可以按部就班慢慢來。她看看錶，時間很充裕。

她先去浴室，把灰色粉末倒進洗手臺上的玻璃杯中。她今晚在來飯店的路上先買了盒老鼠藥，這時也灑了進去。她早就上網做過功課，街頭黑市的劣質海洛因，最常用來摻假（也最致命）的材料就是老鼠藥。

事情再也不要只做一半。

她在杯中加了點水攪動了一下，把這堆粉末變成渾濁的混合液。

她打開洗手臺上的大理石小罐瞄了一下，裡面裝著棉花球。她拿了一個出來，放在另一個杯子上方，權充過濾這杯粉液的工具。

那天下午她上網看了影片，是俄亥俄州某個「針筒舊換新」方案的執行單位上傳的，教人注射毒品的正確步驟，以避免感染和散布疾病。

她把針筒尖端浸入混合液中，拉開推桿。趁針在杯中時輕彈針筒，讓氣泡跑到頂端。

芙羅倫斯回到臥室。葛蕾塔張嘴熟睡著，響起帶痰的濃重呼吸聲。

芙羅倫斯帶著試探抬起葛蕾塔的右臂，再放手讓它自然掉下，沒反應。她接著把橡皮管緊緊纏在葛蕾塔的二頭肌上，一條紫色靜脈隨之浮起。芙羅倫斯把針插進那靜脈，但它居然像玩捉迷藏，一溜煙閃開滑到旁邊。芙羅倫斯只得深吸一口氣，穩住手，再試一次。

這次針順利找到目標。葛蕾塔呻吟一聲，雙眼很快動了幾下。芙羅倫斯把推桿緩緩推到底，看著針筒中的液體逐漸下降。她在針筒半空時停手，抽出針來，再換隻手臂重複同樣的流程。做完一輪，她又重複了幾輪，一次次把針筒注滿、清空，在葛蕾塔全身扎了十來個針孔。這麼做是爲了顯示葛蕾塔有毒癮，只是芙羅倫斯希望警方根本不會查得那麼細。她賭的是飯店和警方同樣不想張揚，畢竟觀光業很重要。

等芙羅倫斯把針插進葛蕾塔的腳趾縫，葛蕾塔突然渾身抽搐，抖得非常厲害，口中緩緩流出黃色液體。她猛地張開雙眼，瘋狂尋找可以抓住的東西。芙羅倫斯出於本能，壓低身子躲了起來。

待芙羅倫斯懷著差點被抓包的窘迫站起身，葛蕾塔的雙眼依然大張，身體卻一動不動。

芙羅倫斯用兩根手指去探葛蕾塔腕間的脈搏，沒摸到跳動。保險起見，她去浴室拿來化妝鏡，放在葛蕾塔嘴前，看鏡子會不會因爲葛蕾塔的呼吸而起霧。這是古人的老方法，但芙羅倫斯必須確保萬無一失，總不能讓葛蕾塔醒來反咬她一口吧。

她確定葛蕾塔眞的死了之後，先把鏡子放回浴室，再把葛蕾塔的指尖在針筒和裝注射液的杯子上都按了一輪。然後找出葛蕾塔的手機，在通訊錄中存了一個電話號碼。最後一步是把房間裡外檢查一遍，確定和自己進房時完全一樣，唯一的例外就是床上的屍體。

芙羅倫斯把「請勿打擾」的牌子掛上套房門把，悄悄溜出房間，邊走邊脫下塑膠手套，塞到背後的口袋。

搞定。

她趁等電梯的空檔瞄了一眼手錶，差十分晚上七點。連恩之前幫她介紹的藥頭就快來了。她請那人跟樓下櫃檯說要找名叫「葛蕾塔·弗洛斯特」的房客。藥頭原本直接問她房間號碼，但她堅決不給，因爲這人是整套說詞中不可少的一環。葛蕾塔的手機裡會有他的號碼，只是芙羅倫斯還需要一名飯店員工看到這人進來。

芙羅倫斯迅速穿過人來人往的大廳，走進又黑又熱的夜。那雙塑膠手套無聲掉進街邊滿到快爆炸的垃圾桶。

49

「各位女士，各位先生，我們現在已經到達巡航高度三萬英尺。今天傍晚天氣良好，各位可以放鬆心情，好好享受我們爲您提供的各項服務。如果您有任何需要，請通知我們的空服人員，祝您旅途愉快。」

芙羅倫斯又啜了口香檳，伸了伸腿。

「您需要什麼嗎？達洛小姐？」眼線畫得精準無比的空服員俯身朝她微笑。

芙羅倫斯也回以微笑。「再幫我拿條毯子好了，麻煩妳。」說完，她按下按鈕讓椅子向後仰，變成水平的位置，再戴上機艙內附的眼罩。

這種等級的享受，才叫旅行嘛。即使人家稱她「達洛小姐」，她也不再耿耿於懷。如今她得回頭用自己的舊名，卻也因爲這名字繼承了三百萬美金（外加那棟房子），多少算是補償吧。嗯，其實是滿優厚的補償。

儘管嚴格說來，這筆錢和房子還得過幾個月才能轉到芙羅倫斯名下，但這種要看一堆字的事，就給愛管雞毛蒜皮的人去做吧。而且她連升到頭等艙的費用都不必付，她只不過在機場把海倫・威爾考克斯和芙羅倫斯・達洛的座位交換了而已。

空服員帶了毯子過來，輕輕蓋在芙羅倫斯身上。

芙羅倫斯躺著，聽著飛機引擎的低鳴，摸著自己的良心，看看有沒有哪裡覺得不安，結果沒有。

她明白自己其實可以饒海倫一命，只要再等五分鐘，等伊德里西趕到就好。只是芙羅倫斯猜想，海倫應該寧可死，也不願忍受牢獄的不堪。再說海倫有那麼一大筆錢，浪費了多可惜。

她當然也可以饒葛蕾塔一命——只要葛蕾塔願意讓她成為莫德・迪克森。芙羅倫斯原本眞心盼望葛蕾塔能接受她的提議，讓她完成海倫寫到一半的稿子。除掉葛蕾塔是她的備用計畫——遺憾歸遺憾，卻是必要手段。

不，她一點都不後悔。這輩子最想要的，如今都端到她面前了。儘管把這些東西拿到手的方式簡直匪夷所思，要放手可就太傻了。

尼克的死確實令她難過，但那不是「她」的錯，殺尼克的是海倫。而且說穿了，她根本不了解尼克。倘若他們的感情也會像一般的假日戀情自然而然結束，他應該早在記憶中淡去。

芙羅倫斯隔壁那排有個男人，用很重的鼻音高喊還要一杯黑皮諾，打斷了她的思緒。

她拉下眼罩，倏地坐起，心臟狂跳不止。空服員拿著一瓶葡萄酒快步走過走道。

芙羅倫斯猛搖頭。沒事的。

她又躺回去，但一閉上眼，就看到葛蕾塔湛藍的雙眼望著自己。「昏……對……」

芙羅倫斯把椅背豎直，輕輕拍了拍臉，再從包包裡拿出筆和筆記本。她決定把海倫稿子的前半部維持原樣，但中間突然切換成艾芮絲的敘事觀點。她就這麼寫了起來。

莉莉安錯了——艾芮絲一點都不弱。人生中一次次的失望磨出了她的堅韌。只是莉莉安沒想到，艾芮絲外表毫不起眼，骨子裡竟如此剛強。低估艾芮絲，是莉莉安走錯的一步關鍵棋。莉莉安把自己當餌，卻渾然不覺艾芮絲飢渴的程度——光是接近成功，已經滿足不了她了。

50

儘管五月初的暑氣從四面八方襲來，克雷斯比爾路的這棟老屋裡還是很涼爽。芙羅倫斯進了屋、關上門、深深吸了口氣。屋內一片寂靜，她把幾個房間慢慢巡了一遍，彷彿是頭一回進來。因爲這次，這些都是她的了。這屋子裡的一切都是她的了。

芙羅倫斯舀了咖啡粉、放進咖啡機、打開開關。咖啡機咕嘟咕嘟響起，她趁這空檔望向後院。那堆堆肥已經全被挖開，四周豎了桿子拉起封鎖線，只是如今那封鎖線早已鬆脫，黃色警示帶被風吹得啪啪作響。凱羅警察局請她不用擔心，海倫死了，珍奈特．柏德遇害的調查工作也因此結束。

咖啡煮好，芙羅倫斯給自己倒了一杯，帶著杯子和無線電話回到客廳，撥了母親的號碼。

芙羅倫斯很清楚，母親此刻必定坐在全漆成黃色的小廚房裡，喝著加了太多糖的咖啡，然後才會去上班。

「哈囉？」薇拉對著話筒尖聲喊。她向來深信老天只會讓好事上門，就算不認得的號碼她也會接。

「媽，我是芙羅倫斯。」

一陣沉默。

「我知道妳生我氣，不過我想請妳幫我個忙。妳之前不是說有收到一通簡訊嗎？可不可以唸給我聽？就是我說我永遠不想再見到妳那通？然後妳再跟我說那通簡訊是什麼時候發的。」

薇拉嘆了口氣。「等等，我把它找出來。」

過了一會兒，薇拉拿起電話說：「是四月二十一號，禮拜天發的。我記得是剛出教堂的時候收到的。看到是妳的號碼，我好開心，還眞的把它唸出來，裡面是『媽，很抱歉，這是我最後一次和妳聯絡了。』」薇拉講到這裡啞了嗓，但還是繼續唸下去：「『我這輩子，妳除了看不起我、扯我後腿，還做了什麼？我受夠了。我永遠不想再跟妳聯絡。妳要是敢找我，我就換電話號碼。』」

芙羅倫斯只覺渾身血液往臉上衝。就算這些話不是她寫的（當然她腦中浮現過一樣的話），親耳聽母親一字字唸出來，還是令她無比愧疚——自己這兩週來的所作所爲，都沒勾起這麼大的罪惡感。

四月二十一號，那就是車禍的隔天。海倫想必是在接棒成爲「芙羅倫斯・達洛」之前，把該收的尾一一收妥。

海倫儘管表面上說打鐵趁熱和行動本身有多重要，實際上卻把各種可能發生的變數都謹愼考慮過。芙羅倫斯在策畫除掉葛蕾塔之餘，也暗暗感謝海倫幫她上的這一課。這啓示或許和海倫留下的房子與財富同樣重要。

「媽。」芙羅倫斯說：「眞的很對不起，還要妳這樣唸出來。不過妳得相信我——那通簡訊不是我寫的。」

薇拉啜了口咖啡，發出很大的聲音。「可是是從妳手機發的。」

「我知道。這說來話長。」芙羅倫斯深吸一口氣。「我就從頭說吧……」

四十五分鐘後，兩人收了線。薇拉知道了事情全部的經過，或者說，至少是芙羅倫斯跟相關單位說了又說的版本——海倫早就預謀殺害芙羅倫斯；芙羅倫斯基於自衛不得已奪槍扭打等等。

只是芙羅倫斯從沒對伊德里西和梅西提過，海倫就是莫德·迪克森。她同樣也沒跟母親說，她不確定母親是否連聽都沒聽過這名字。她同樣也沒提到葛蕾塔·弗洛斯特，儘管葛蕾塔的死訊已漸漸在出版圈傳開，但她的死沒有理由和芙羅倫斯扯上關係。

薇拉得知來龍去脈之後，欣然接受芙羅倫斯的解釋，畢竟薇拉就是想聽芙羅倫斯親口說，她不是眞的拋下自己母親不管。「我就知道妳那個時候不太對勁。」薇拉講得十分篤定：「我也是這麼跟葛蘿莉亞說，她說對，妳不會做到這種地步。妳是我的乖女兒，芙羅倫斯。妳最棒了。」

芙羅倫斯笑得有些酸楚。「謝謝。」

「誰最愛妳呀？」

「當然是妳。」

兩人約好隔一週左右再通電話。芙羅倫斯能對母親開放的距離，永遠不會如薇拉想要的那麼近，但她還是會讓母親繼續成爲生活中的一部分。摩洛哥之旅讓她在鬼門關兜了一圈，也令她體會到全然的孤立就是一種脆弱。身邊沒有人實在太危險。萬一哪天自己消失了，總要有人發現才行。

芙羅倫斯又幫自己倒了杯咖啡。

她還有一通電話得打，然後就得上工了。她一心想要海倫．威爾考克斯的生活，以及莫德．迪克森的讀者群，如今終於全部到手，她可不會恣意揮霍。

海倫死去的當晚，她就動筆寫起《摩洛哥交換》的後半部。她拿了黃色拍紙簿坐下，把拍紙簿放在腿上的那一瞬間，自己也因爲某種忽地襲來的感受又驚又喜——文思果眞有如泉湧。

在莫德．迪克森這個假名的保護罩下，她找到了只管放手去寫的自由與自信。

而且，她終於有了自己想說的故事。

她還在出版社上班的時候，曾經讀過阿嘉莎負責編輯的雷內．馬格利特傳記。該書宣稱馬格利特早年因反其道而行的怪異畫風，飽受藝評家抨擊，他卻靠僞造畢卡索和布拉克的作品維生。

芙羅倫斯心想，或許仿效師父也是某種學徒的養成教育，就像《摩洛哥交換》之於芙羅倫斯的意義。海倫自己也說過，裝得夠久，什麼都可能變得自然，達到渾然天成的境界。

畢竟，馬格利特後來也靠自己的本事成功了。

有一天或許她能夠公諸於世——莫德・迪克森居然就是芙羅倫斯・達洛。《密西西比狐步舞》問世時，她不過二十三歲。這也說得通，瑪麗・雪萊不是十九歲就寫了《科學怪人》嗎？只要她把這些時間點串好，她寫這本書的時間，就會變成大學畢業前，與畢業後在甘斯維爾書店上班的時候。她因此想到書店那個笑口常開的老闆安。要是安知道這個員工在那段期間也在寫這本現代經典，該有多驚訝啊。她也幻想賽門要是知道了會有什麼表情，還有亞曼達。他們應該會想，要一直守著這樣的祕密，需要何等的自制與自持啊。

她看看錶，等得也夠久了，於是撥了另一個號碼。

接電話的是高八度的俏皮年輕女聲：「哈囉，HMK。」

HMK代表「哈波・麥斯頓・康」三個姓氏，是紐約最大的經紀公司，除了作家以外，還負責演員、運動員、音樂家的經紀業務，客戶都是一等一的名流。

「哈囉。」芙羅倫斯說：「請幫我接迪妮絲・麥斯頓。」

「請問哪裡找？」

芙羅倫斯頓了一下。「跟她說我是莫德・迪克森。」

謝詞

首先要感謝 Jenn Joel，她根本是被經紀人耽誤的編輯。二〇一九年八月四日可說是我生命中的重大轉捩點。在此對 ICM 經紀公司的 Tia Ikemoto 及諸位同仁致上我衷心的謝意。

謝謝 Little, Brown 出版社的編輯 Judy Clain 在本書成形之初及後續過程的大力支持，以及該社的無敵團隊：Miya Kumangai、Heather Boaz、Lena Little、Ashley Marudas、Pam Brown、Gabrielle Leporati 等人。

同時也感謝本書英國版的編輯 Imogen Taylor，以及英國 Curtis Brown 經紀公司的 Felicity Blunt、Jake Smith-Bosanquet、Savanna Wicks。

謝謝 Halsey Green 和 Evonne Gambrell，哪怕我有時不怎麼敬業又愛使性子，她們兩人總是接棒爲我分憂解勞。要是沒有她們協助，我絕對寫不了這本書。

此外還要感謝 Joan Truya 和 Koloina Andriatsimamao 分別在巴黎和紐約幫我分擔照顧（與操心）女兒奧利芙的責任，讓我無後顧之憂寫書。

還有 Liz Campbell、Martha Campbell、Kathryn Doyle、Natalie Pica Friend、Molly Lundgren、Elizabeth Rhodes、Haven Thompson、Nell Van Amerongen、Julia Vaughn，要

謝謝你們的事太多太多，難以一一盡列。有你們爲友是我的福氣。

感謝我的家人——無論是原生家庭，或在人生路上逐漸累積的家庭成員。Henry Piper Andrews、Lindsey Andrews Schilling、Palmer Ducommun、Bob Ducommun、Charlie Schilling、Jock Andrews；Westcott 家、Laportes 家；貝亞家的 Jim 和 Nancy，與 Jim 和 Alyson 這兩對夫妻檔，以及 Teti 家的 Len 和 Alice，我愛你們大家。

感謝我母親 Lynn Ducommun 三十七年來全心全意愛我、支持我，伴我度過許許多多的人生曲折，絕對值得我爲她專門闢一整段，來表達對她的謝意。（如果有誰以爲書中的薇拉．達洛和我母親有什麼關聯，那可眞的是搞錯了。）

但最最重要的，這本書（以及我的心）都屬於克里斯多福．貝亞。若沒有他不斷的鼓勵和敏銳的編輯之眼，就沒有莫德．迪克森。（原來我和世界一流的小說家結婚，還眞是對職涯規畫有先見之明啊。）此生我只願與你共度。

最後我想對奧利芙和亨利說：你們一點都沒幫上忙，但我全心愛著你們。光是想到你們，就令我快樂得超乎想像。我好愛、好愛、好愛你們。

Eurasian Publishing Group
圓神出版事業機構
用心與你對話．網野無限寬廣
寂寞出版社
Solo Press

www.booklife.com.tw　reader@mail.eurasian.com.tw

Cool 040

消失的匿名小說家 Who is Maud Dixon?

作　　者／亞莉珊卓．安德魯斯 Alexandra Andrews
譯　　者／張茂芸
發 行 人／簡志忠
出 版 者／寂寞出版社股份有限公司
地　　址／臺北市南京東路四段50號6樓之1
電　　話／（02）2579-6600．2579-8800．2570-3939
傳　　真／（02）2579-0338．2577-3220．2570-3636
總 編 輯／陳秋月
資深主編／李宛蓁
責任編輯／李宛蓁
校　　對／朱玉立．李宛蓁
美術編輯／金益健
行銷企畫／陳禹伶．朱智琳
印務統籌／劉鳳剛．高榮祥
監　　印／高榮祥
排　　版／莊寶鈴
經 銷 商／叩應股份有限公司
郵撥帳號／18707239
法律顧問／圓神出版事業機構法律顧問　蕭雄淋律師
印　　刷／祥峯印刷廠
2021年7月　初版

定價 420 元　ISBN 978-986-99244-4-3

故事隨著鑽石一顆顆滾出，閃耀著，封存著，一如時間封存在鑽石中，每一顆都凝結著光芒……

曾沉默的，如今開口細說從頭，而刻意封存在石中的故事，終將破石而出。

——《挑戰莎士比亞1：時間的空隙》

國家圖書館出版品預行編目資料

消失的匿名小說家 / 亞莉珊卓・安德魯斯（Alexandra Andrews）著；張茂芸譯. -- 初版. -- 臺北市：寂寞出版社股份有限公司, 2021.07
400 面；14.8 X 20.8公分. --（Cool；40）
譯自：Who is Maud Dixon?
ISBN 978-986-99244-4-3（平裝）

874.57　　110008148